昨夜闲潭梦落花

唐诗中被尘封的佳句

石继航 著

重庆出版集团 重庆出版社

图书在版编目(CIP)数据

昨夜闲潭梦落花：唐诗中被尘封的佳句/石继航著.
—重庆：重庆出版社，2019.5
ISBN 978-7-229-14105-9

Ⅰ.①昨… Ⅱ.①石… Ⅲ.①唐诗—诗歌欣赏
Ⅳ.①I207.227.42

中国版本图书馆CIP数据核字(2019)第061797号

昨夜闲潭梦落花——唐诗中被尘封的佳句
ZUOYE XIANTAN MENG LUOHUA—TANGSHI ZHONG
BEI CHENFENG DE JIAJU
石继航 著

责任编辑：李　子
责任校对：杨　婧
封面设计：严春艳
版式设计：九一书装

重庆出版集团　出版
重庆出版社
重庆市南岸区南滨路162号1幢　邮编：400061　http://www.cqph.com
重庆出版社艺术设计有限公司制版
重庆市鹏程印务有限公司印刷
重庆出版集团图书发行有限公司发行
邮购电话：023-61520646

开本：880mm×1230mm　1/32　印张：11.375　字数：260千
2019年5月第1版　2019年5月第1次印刷
ISBN 978-7-229-14105-9
定价：45.00元

如有印装质量问题，请向本集团图书发行有限公司调换：023-61520678

版权所有　侵权必究

序

百多年前,茫茫沙漠旁的莫高窟内,发现了一个神秘的石室,里面珍藏着数以万计的经卷、手稿、文书、织绣。这些珍宝震撼了整个世界,从此世界上多了一门学问——"敦煌学"。

二十年前,法门寺地宫的白玉石板被揭开,一大批大唐年间封存的稀世珍宝重现于世间,这些"穷天上之庄严,极人间之焕丽"的珍贵文物,让人们目瞪口呆,心驰神迷……

我一直很喜欢看《周末鉴宝》《国宝档案》等节目,也曾在琉璃厂、潘家园这样的古玩市场中徘徊,然而,这些价钱不菲的古董,毕竟不是每个人都有条件可以去尽兴收藏玩赏的。

古往今来的人们,用双手和智慧创造了雄伟壮观的城池、美轮美奂的宫室、巧夺天工的珍玩……而我觉得,最值得让我们一唱三叹的,并非是这些冷冰冰的死物,而是古人思想中的精华,艺苑中的奇葩。

对于大唐,我有一种异乎寻常的痴爱,那似乎是暗藏在心中的昔日回忆。于是,我重新走进《全唐诗》。《围炉诗话》中曾说:"意思犹五谷也,文,则炊而为饭;诗,则酿而为酒。"这一部《全唐诗》,就是大唐三百年间无数才子才女们用灵心慧性酿成的一坛千年陈酿。

走进《全唐诗》，走进一个美不胜收的诗歌宝库，这里有多如恒河之沙的传世瑰宝。江湖夜雨越看越不禁感慨，竟有如此多的好诗妙句沉在其中，犹如一颗颗明珠沉睡在泥沙里，不为人知；又如三千后宫佳丽，得见龙颜的竟然只是那寥寥数人，有多少绝色佳人空老宫中！

常见的唐诗选本，如《唐诗三百首》《千字诗》之类的诗集，编者虽然不会如贪收贿赂的毛延寿一般满腹私心，但是从浩如烟海的《全唐诗》中只选出来几百首诗，也未免太过狭隘了；而且，由于时代不同，标准不同，审美风格也不同，有很多好诗就沉睡在积满尘土的《全唐诗》中，无缘和大家见面。

比如《唐诗三百首》，在旧时带有教科书的色彩，"颂圣"的应制诗自然要有，不然读书人"金殿对策"时如何应付？律诗绝句等近体诗也选得比较多，因为这是科考时要用的诗体，必须熟悉才行，所以李贺的诗就一首不选。如今，这个"高考指挥棒"早已作废，我们就不必拘泥于此了。又比如，20世纪70年代末和80年代初的很多选本（如《唐诗鉴赏词典》），则会将一些所谓"思想消极"的闲适诗排斥在外。

当年的诗中圣手，李杜元白之属。大唐三百年间的状元才子们，他们写每一首诗的时候，虽不能说百分之百都是呕血之作，但多半也是殚精竭虑，有感而发的。这其间固然有高下之分，但也有这种情况：因为选本的关系，一些句子被选入《唐

诗三百首》等书之后，从此家喻户晓，妇孺皆知。另一些句子其实说起来也并不逊色多少，却默默无闻，似有长门之恨。正所谓"一般窑怎烧出两般货，砖儿这等厚，瓦儿这等薄"，如果诗句有知，也会有此感叹吧。

清人赵翼有诗道："李杜诗篇万口传，至今已觉不新鲜。"又有诗笑后人陈陈相因，人云亦云：

只眼须凭自主张，纷纷艺苑漫雌黄。
矮人看戏何曾见，都是随人说短长。

其实，并非是李杜诗篇不再新鲜，而是人们反复说来讲去的总是其中那么一小部分。陈寅恪先生曾有"四不讲"之说："前人讲过的，我不讲；近人讲过的，我不讲；外国人讲过的，我不讲；我自己过去讲过的，也不讲。现在只讲未曾有人讲过的。"江湖夜雨虽不敢和大师比肩，但也想遵循一下陈先生所提倡的精神，所以，这里从《全唐诗》中专门摘出《唐诗三百首》《唐诗鉴赏词典》《千家诗》等常见选本中没有选录的佳作来和大家分享。

我曾经做过一个梦，梦中说我的前生曾在大唐盛世中生活过，所以翻开《全唐诗》，我的心中往往有一种难以言传的感觉：平和、安稳、充实、甜蜜，如同在和自己痴爱的人相拥。也许，对唐诗的钟爱是我前生的因缘，将唐诗讲述给大家是我今生的使命。

　　固然，时间的洪流会让很多昔日的珍宝褪色，然而，这一篇篇好诗，依然闪耀千年前凝固的辉光，静静地望着她们，如同仰望天空中的皎皎明月、渺渺天河，心里也慢慢装满那晶莹出尘的玉壶之冰。正所谓"素月分辉，银河共影，表里俱澄澈"。

　　"霏漠漠，淡涓涓，春融冶，秋鲜妍。触即碎，潭下月；拭不灭，玉上烟。"这就是唐诗在我心中的忆象，她像吸取了日精月华的仙苑琼花一样凝聚了人们最美好的情感。拂去诗卷上的封尘，我们依然能梳理还原出那如梦幻一般绚烂美丽的唐代记忆。这些久埋于故纸堆中的好诗句，会依旧鲜活出来，拨动我们的心弦。

目录 CONTENTS

序 / 1

一 日光随意落，河水任情流
——唐诗辉煌乐章的序曲 / 1

二 不知身是无根物，蔽月遮星作万端
——意味深长的讽喻之作 / 6

三 脸腻香薰似有情，世间何物比轻盈
——郭震的旖旎婉转之作 / 11

四 故人故情怀故宴，相望相思不相见
——为苏轼、纳兰"偷"去的好句 / 15

五 安知千里外，不有雨兼风
——千里共婵娟的愿望也会落空 / 18

六 风前灯易灭，川上月难留
——薄命才子刘希夷的悲吟 / 21

七 不知园里树，若个是真梅。
——倒霉诗人东方虬的咏梅诗 / 26

八 北邙山上列坟茔，万古千秋对洛城
——让人悚然而惊的警句 / 29

九 生儿不用多，了事一个足
——唐代的"计划生育"宣传诗 / 33

十 离心何以赠，自有玉壶冰
——PK一下"一片冰心在玉壶" / 37

十一 舞腰愁欲断，春心望不还
——"扫帚星"郑愔的闺情诗 / 40

十二 有路不通世，无心孰可攀
——诗僧寒山的绝妙好诗 / 44

十三 鹦鹉花前弄，琵琶月下弹
——寒山的清丽之作 / 48

十四 情知海上三年别，不寄云间一纸书
——飘逸磊落的盛唐风味 / 52

十五 拾樵供岁火，帖牖作春书
——田间新韭般清新的好诗 / 56

目 录 CONTENTS

十六 下帘弹箜篌，
不忍见秋月
——媲美太白的佳作 /60

十七 杨叶楼中不寄书，
莲花剑上空流血
——铁血柔情交织的《从军行》/63

十八 曲成虚忆青蛾敛，
调急遥怜玉指寒
——那一夜的少年情怀 /69

十九 燕觅巢窠静，
蜂来造蜜房
——晶莹透彻的天然之趣 /74

二十 洒空深巷静，
积素广庭闲
——静谧之极的咏雪佳作 /78

二十一 白首相知犹按剑，
朱门先达笑弹冠
——千古至今绝妙地狱变相 /81

二十二 杏树坛边渔父，
桃花源里人家
——王维的隐者之乐 /85

二十三 百岁老翁不种田，
惟知曝背乐残年
——周伯通般的唐代老头儿 /90

二十四 竹竿袅袅波无际，
不知何者吞吾钩
——白发渔樵江渚上，惯看秋月春风 /94

二十五 太阳偏不及，
非是未倾心
——我本将心向明月，奈何明月照沟渠 /97

二十六 何辞向物开秦镜，
却使他人得楚弓
——刘长卿明白心迹的好句 /100

二十七 仁义岂有常，
肝胆反为贼
——为利益插朋友两刀 /104

二十八 罗袖洒赤血，
英声凌紫霞
——白刃报私仇的侠女 /107

二十九 三杯弄宝刀，
杀人如剪草
——李白笔下的侠客风姿 /113

三十 梦长银汉落，
觉罢天星稀
——诗仙的羁旅情怀 /117

目录 CONTENTS

三十一 此时听夜雨，孤灯照窗间
——萧瑟凄寂的夜雨秋灯图 / 120

三十二 未若不相知，中心万仞何由款
——最远的距离是人心 / 124

三十三 今日花正好，昨日花已老
——人生不得长少年 / 127

三十四 千日废台还挂镜，数年尘面再新妆
——春情融融的欢喜诗 / 130

三十五 痴儿未知父子礼，叫怒索饭啼门东
——百忧俱集的老杜 / 134

三十六 庭前时有东风入，杨柳千条尽向西
——细腻新颖的春怨诗 / 138

三十七 欲知心里事，看取腹中书
——美女诗人李季兰的妙句 / 142

三十八 江上雪，浦边风。笑著荷衣不叹穷
——风靡日本的渔歌 / 145

三十九 春烟间草色，春鸟隔花声
——句句皆春的奇诗 / 151

四十 愿得此身长报国，何须生入玉门关
——豪情万丈的边塞壮曲 / 155

四十一 却是梅花无世态，隔墙分送一枝春
——冷语刺世的好诗 / 158

四十二 霜叶无风自落，秋云不雨空阴
——被屡屡『抄袭』的好句 / 162

四十三 却怪鸟飞平地上，自惊人语半天中
——雁塔胜迹题名句 / 166

四十四 柴门客去残阳在，药圃虫喧秋雨频
——心情半佛半神仙，姓字半藏半显 / 171

四十五 美人开池北堂下，拾得宝钗金未化
——既有得钗，必有失钗 / 176

四十六 风吹昨夜泪，一片枕前冰
——心何冷，泪如冰 / 181

四十七 早被蛾眉累此身，空悲弱质柔如水
——战争中，女人无法走开 / 185

四十八 无因驻清景，日出事还生
——人生何时可得闲？/ 192

四十九 铁佛闻皱眉，石人战摇腿
——韩文公令人发噱的打趣之作 / 196

五十 朝为耕种人，暮作刀枪鬼
——战乱中的悲惨血泪 / 203

五十一 门外红尘人自走，瓮头清酒我初开
——诗豪刘禹锡的昂扬之作 / 207

五十二 当时初入君怀袖，岂念寒炉有死灰
——寓怀深长不落俗套的秋扇诗 / 211

五十三 半夜忽然风更起，明朝不复上南楼
——无可奈何花落去 / 215

五十四 疏钟皓月晓，晚景丹霞异
——趣味盎然的人名诗 / 219

五十五 今交非古交，贫语闻皆轻
——峭风梳骨中的苦语 / 226

五十六 力尽不得休杵声，杵声未尽人皆死
——古今皆有『过劳死』/ 231

五十七 草堂不闭石床静，叶间坠露声重重
——澄怀涤虑的清幽之作 / 234

五十八 日月黏髭须，云山锁肺肠
——怪诞诗翁的奇句 / 237

五十九 飞香走红满天春，花龙盘盘上紫云
——瑰丽华艳的李贺诗 / 242

六十 等闲弄水浮花片，流出门前赚阮郎
——让崔莺莺心动神摇的诗句 / 246

目录 CONTENTS

六十一
我不非尔,
尔无我非
——求同存异的哲理诗 / 250

六十二
天可度,
地可量,
唯有人心不可防
——最难测的是人心 / 253

六十三
脂肤荑手不牢固,
世间尤物难留连
——自古红颜多薄命 / 257

六十四
水能性淡为吾友,
竹解心虚即我师
——白居易的乐天闲适之作 / 262

六十五
东涧水流西涧水,
南山云起北山云
——连珠叠璧的精妙诗句 / 267

六十六
晚岁君能赏,
苍苍劲节奇
——薛涛诗中的压卷之作 / 271

六十七
惆怅后时孤剑冷,
寂寥无寐一灯残
——落魄书生同此一叹 / 274

六十八
别我已为泉下土,
思君犹似掌中珠
——黄土垄中,卿何薄命 / 279

六十九
思君若孤灯,
一夜一心死
——修道中人的闺情诗 / 284

七十
人行中路月生海,
鹤语上方星满天
——张祜气象不凡的好句 / 289

七十一
雨暗残灯棋散后,
酒醒孤枕雁来初
——清健拗峭的小杜七律 / 293

七十二
曲尽不知处,
月高风满城
——余韵袅袅的许浑绝句 / 297

七十三
争将世上无期别,
换得年年一度来
——相思深入骨的李义山 / 301

七十四
玲珑骰子安红豆,
入骨相思知不知
——花间体中的清新之作 / 308

七十五
春来秋去相思在,
秋去春来信息稀
——才女鱼玄机的愁闷之情 / 312

七十六
晴寺野寻同去好,
古碑苔字细书匀
——妙趣横生的回文诗 /316

七十七
花下一禾生,
去之为恶草
——百姓易欺,好人难做 /321

七十八
天地沸一镬,
竟自烹妖孽
——四海滔滔的末世悲叹 /324

七十九
家家只是栽桃李,
独自无根到处生
——托物写人的咏柳诗 /328

八十
国计已推肝胆许,
家财不为子孙谋
——罗隐心中的期望 /333

八十一
怀里不知金钿落,
暗中唯觉绣衣香
——《香奁集》中的艳诗 /337

八十二
半夜灯前十年事,
一时和雨到心头
——夜雨秋灯下的无限愁怀 /342

八十三
有国有家皆是梦,
为龙为虎亦成空
——乱世争雄的生动写照 /345

后记 / 349

一

日光随意落，
河水任情流
——唐诗辉煌乐章的序曲

卷37-15　赠程处士　王绩

百年长扰扰，万事悉悠悠。
日光随意落，河水任情流。
礼乐囚姬旦，诗书缚孔丘。
不如高枕枕，时取醉消愁。

说到王绩，在唐代诗人中，他的名头并不甚响。远不如他侄孙王勃更广为人知。不过，后世公认王绩乃是五言律诗的奠基人，扭转齐梁余风，开创唐诗的辉煌乐章就是从他那几缕清音开始的。正如二月时料峭寒风中的迎春花一般，虽不是十分娇艳可人，但却预示着万紫千红的到来。

《唐诗鉴赏词典》中选了王绩的《野望》《秋夜喜遇王处士》这样两首诗，固然也称得上是佳作，但我想如果让王绩先生自己来选的话，未必就完全认同这两首诗是他的代表作。因为王绩的为人，是相当狂放无忌的。这两首诗虽然也充满隐逸的色彩，却无法体现出放歌山野，指天笑骂的王绩。

王绩在隋朝时做过秘书省正字，后来又做过六合丞，都是没有什么实权的小官，而且后来因嗜酒误事，连这九品芝麻官也做不成了。改朝换代后，变成了李唐的天下，朝廷征召前朝官员，王绩又当了门下省待诏。其弟王静问他当待诏感觉如何，王绩愁眉苦脸地说："当待诏很烦人，要不是图那三升好酒，我早不干了。"

原来，按当时的规定，待诏一天可发给三升酒。唐代官员的"工资"，常以实物形式发放，发酒发肉发丝绸，甚至还有胭脂香粉等化妆品。这不是开玩笑，江湖夜雨是有证据的，刘禹锡《代谢历日面脂口脂表》中就说："赐臣墨诏及贞元十七年新历一轴、腊日面脂、口脂、红雪、紫雪并金花银合二。"就是说除赐给刘禹锡皇上亲笔的诏书外，还有一幅"挂历"（贞元十七年新历一轴）并金花银盒盛着的化妆品多种。当然这化妆品不是给老刘使的，老刘并非东方不败，用不着这些，这是赏给其妻妾家眷的。王绩对化妆品想必也不感兴趣，他最嗜酒，所以他当官的唯一动力就是等着发酒。后来王绩的上司陈叔达，特意照顾他，给加到一斗，一时传为佳话，人们称王绩为"斗酒学士"。

到了贞观初年，王绩听说任太乐署史的焦革善酿酒，于是

要求改任太乐丞。一般官场人士，都是求升职晋级，而王绩求官的动机却"很傻很天真"——不在官而在酒。后来焦氏夫妇相继去世，王绩当官的动力完全丧失，于是干脆就弃官还乡了。回乡后，精研酿酒技术，撰《酒经》《酒谱》各一卷。可惜这两本书都早已失传了，假如哪天有某公司销售一种酒，打出人家王绩《酒经》的名头，大家千万别信。

王绩在《新唐书》中被收入《隐逸传》，据称王绩只读三本书：《周易》《老子》《庄子》，其他书一概不读。我觉得，其他书未必王绩就一眼不看，只是他看不上罢了。王绩的哥哥王通是大儒，在黄河至汾河间，聚徒讲学，名传四方，而王绩却不拘礼法，对儒学那一套嗤之以鼻。王绩丢官后，乡间愚民曾嘲笑他。他写了一篇文章说，有两匹马，一匹"朱鬣白毳，龙骼凤臆，骤驰如舞"，于是主人喜欢它，天天让它拉车、狂奔，最终活活累死；另一匹却"重头昂尾，驼颈貉膝，踶啮善蹶"，主人生气，将它弃之荒野，倒得以"终年而肥"。这番理论明显是深得老庄精髓的。所谓"巧者劳而智者忧"，"有用"没有"无用"好，王绩算是身体力行者。

所以，充分了解王绩的个性后，我觉得本篇这首诗更能代表王绩的心声。我们来品味一下这首诗：

此诗劈头就来了一句，"百年长扰扰"。何为"扰扰"？就是那些烦心的尘俗之事。依江湖夜雨看，就是一天到晚谋职谋财，求名求利，奔波劳碌，心多牵挂。佛经云："众生扰扰，其苦无量。"凡俗之士，或富或贫，但谁不是"世中扰扰之人"？读罢此句，但觉山穷水尽，凄云惨雾，这人生百年就如此而过？然而，正如书法中讲究用笔时欲右先左，欲下先上一样，王绩笔锋一转，诗意又柳暗花明："万事悉悠悠。"这纷纷扰扰的诸般琐事，在王绩看来，却总能从容看待，悠然以对。

"日光随意落，河水任情流"。一般人看到日光匆匆，急如逝水，总会感叹人生苦短，岁月无情，但是道家思想却并不这样看，他们讲究顺其自然。日光落，咱也拦不住；河水流，咱也留不住，万事有生必有死，有荣必有枯，不用强求，也不用烦恼。所以，日光就随意让它落，河水就任意让它流，皱纹上了额头，白霜染上了双鬓，也照样乐呵呵的。因为这都是自然的过程，拒绝不了，也不用去逃避和畏惧。

"礼乐囚姬旦，诗书缚孔丘"。"鸡蛋"（姬旦）就是儒学中奉为圣明的周公。孔子就是周公的忠实粉丝，"读孔孟书，知周公礼"，是旧时很常见的"口号"。此句中，王绩却对周孔二圣人直呼其名，如唤奴仆儿孙一般，相当不尊重。还说他们为诗书礼乐所桎梏，画地为牢，作茧自缚，对儒家礼教的讽刺是极为尖刻的。在王绩那个时代，敢说这样的话，是相当了不起的。《倚天屠龙记》中的金毛狮王谢逊发起狂来曾"从老天骂起，直骂到西方佛祖，东海观音，天上玉皇，地下阎罗，再自三皇五帝骂起，尧舜禹汤，秦皇唐宗，文则孔孟，武则关岳，不论哪一个大圣贤大英雄，全给他骂了个狗血淋头"，而王绩

这两句，虽不似谢逊那样疯狂偏激，但在那些中规中矩的儒生们看来，也是语惊四座，相当狂诞的了。

不受儒家礼教拘束的王绩，自然是一派优哉游哉的心怀："不如高枕枕，时取醉消愁。"俗话说"高枕无忧"，然而，沉酣的香梦，无忧无烦的好睡，却也并非人人都能轻易得到的。正所谓"那争名的，因名丧体；夺利的，为利亡身；受爵的，抱虎而眠；承恩的，袖蛇而走"，心中无刻不在算计，心中也无刻不在烦恼。在物质生活极度丰裕的今天，虽然在衣食住行上比古人强了不知多少倍，但我们的快乐却未必成倍增加。现代社会的高效率快节奏，让我们即便是出有宝马，食有鲍鱼，却免不了始终担负着的巨大心理压力，从而时时产生焦虑和不安。读一读王绩这首诗，心胸却可以为之一阔，如饮醇酒，不觉而醉，欣然忘忧。

至于为何这首诗流传不广，我觉得有以下原因：一方面，在旧时人们推崇儒学，王绩这首诗里的"礼乐囚姬旦，诗书缚孔丘"之句，在当时实在是太过离经叛道的刺眼文字，远不如"相顾无相识，长歌怀采薇"（《野望》诗中句）更符合中庸之道。另一方面，后世人除了因循前人的观点外，也有人觉得此诗过于"消极"，所以新的唐诗选本中也少见此诗。王绩这首诗就这样被忽略了，沉在《全唐诗》的浩瀚海洋中，一睡就是千年。

不知身是无根物，
蔽月遮星作万端
——意味深长的讽喻之作

卷66-14 云 郭震

聚散虚空去复还，野人闲处倚筇看①。
不知身是无根物，蔽月遮星作万端。

郭震的诗集中，称得上"招牌菜"的是他这首《宝剑篇》：

君不见昆吾铁冶飞炎烟，红光紫气俱赫然。

良工锻炼凡几年，铸得宝剑名龙泉。龙泉颜色如霜雪，良工咨嗟叹奇绝。

琉璃玉匣吐莲花，错镂金环映明月。正逢天下无风尘，幸得周防君子身。

精光黯黯青蛇色，文章片片绿龟鳞。非直结交游侠子，亦曾亲近英雄人。

何言中路遭弃捐，零落漂沦古狱边。虽复尘埋无所用，犹能夜夜气冲天。

这首诗写得神采飞扬，充满剑芒一般的锋锐之气，无疑是篇佳作，也是他的成名作，很多诗词选本中都选有。这郭震文武全才，十八岁时就顺利中举，可谓少年得志，很是难得。反观王维这样的大才子，十九岁第一次应试时还落第哪，直到二十岁时走了玉真公主的后门，才得以中举。

郭震中举后，按当时的制度，先从基层干起，于是他被委派到通泉当县尉。年少气盛的郭震，他干的事可有点无法无天，为了多搞些钱来应酬宾客朋友，竟然自己私铸铜钱（这相当于印伪钞），并且私下掠卖人口，这还了得？女皇武则天知道了此事后，召他要治罪，但一看郭震这小伙相貌堂堂，比现在的"快男"帅多了，女皇的心就软了下来。郭震趁机献上《宝剑篇》，得到武则天的夸奖，不但不治罪，反而因祸得福，从此官运亨通，仕途青云直上，直做到兵部尚书、同中书门下三品，封代国公，可谓荣极一时。有道是"盛极而衰，物极必反"，郭震的好日子此时也到头了，唐玄宗登基后，在骊山下讲武（军事演习），以郭震旗下兵士军容不整为由，将他罢官流放新州。不久郭震就郁郁而死。其实"军容不整"云云只是借口罢了，所谓"一朝天子一朝臣"，郭震是武周时代的旧人，唐玄宗当然不喜欢他。

郭震此人，在初唐诗坛上并不十分知名，但他的诗还是相当不错的。除了《宝剑篇》外，郭震的很多诗作，都是颇有些滋味的。

这首题为《云》的小诗，流畅通俗，并无多少生涩的典故，但是却寓意深刻，发人深思。这首诗说：

云彩在虚空中聚来散去，山野之人（也许就是诗人自诩）倚着竹杖悠然而观，轻蔑地哂道，这些云彩不知道自己是飘浮无根的东西，却做张做智，弄出许多姿态来遮住皓月明星。

不难看出，这是一首讽喻诗，也可以说是一首哲理诗。《红楼梦》第三十八回"薛蘅芜讽和螃蟹咏"一章中，曾说写诗时"这些小题目，原要寓大意才算是大才"。郭震的这首诗，可谓当之无愧。

不过，有人说"诗忌说理"，是说在诗中讲道理，很容易枯燥生硬，失去了诗歌中独有的浪漫雅致的味道。事无绝对，有不少好诗，既写景写情，又说理论道，鱼与熊掌得兼，堪称极品。本诗应该说就处理得相当不错。

至于这首诗，是在讽刺什么人呢？有人说是因武则天任用酷吏，胡乱封官，一干小人如来俊臣之类上蹿下跳，只手遮天，弄得朝中乌烟瘴气，因此郭震才有感而发。这种说法颇有几分道理。究竟是何种情况下，针对何人而写，我们已无从考

8 /昨夜闲潭梦落花——唐诗中被尘封的佳句/

证,但是,郭震这首诗的意义已经远远超出他的时代,历代喧嚣一时、横行一时的跳梁小丑们,都可以送他们这两句——"不知身是无根物,蔽月遮星作万端"。其实也未必全用于政坛上的人物,文坛上也有很多知识浅薄,写的东西漏洞百出,诸如"菊花教主""美女作家""点击率之王"之类的倒是风光得很,将这两句送之,也十分贴切。

郭震集中此类诗,还有不少,我们再看两首:

卷66-15　野井
纵无汲引味清澄,冷浸寒空月一轮。
凿处若教当要路,为君常济往来人。

诗中大意是说,这口野井并不在人来人往的交通要道上,因此少人问津,辜负了一眼好水。明显是以野井为喻,大有怀才不遇之感。我们知道求人引见,常用"汲引"一词,这首诗应该说形容得非常巧妙。

卷66-12　萤
秋风凛凛月依依,飞过高梧影里时。
暗处若教同众类,世间争得有人知。

这首诗以流萤为喻,也写得相当精巧深刻。这句"暗处若教同众类，世间争得有人知"，一派自负之感，萤火虽微，却不同于俗虫，就算在暗处，也终会被人看到。江湖夜雨猜测，这极有可能是郭震尚未得到武则天赏识前的作品。像郭震这样的人物，是不会久居人下的，在大唐的盛世里，他成了一代名臣，而如果在乱世，他很有可能成为乱世枭雄而称霸一方，犹如五代时的郭威等人。

①筇：竹制手杖。

附：中唐诗人施肩吾写过一首诗，和郭震此诗相映成趣，可参照一读：

卷494-132　讽山云　施肩吾
闲云生叶不生根，常被重重蔽石门。
赖有风帘能扫荡，满山晴日照乾坤。

二

脸腻香薰似有情，
世间何物比轻盈
——郭震的旖旎婉转之作

卷66-18　莲花　郭震

脸腻香薰似有情，世间何物比轻盈。
湘妃雨后来池看①，碧玉盘中弄水晶②。

　　这首绝句清丽妩媚，仿佛闺中女子的手笔，殊不知也是郭震所作。郭震一生戎马边关，曾一举为大唐拓地一千五百里。武周时代及唐中宗时，西域的安定虽然未必全赖于郭震，但郭震绝对称得上是居功甚伟。郭震虽然武功赫赫，却并非像梁山上那些粗野汉子一般，只会终日演习武艺，打熬气力，一点也不懂男女间浪漫情调。

　　就郭震诗集中的某些诗来看，他对于女子心事的了解，一点也不逊于那些风流倜傥的书生才子。例如，他有这样一首诗，叫做"江水春沉沉，上有双竹林。竹叶坏水色，郎亦坏人心"，将一个娇憨可人的少女心怀摹写得细致动人，很有乐府

11

民歌的特点。其他像什么"帷横双翡翠,被卷两鸳鸯""罗衣羞自解,绮帐待君开"等等,都写得旖旎婉转,妩媚动人。

这首莲花诗,明写莲花,但处处都是用拟人的手法,诗中的莲花仿佛就是一位明媚动人、嫩脸生香的美人。诗中的"湘妃雨""碧玉盘"等名词,也让我们联想到古时的名媛美鬟。所以江湖夜雨很是怀疑,这到底是在写莲花,还是借写莲花,来写一位他心中所爱的女子。

说起郭震的婚姻,还有一段趣事,《开元天宝遗事》中说郭震年轻时"美风姿,有才艺",是富家女儿们眼中的"抢手货",所以当朝宰相张嘉贞都急不可待地想纳他为婿。虽然是宰相的女儿,但郭震也没有急不可待地攀亲,他说,你家里有五个女儿,也不知道哪个最美,还是考虑考虑吧。呵,架子还挺大的,是不?张宰相也挺逗的,可能是这五个女儿都相中了郭震,也是"把大女儿配,恐二女儿怪,二女儿配,恐三女儿怪……"所以他就拿出来类似于《西游记》上猪八戒"撞天婚"的方案,不过对郭震还是比较尊重的,没有蒙住他的眼,只是竖起屏风,牵出五条丝线,五女各持一条,让郭震抽选。结果郭震手气很好,抽中了第三位小姐,长得最有姿色,据说还很旺夫。

现在有不少女子喜欢写穿越文,其中许多人的笔下是"别人采花她采草",堪称"狩猎美男之古旅",那江湖夜雨建议不要放过这个能文能武,风姿郁美,又善解风情的郭震。至于怎

么样从宰相女手上抢过来，写穿越文的女子办法多的是，江湖夜雨就不管了。

话有点扯远了，就诗论诗，郭震这首莲花诗是相当不错的。和郭震同时代的李峤是这样写荷的：

新溜满澄陂，圆荷影若规。
风来香气远，日落盖阴移。
鱼戏排缃叶，龟浮见绿池。
魏朝难接采，楚服但同披。

依江湖夜雨看，虽然李峤在武周时被封为凤阁舍人，是文章四友之一，在当时文坛上的地位远高于郭震，但他这首诗铺陈典故虽多，却读来味同嚼蜡，了无诗意。所以这文坛上一时的地位，并不说明问题，当过作协主席的人，未必真强过当时人瞧不上眼的网络写手。

《唐诗鉴赏词典》中所选的诗中，专写荷花的也不多，比较好的是这首陆龟蒙的《白莲》：

素花多蒙别艳欺，此花端合在瑶池。
无情有恨何人觉，月晓风清欲堕时。

陆龟蒙的这首诗好是好，但他身处晚唐乱世，诗中透着几分郁郁，几分凄楚，和本篇这首诗中凝香集艳的情怀迥异。我觉得，郭震的这首诗，也应成为咏莲诗中众口传诵的篇章才是。

①湘妃：舜二妃娥皇女英，据说舜死后，二妃滴泪，染竹成斑。此处比喻雨点。

②碧玉：用作人名时，一说为汝南王妾，一说为贫家女，诗文中常用来借指婢女。

(四)

故人故情怀故宴，
相望相思不相见

——为苏轼、纳兰"偷"去的好句

卷56-58　寒夜怀友杂体二首（其二）　王勃

复阁重楼向浦开①，秋风明月度江来。
故人故情怀故宴，相望相思不相见。

王勃作为"初唐四杰"之一，他的名头对于唐诗爱好者来说可谓再熟悉不过。王勃的诗集原有三十卷，但我们现在看到的诗，不过八十来首，有很多诗句都散失了。我们知道，安史之乱同时也是一场文化上的劫难，初唐时的众多书籍资料都毁于此劫，所以初唐时的诗集多半散佚严重，残缺不全。

王勃名气虽大，但是历来的唐诗选本中，他的诗所选的并不多。一般我们熟悉的，也就是他那首《送杜少府之任蜀州》："城阙辅三秦，风烟望五津。与君离别意，同是宦游人。海内存知己，天涯若比邻。无为在歧路，儿女共沾巾。"这首诗固然是王勃独步千古的佳作，但是，王子安集中的其他诗，我们也没有理由轻视，因为它们同样出于才华横溢的王勃笔下。

江湖夜雨发现本篇这首诗，细细品来，也是相当有滋味的。此诗明白如话，就不用多解释了。我们注意，此诗是"杂体"，也就是说它并非是一首绝句。这首诗的独特之处在于：短短的四句之中，也换了韵脚。一般来说，比较长的歌行，往往换韵，这样一可以使诗句更富有变化，如果一韵到底，不免呆板生硬；二者可以避免出现韵脚中常见字不够用，只好扭着诗意，弄些生僻的字来硬填的现象。此诗寥寥四句就换韵，是非常少见的。王勃这首诗，开头的二句是平声韵，而末尾的两句却换成了仄声韵，读来更多几分凄怆之感。同样，唐代女诗人程长文的诗："绮陌香飘柳如线，时光瞬息如流电。良人何处事功名，十载相思不相见。"通篇押的是仄声韵，也显得低抑悲愤。江湖夜雨觉得，近体诗的格式中，没有仄声入韵一体，是很大的一种缺憾。

这句诗后两句最佳："故人故情怀故宴，相望相思不相见。"在短短的一句中，三个字重叠来用，却不嫌啰唆，很是精妙。这种句式被相当多的后人"抄袭"和"借鉴"。大诗人李白就屡屡"偷"来用，像什么"一叫一声肠一断，三春三月忆三巴"，还有那句"相思相见知何日，此时此夜难为情"，都与此类似。苏轼也有"此生此夜不常有，明月明年何处看"一句，我觉得，这都是仿效了王勃这首诗的句式而来。按皎然的

"诗有三偷"来判,也当属于"偷势"一款。

纳兰容若的词近来十分流行,有很多女子很粉纳兰。他的《画堂春》一词中有一句叫"相思相望不相亲,天为谁春?"这"相思相望不相亲",更应该是脱胎于王勃这首诗的末句,所以,江湖夜雨心中十分不平,王勃这首原创作品却少有人知晓,何其不公?

①复阁重楼:指多层的高楼。浦:水滨。

附:有人提出骆宾王的《代女道士王灵妃赠道士李荣》中也有"相怜相念倍相亲,一生一代一双人"这样的句子,怀疑王勃是从骆宾王的诗中借鉴而来,但据彭庆生《唐高宗朝诗歌系年考(总章元年至上元元年)》中所说,王诗考订为咸亨元年(670)所作,骆诗则是咸亨四年(673),这就排除了王勃借鉴骆宾王的可能。当然,这只是一家之言,其实他俩的诗谁在先谁在后,我觉得还真不好查证,但李白、苏轼、纳兰性德等人,无疑是借鉴了王、骆的诗句。

五

安知千里外，
不有雨兼风

——千里共婵娟的愿望也会落空

卷61-24　中秋月二首（其二）　李峤

圆魄上寒空①，皆言四海同。
安知千里外，不有雨兼风。

这首小诗，是当时赫赫有名的"文章四友"之一的李峤所作。在当时，"文章四友"的名气是远远大于"初唐四杰"的。所谓"文章四友"，是指这几位：杜审言、苏味道、李峤、崔融。这几个人，经常为朝廷书写诏策，官样文字玩得特别精熟。像李峤，官名比诗名大，两唐书的传记中，他不在"文苑"或"儒林"类里，而在名臣之类。其实大凡文人，都是抱着"学而优则仕"的心态来读书的，所以在"诗人"和"名臣"之间做选择题的话，多半都是宁可选择后者的。就算在今天，也是如此，当版主的吸引力能比得上当市长的吗？

"文章四友"的品格历来为人诟病，李峤在其中还算比较好点的，酷吏来俊臣曾捏造罪名想除掉当时的名臣狄仁杰等，当时武则天令李峤与大理少卿张德裕、侍御史刘宪去复核此案。张、刘两人不敢得罪杀人魔王来俊臣，凡事唯唯诺诺，李峤却刚正不阿，说道："岂有知其枉滥而不为申明哉！"又劝服了张、刘二人，一起写奏章替狄仁杰翻案，这才保全了狄公的性命。

不过李峤后来的作为也有不光彩的地方。张昌宗、张易之这两个武则天的男宠权势熏天，武则天宠爱他们，让他们主持《三教珠英》这项"文化工程"，李峤不免和他们关系非常密切，于是后来也被算作二张一党，贬官倒还罢了，一世清名也因此大受影响。

对于李峤的诗，江湖夜雨不是很喜欢，李峤先生可能是写朝廷公文写出职业病来了，诗句中也拿着架子，透着一股官气。李峤有一组"单字诗"，以"日""月""星""风""云"之类为题，共一百二十首，全是五律，规模也算十分宏大。然而，李峤写得很是乏味，试举一首如下：

卷59-2　月　李峤

桂满三五夕，蓂开二八时。清辉飞鹊鉴，新影学蛾眉。
皎洁临疏牖，玲珑鉴薄帷。愿言从爱客，清夜幸同嬉。

这样的诗，一味堆砌典故，虽是闲情逸致的题目，却是应制诗的口吻。对此，前人就有评论，说李峤"诗多咏物之作，凡天文地理，禽鱼花草及文具什物，无不入诗，惜少情趣"，说得十分中肯。

然而，李峤毕竟还是有几分才气的，他的诗也有不俗之作。本篇选的这首小诗就意境深远，耐人寻味。

中秋的明月高挂天空，有人说"海上生明月，天涯共此时"。古人不像我们，想念友人、情人时，一个电话一条短信，就可以互通情谊，分离之后，常是音书渺渺，如同隔世。正所谓"每逢佳节倍思亲"，中秋之日，本当团圆欢聚，但远隔山水的人们却只能对月遥思，来换得一点心理上的安慰。较之别人，李峤却更多了一层忧虑，圆月跃上寒空，都说此时此刻四海相同，但千里之外却难免会有风有雨，从而连月亮也看不到，连这千里共明月的愿望也将无法实现；而且，这"雨兼风"也隐喻着现实中的风雨波折。从这寥寥二十字中，不难读出李峤焦首煎心的挂念以及对世事难料、祸福难言的忧虑，实在是首意味深长的好诗。

①圆魄：指月亮。如南朝梁武帝《拟明月照高楼》诗："圆魄当虚阆，清光流思延。"

附：此诗一说为张乔所作。

风前灯易灭，
川上月难留

——薄命才子刘希夷的悲吟

卷82-27　故园置酒　刘希夷

酒熟人须饮，春还鬓已秋。
愿逢千日醉①，得缓百年忧。
旧里多青草，新知尽白头。
风前灯易灭，川上月难留。
辛辛周姬旦②，栖栖鲁孔丘③。
平生能几日，不及且遨游。

　　刘希夷，是江湖夜雨非常喜爱的唐才子之一。他"美姿容，好谈笑，善弹琵琶，饮酒至数斗不醉，落魄不拘常检"，此类才子，正是我辈中人。《红楼梦》的开头说正邪二气时，评说有一类人是："其聪俊灵秀之气，则在万万人之上，其乖僻邪谬不近人情之态，又在万万人之下。若生于公侯富贵之家,则为情痴情种,若生于诗书清贫之族,则为逸士高人。"书中开列了一大堆名单:"如前代之许由、陶潜、阮籍、嵇康、刘伶、王谢二族、顾虎头、陈后主、唐明皇、宋徽宗、刘庭芝、温飞卿、米南宫、石曼卿、柳耆卿、秦少游,近日之倪云林、唐伯虎、祝枝山,再如李龟年、黄幡绰、敬新磨、卓文君、红拂、薛涛、崔莺、朝云之流……"这其中,刘庭芝就是刘希夷。

刘希夷,一名庭芝,我觉得这两个名字都很符合他的为人。所谓"希夷",取于《道德经》中的"视之不见谓之希,听之不见名曰夷",从刘希夷的这首诗中我们就能感觉到他身上浓重的道家气味,而"庭芝"一词,应该是来自于《世说新语》:"譬如芝兰玉树,欲使其生于阶庭耳。"以刘希夷的才貌,称之为芝兰玉树自是当之无愧。

有道是"霁月难逢,彩云易散",刘希夷的遭遇却是十分坎坷,虽然他二十五岁时就中了进士,但他的诗作在当时,很不受人看重。因为我们看刘希夷的诗,多为古体,而且自然流畅,平白如话,不像当时正时髦的上官仪、李峤、沈佺期、宋之问等那样多写些堆砌典故、讲究音律的近体诗,因此他"词旨悲苦,未为人重"。就像现在文坛一样,指不定流行什么,有时候流行恶搞一派,一副二流子腔瞎调侃的才受欢迎,有时候又流行煽情一派,满天的雨滴都是她的泪,2米/秒的二级风也能吹皱她的心。刘希夷如果是生在中唐"诗到元和体变新"

之时，应该早就名声鹊起，天下仰慕。正所谓："使李将军，遇高皇帝，万户侯何足道哉！"

刘希夷的性格十分脆弱敏感，我们最为熟知的是他的那首《代悲白头翁》，这首诗《唐诗鉴赏词典》中有收录，其中最为有名的警句是"今年花落颜色改，明年花开复谁在"和"年年岁岁花相似，岁岁年年人不同"。这几句都被《红楼梦》中的林妹妹借去，化用在《葬花吟》中。又有这样一个传说，说是刘希夷的舅舅宋之问对"年年岁岁花相似，岁岁年年人不同"一联又妒又羡，想窃为己有。刘希夷不肯，宋之问就下了毒手——"使奴以土囊"将刘希夷"压杀于别舍"。江湖夜雨原来写的《唐才子评传》也因袭了这一说法，但细查史料，宋之问的年纪和刘希夷相若，甚至还要小几岁。这在古时并不算很奇怪的事，小舅舅大外甥算什么？《红楼梦》中不是说过吗，"摇车里的爷爷，拄拐的孙孙"，而且刘希夷死时，宋之问还官微职卑，籍籍无名，想来不会有那样大的权势可以一手遮天，像捏死个蚂蚁一样害掉刘希夷的性命。宋之问人品是差，后来也干过陷害自己恩人（王同皎）的歹事，但当时的宋之问，恐怕尚无这样大的能量。所以上述的传说，非常可疑。不过，刘希夷早早地夭亡却是事实，《唐才子传》中感叹道："希夷天赋俊爽，才情如此，想其事业勋名，何所不至，孰谓奇蹇之运，遭逢恶人，寸禄不沾，长怀顿挫，斯才高而见忌者也。"

刘希夷留下来的诗并不多，但每篇都不错，读来才调清逸，如兰香玉润。我们来细看一下刘希夷这首诗，大体是说：

酿的酒熟了，到了可以喝的时候，春天也又回来了。然而，鬓发却如染上秋霜一样白了。我愿意一醉千日，忘掉这世上的烦忧。旧园故里生满了疯长的春草，而当年的新朋友也都纷纷白头，人的一生就像这风前的孤灯一样容易被吹灭，世上的时光也像河中所映的月亮一样难以长留，像周公、孔子一样忙忙碌碌又有什么用呢？不如把握这难得的几日欢愉吧。

此诗中，"旧里多青草，新知尽白头。风前灯易灭，川上月难留"这两联极佳，我觉得比王维的名句"雨中山果落，灯下草虫鸣。白发终难变，黄金不可成"还要好。风前的灯，川上的月，都在暗示着我们，我们的生命亦是如此脆弱，正如安妮宝贝所说："生命是一座恢弘华丽的城堡。轻轻一触，如灰尘般溃散。"细细品来，刘希夷的这首诗和李白《春夜宴桃李园序》的意味还是迥然不同的，这里面没有李白"开琼筵以坐花，飞羽觞而醉月"的飞扬神采，而是充满了近乎绝望的忧伤。刘希夷的笔下，生命总是那样的脆弱不堪："白发今如此，人生能几时""宛转蛾眉能几时，须臾鹤发乱如丝"。从这些诗句中，我们仿佛能看到当年落花之下、荒草阶前，刘希夷那清癯的容颜，单薄的身形。

①千日醉：相传有一种美酒，可以使人一醉千日。干宝《搜神记》："狄希，中山人也。能造千日酒，饮之千日醉。"

②卒卒：指急促匆忙的样子。如司马迁《报任安书》："会东从上来，又迫贱事，相见日浅，卒卒无须臾之间得竭指意。"

③栖栖：忙碌不安貌。出于《论语·宪问》：微生亩问孔子："丘何为是栖栖者与？无乃为佞乎？"

七

**不知园里树，
若个是真梅。**

——倒霉诗人东方虬的咏梅诗

卷100-8　春雪　东方虬

春雪满空来，触处似花开。
不知园里树，若个是真梅。

这首小诗的作者是东方虬，说起此人，似乎是无名之辈，唐诗选本上也很少提及。不过在武则天一朝，东方虬也是"身染御炉香"的宫廷诗人，曾当过左史。左史，是被武则天改过的官名，在其他朝代一般称为起居舍人。此官品级虽然并不大（从六品），但负责记录皇帝日常行动与国家大事，能够经常亲近皇帝，所以该职位也是相当重要的。像裴度、苏轼等许多人都做过起居舍人这个职位。

据说东方虬曾经打趣道，他的名字百年后可与西门豹（就是把巫婆扔水里的那个）作对。所谓"作对"，不是瞪眼打架，他是说如果做对联的话,其名和西门豹恰好是一绝对。也是,"东方虬"对"西门豹",十分工整。可惜的是,东方虬的名字,百年之后,渐渐不被人知了。现在我们对他的生平事迹了解得很少,与之有关的是这样一个小故事,出于《新唐书·文艺传·宋之问》篇:

武后游洛南龙门,诏从臣赋诗,左史东方虬诗先成,后赐锦袍,之问俄顷献,后览之嗟赏,更夺袍以赐。

武则天和群臣游洛阳南边的龙门山,一时高兴,让大臣们写诗比赛。东方虬捷足先登,先写成了,武则天一看不错,当场赐给他一袭锦袍。东方虬乐得嘴还没合上呐,宋之问的诗也写成了,武则天觉得宋写得更好,于是下令将东方虬的锦袍夺过来,转赐宋之问。于是留下这样一个典故:赛文中获胜称为"夺袍"。如杜甫在《寄李十二白二十韵》中就说:"龙舟移棹晚,兽锦夺袍新。"不过,在这个故事中,东方虬扮演的却是一个失败者的角色,是个给宋之问垫脚的丑角身份。可以想象当时刚得到锦袍又立马被夺去的东方虬,是何等的尴尬。

其实东方虬的诗才还是挺不错的,现在他的诗几乎完全散失,只留下四首,我们也无从窥得全豹。陈子昂写有一篇《与东方左史虬修竹篇并书》,文中狠批了一番齐梁风气,却猛夸东方虬的《孤桐篇》"骨气端翔,音情顿挫,光英朗练,有金石声",并提高到"可使建安作者,相视而笑"的高度。可惜东方虬这首颇有建安风骨的《孤桐篇》早已失传了。我们也只好从他留下的四首小诗中选出这首来品读一下。

《春雪》这首小诗,明白如话,不用多解释。我觉得王安石的这首诗明显就是受了此诗的启发:"墙角数枝梅,凌寒独自开。遥知不是雪,为有暗香来。"当然,从诗意上来讲,王安石的诗更胜一筹。东方虬的诗中只是讲梅雪莫辨的情景,而王安石却用"为有暗香来",突出梅有香而异于雪这个特点,更多些说不尽的隐喻。不过,东方虬创作在先,而且这首小诗本身读来也相当不错,就算不值一百分,九十分还是能够得上的。

常有人说:"第一个以鲜花比美人的是天才,第二个是庸才,第三个是蠢才。"其实也不见得,东方虬应该说是很早就将"雪""梅"相喻并写的诗人,但他的这首诗却远不如王安石的诗出名。宋代卢梅坡的"梅须逊雪三分白,雪却输梅一段香"一句的知名度也要比其高得多。东方虬早于宋之问成诗,结果被夺去锦袍;早于卢梅坡、王安石二人以梅拟雪,却诗名不传,何其冤哉!故江湖夜雨将此诗推荐给大家一读,莫使东方虬复有夺袍之恨。

八

北邙山上列坟茔，
万古千秋对洛城
——让人悚然而惊的警句

卷97-44　邙山　沈佺期

北邙山上列坟茔，万古千秋对洛城。
城中日夕歌钟起，山上唯闻松柏声。

沈佺期也是初唐时期很有名的一个"御用文人"，他和宋之问齐名，有"沈宋"之称。《新唐书·文艺·宋之问传》曾说："魏建安后迄江左，诗律屡变。至沈约、庾信，以音韵相婉附，属对精密。及之问、沈佺期，又加靡丽，回忌声病，约句准篇，如锦绣成文。学者宗之，号为沈宋。"确实，沈佺期和宋之问对律诗的发展和定型功绩不小。

虽号称为"沈宋"，但宋诗要好于沈诗，当年上官婉儿登上彩楼举行"评诗大会"时，沈佺期就略逊一筹，输给了宋之问。他二人同年而生，同科及第，并没有长幼之分，之所以后

29

人说起来时,"沈"在"宋"前,我觉得多半是因为宋之问的人品十分不好,惹人厌恶。

当然,沈佺期作为御用文人,也写过不少马屁诗(应制诗),这些诗铺陈词藻,读来味同嚼蜡。比如《千家诗》上选的这首《侍宴》:

皇家贵主好神仙,别业初开云汉边,山出尽如鸣凤岭,池成不让饮龙川。

妆楼翠幌教春住,舞阁金铺借日悬。敬从乘舆来此地,称觞献寿乐《钧天》。

看上去是够华丽堂皇的,其实空洞无味,这是一般应制诗的通病。当然,《千家诗》在旧时,带有浓重的教科书色彩,当时的学子也是很需要学习这类诗的作法的,不然将来"金殿对策"时,赵钱孙李都忘了倒不打紧,但不会写这种歌颂我皇万岁的肉麻诗篇,这"公务员"的身份可就难当上了。今天,高考的指挥棒早已换了样式,老沈的这类诗早已沦为垃圾之类,我们没有必要多花心思品味吟诵了。

本篇要推荐给大家的《邙山》,在题材上并不算太新鲜,如今,流行歌曲里也唱:"看世间,忙忙碌碌,何苦走这不归路?"看来是自古以来,无论何时何代,都会有感叹人生苦短的愁闷,面对"生关死劫谁能躲"的无奈。汉诗《古诗十九首》中早就说:"驱车上东门,遥望郭北墓。白杨何萧萧,松柏夹广路。下有陈死人,杳杳即长暮。潜寐黄泉下,千载永不寤。浩浩阴阳移,年命如朝露。人生忽如寄,寿无金石固……"和这首诗的意境是完全类似的,但是沈佺期的这首诗更为凝练,更加余味悠长。

"北邙山上列坟茔,万古千秋对洛城"。北邙山是以坟山著称的,自东汉以来,这里就是王侯公卿的葬身之地。古人认为这里是风水宝地,有道是"生在苏杭,葬在北邙"。众多的死人一直埋到唐朝,几乎埋遍了整个北邙山,所谓"北邙山上无闲土,尽是洛阳人旧墓"。山上这层层叠叠的坟茔,似乎千年万代就在这里遥对着繁华热闹,车水马龙的洛阳城,似乎有一双双眼睛在暗暗地注视着这一切。读罢此句,一股阴森森的寒意不免袭上心头。

"城中日夕歌钟起,山上唯闻松柏声"。这两句又是对比而写,但诗意又推进了一层:城中那些峨冠博带的大腕们,在朝堂上威仪赫赫;脂浓粉香的美人们,在急管繁弦里轻歌曼舞,而这阴森死寂的邙山上,却只有似乎千百年来就一直生长在此处的松柏沙沙作响。这两种境地,一种繁华之极,一种却沉寂之极。读到此处,不用诗人再说,我们早已悚然而惊。繁华是留不住的,歌舞之人,酒宴之欢,终归不能长久。无论再怎么不情愿,这些人都要进入北邙山的坟墓,成为累累荒冢中的一员!诗到此处,戛然而止,而诗中之意,却早已让我们冷汗涔溽,确实,诗写到此处,已不必再往下说了。

初唐诗僧王梵志有首诗,诗意与此类似:"城外土馒头,馅草在城里。一人吃一个,莫嫌没滋味。"王梵志这首诗当然也不错,但他的诗风是那种一针见血型的,说得彻,说得狠。元朝曲作家张养浩有首《山坡羊·北邙山怀古》也是写的此意:"悲风成阵,荒烟埋恨,碑铭残缺应难认。知他是汉朝君,晋朝臣?把风云庆会消磨尽,都做了北邙山下尘。便是君,也唤不应;便是臣,也唤不应!"这种曲词形式的文体,也是经常说得太直白透彻,唯恐读者听不明白似的。相比之下,沈佺期的这首诗显得更加余思缈缈,耐人回味。从"诗贵含蓄"这个标准上来说,沈佺期此诗有其独到之处,在同类诗中要略胜一筹。

九

生儿不用多，
了事一个足
——唐代的"计划生育"宣传诗

大皮裹大树，小皮裹小木。
生儿不用多，了事一个足。
省得分田宅，无人横煎蹙。
但行平等心，天亦念孤独。

富儿少男女，穷汉生一群。
身上无衣挂，长头草里蹲。
到大肥没忽①，直似饱糠牲。
长大充兵仆，未解弃家门。
积代不得富，号曰穷汉村。

继续生出来，世间无处坐。
若不急抽脚，眼看塞天破。

既然上一篇刚提到了王梵志,那就再选一组王梵志的诗来看看吧。王梵志是初唐时期的一位诗僧。他的出生也有几分神秘的色彩,冯翊的《桂苑丛谈》中是这样说的:

王梵志,卫州黎阳(今河南浚县)人也。黎阳城东十五里有王德祖者,当隋之时,家有林檎树,生瘿,大如斗。经三年,其瘿朽烂。德祖见之,乃剥其皮,遂见一孩儿,抱胎而出,因收养之。至7岁,能语。问曰:"谁人育我,复何姓名?"德祖具以实告。因曰:"林木而生,曰梵天。"后改曰"志"。……作诗讽人,甚有义旨。盖菩萨示化也。

这里说王梵志是从树疙瘩里长出来的,倒和孙悟空从石头中蹦出来有类似之处。当然,如果从科学的分析方法来推断,树上是不可能结出婴孩的,十有八九,王梵志很可能就是个弃婴,父母将他丢弃在树洞中,结果被这个叫王德祖的人拾到,后来人们加以附会,犹如"穿井得一人"的故事一样,以讹传讹,传成了这个样子。

要说这王梵志出生神奇,是"菩萨示化",有些唯物主义思想浓厚的朋友是绝对不信的,但是江湖夜雨翻阅王梵志的某些诗时,却吃惊地发现王梵志诗中的某些思想,着实超前得可以,似乎在预知我们今天的某些事情。

比如我们这里选的这三组诗,竟然就体现了"计划生育"

的思想:"生儿不用多,了事一个足。"这就是"只生一个好"的思想嘛;"富儿少男女,穷汉生一群""积代不得富,号曰穷汉村",这是越穷越生,越生越穷的思想;"继续生出来,世间无处坐",这是在预示未来人口爆炸,资源枯竭的情景。在千年前的唐代,王梵志居然能有这样的思想,实在是让人非常惊奇。这未免让我们怀疑王梵志是否真的能预知世事。江湖夜雨还惊奇地发现,王梵志在这样一首诗中居然预测到未来人地关系紧张,普遍实行死后火化的情景:

生死如流星,涓涓向前去。前死万年馀,寻入微尘数。中死千年外,骨石化为土。后死百年强,形骸在坟墓。续续死将埋,地窄无安处。已后烧作灰,飏却随风去。

这里说由生到死,像流星和河水一样是挡不住的:死了万年多的人化成了微尘;死了千年的则成了化石泥土;死了百年的,骸骨倒还在坟墓里。以后陆续死的人多了,就没有这么多土地好埋,于是就烧成灰,随风散去。在唐代,普遍是实行土葬的,王梵志却居然能想到这些,实在令人奇怪。

王梵志的诗,俚俗如话,在唐诗中可谓别具一格,但他的诗类似于佛门偈语,在旧时一般不当作诗来选编,而且一般文人也瞧不起他这种太过俚俗的诗。于是,王梵志的诗后来失传了许久,幸好在敦煌石窟里被发现,这才重见天日。清人选编的《唐诗三百首》中当然不会有他的诗,《唐诗鉴赏词典》中收录有三首,但没有收入上一篇中提到的"城外土馒头"那首,我觉得是个缺憾。另外本篇这几首"计划生育"诗,也相当有意思,不妨一读,比我们现在讲的什么"要想富,少生孩子多种树,少生孩子多养猪"之类,水平要高得多。

当然,王梵志风格和其他唐代诗人很不一样,读来像吃了一粒怪味豆。他的诗里,没有典故,也不讲究典雅、工整,更不推崇含蓄矜持的名士派头,闺门风范。他的诗看似信口而出,平白如话,语不惊人,但笔调朴直犀利,剔肤见骨,直指人心。王梵志的诗中谈生死的较多,让人读来,会在警悚中深思。我们在欣赏流行歌曲时,听腻了嗲声嗲气的娇娇女声后,偶尔听上段雪村的"翠花上酸菜",也觉得挺开胃的。王梵志的诗,我想也会有此功效。

①肥没忽:具体文意不详,大概是唐代俗语,从上下文来看,应该是没有长胖的意思。"到大肥没忽,直似饱糠牲",就是说像吃糠的牲口一样,到大也长不胖。

十

离心何以赠，
自有玉壶冰

——PK一下"一片冰心在玉壶"

卷79-45　送别　骆宾王

寒更承夜永①，凉夕向秋澄。
离心何以赠，自有玉壶冰。

我们读到这首诗，恐怕立刻会联想到早就从语文课本里学过的这首："寒雨连江夜入吴，平明送客楚山孤。洛阳亲友如相问，一片冰心在玉壶。"王昌龄的这首《芙蓉楼送辛渐》，最为人推崇的就是最后这句"一片冰心在玉壶"。此句也成为众口传诵的名句之一。

我们应该知道，"玉壶冰"这个典故，并非是王昌龄的原创，早在六朝刘宋时，鲍照的《代白头吟》就有"清如玉壶冰"之句。在唐代，这个典故非常流行，并不生僻。王维第一次应试时就写下《清如玉壶冰》一诗："玉壶何用好，偏许素

37

冰居。"开元名相姚崇写过《冰壶诫》："故内怀冰清,外涵玉润,此君子冰壶之德也。"杜甫《湖中送敬十使君适广陵》:"气缠霜匣满,冰置玉壶多。"李商隐《别薛岩宾》:"清规无以况,且用玉壶冰。"好了好了,不用再举了,反正这个典故在唐朝就像我们熟悉"老鼠爱大米"这个词一样,并不新奇。

骆宾王的这首诗,和王昌龄这首七言诗相比,在自然流畅上似乎逊色了一些,然而,此诗也不失为一首值得咀嚼品味的好诗,较之王诗,更为凄清孤寂,寒彻人心。

王昌龄诗的前两句"寒雨连江夜入吴,平明送客楚山孤",虽然也是一派萧瑟黯淡的离别气氛,但是"寒雨连江"和"楚山孤"等语,都在写非常宏大的空间和场景,给人一种开阔悠远的感觉,而骆宾王的诗,写寥落漫长的黑夜,凉意袭人的秋夕,使得整首诗给人的感觉是充满秋露寒霜。在这种氛围下,诗人高洁孤单的形象和玉壶冰之喻却恰好相得益彰,也是相当有感染力的。

同样的比喻,在这两首诗中的感觉有所不同:王昌龄的诗,虽然有孤独之感,但其中不难读出他向朋友坦开胸怀的磊落之情;而骆宾王的诗,却凄苦冷清,一如我们熟悉的他那首《咏蝉》诗中的句子:"露重飞难进,风多响易沉。无人信高洁,谁为表予心?"

江湖夜雨觉得,王昌龄这句"一片冰心在玉壶"虽然非常精彩,但"离心何以赠,自有玉壶冰"这两句也称得上可圈可点的佳句。从写作时间上来看，当然应该是骆诗在先；从原创性这方面讲，骆宾王的这首诗也是该加点分的，所以在此，也将该诗推荐给大家。

①承：接续。此句指寒夜漫漫。

十一

舞腰愁欲断，
春心望不还

——"扫帚星"郑愔的闺情诗

卷106-12　折杨柳　郑愔

青柳映红颜，黄云蔽紫关①。
忽闻边使出，枝叶为君攀。
舞腰愁欲断，春心望不还。
风花滚成雪，罗绮乱斑斑。

郑愔这人，诗词选本中少有他的诗，唐代诗人的名号里似乎也没有他这一户。其实郑愔这人也挺有才的，十七岁时就中了进士，可谓少年得志，但他在政治上十分昏头昏脑，一生坚定不移地跟着奸臣走，而且是跟着"下降通道"里的奸臣走。开始他依附于酷吏来俊臣；来俊臣死了后，他又依附于武后男宠张易之；张易之被杀后，他又依附武三思和韦后；最后又和谯王李重福（唐中宗的儿子），起兵反对李隆基，最终兵败被杀，全族处斩。《资治通鉴》说："初，郑愔附来俊臣得进，俊臣诛，附张易之；易之诛，附韦氏；韦氏败，又附谯王重福，竟坐族诛。"郑愔这人一身晦气，仿佛是个"扫帚星"般的人物，谁沾上他谁玩完，结果最终自己也弄了个"族诛"的下场。

郑愔临死前还闹了出笑话：谯王李重福事败之后，郑愔穿上一身女子的衣服，扮成女人想逃跑。结果还没有跑到城门口，就实在因为太吸引人们的眼球而被士兵捉住。郑愔也是的，如果长得和男宠张昌宗相似，扮个女人出逃还差不多；但他本来就长得"貌丑而多须"，本来就那么丑，还出来吓人，那就是他的不对了。郑愔被当场斩于洛阳闹市，并灭三族。

不过，郑愔的人长得不像女子，但本篇所选的这首诗冒充一下女子手笔，倒还是说得过去的。我们来品味一下这首《折杨柳》：

折杨柳，这是古诗中十分常见的题材，折柳赠别的习俗也早已有之，到唐代尤为盛行，正所谓"年年柳色，灞陵伤别"。究其原因，一方面"柳"与"留"谐音，再者，柳条柔弱摇曳的姿态，也能表达"依依不舍"之情。

此诗第一句"青柳映红颜，黄云蔽紫关"，开篇就颇有气势，用鲜明的对仗，如同电影中的分镜头一般，将长安柳边的红颜女子和黄云万里的荒凉边塞呈现在我们的眼前。"忽闻边使出，枝叶为君攀"。写这名女子听说到边关的使者要去，于是攀动了她心中的思念，按道理，律诗三、四句是要对仗的，但这两句反而不再对仗，以后人的眼光看，似乎不合声律，这在初唐时的诗体中，却是很常见的模式。这和当时诗律并未完全定型有关，但我觉得，有时这种形式却显得更为活泼自由。

"舞腰愁欲断，春心望不还"。这一联写得相当不错。诗中的"舞腰"，一句双关，既指婀娜的红颜女子，也指婆娑弄姿的柳枝，而"春心"之"春"，也是一方面指满眼的春光春色，也暗指女子心中的春意春情。"风花滚成雪，罗绮乱斑斑"。继续使用这种双关的手法："风花滚成雪"，明写的是杨花如雪，到处飞扬，但不免让人联想到，此时的边关，可能还真的是雪花片片，有道是"即今河畔冰开日，正是长安花落时"；而"罗绮乱斑斑"，明写杨花沾上女子的罗裙，弄得点点斑斑，但也可以使我们联想到珠泪涟涟的女子，哭得罗裙上满是泪斑。郑愔这首诗中的手法当然还称不上"一声也而两歌，一手也而二牍"，但也算相当不错了。

郑愔这样一个政治上近乎丑角的人物，在当时就为人鄙视，所以他的诗自然也会被冷落。当然，郑愔这首诗从艺术上来讲，并非是十分的精彩，比起王昌龄的"忽见陌头杨柳色，悔教夫婿觅封侯"（这可巧了，上一篇就逮住王昌龄PK来着），似乎还差那么一点火候。有人曾这样比喻，九十九度的水差那么一度，就无法成为开水。江湖夜雨觉得，一百度的开水当然和九十九度的热水有质的区别，但九十九度的水也并非毫无作用,可以作沐浴取暖等多种用途嘛。

《全唐诗》中收录了郑愔诗一卷,共24首,其中不乏清丽可观之句。比如"风吹数蝶乱,露洗百花鲜""音书秋雁断,机杼夜蛩催""曲断关山月,声悲雨雪阴"等等都算得上是好句。下面附上一首诗,也是写闺情的,请大家自己欣赏一下吧:

卷106-13　秋闺　**郑愔**

征客向轮台,幽闺寂不开。音书秋雁断,机杼夜蛩催。

虚幌风吹叶,闲阶露湿苔。自怜愁思影,常共月裴回[2]。

①紫关:指北方的关塞。晋崔豹《古今注·都邑》:"秦筑长城,土色皆紫,汉塞亦然,故称紫塞焉。"

②裴回:徘徊。

十二

有路不通世，
无心孰可攀

——诗僧寒山的绝妙好诗

卷806-1　诗三百三首（其二二六）　寒山

自乐平生道，烟萝石洞间。
野情多放旷，长伴白云间。
有路不通世，无心孰可攀。
石床孤夜坐，圆月上寒山。

寒山也是唐代一位非常有名的诗僧，但是我们对他的来历一无所知，资料中也没有任何记载。所谓真人不露相，露相不真人，据说寒山当年在国清寺中只是负责烧火，似乎比《天龙八部》中那个神奇的扫地僧地位还低：扫地僧起码还是负责"图书馆"的，寒山似乎只是"火工头陀"。历来真正的有道高人，往往都是"避山唯恐未山深"，离红尘俗世越远越好，身份也是越低贱越平庸越好。有个叫韩康的隐士以卖药为生，他的药言无二价,后来有了名气,一个女子因他不肯还价而认出他,他于是远走他乡,再也不在此地卖药了。

寒山也是如此,当时有一个叫闾丘胤的官儿(台州刺史),患头疼病,百治不愈,结果被一个叫丰干的和尚治好了。闲谈中,丰干告知他国清寺里有寒山、拾得二僧,并透露,寒山是文殊菩萨化身,拾得是普贤菩萨化身。闾丘胤于是专门去拜访,但寒山一见有官来了,就和拾得携手走出寺门,奔归山岩深处。闾丘胤做了两套僧衣,并许多礼物,派人送到山上。寒山一见,就喝道:"贼,贼!"转身退入山洞,当下山洞闭合成绝壁,再也追寻不着。闾丘胤搜寻他俩无获,只发现山后竹、木、石壁上到处都写有不少诗篇,于是抄得寒山写的诗三百余首,又抄得拾得写的偈语数十首,编集成一卷。

关于寒山拾得二人,传说多多,后来他俩竟又变为和合二仙,主宰男女婚姻。传统风俗画里,有两个童子模样的,一人执荷花,一人捧盒子,据说就是寒山、拾得二人。清代雍正十一年(1733年),正式封寒山为和圣,拾得为合圣。现在北京有个快餐叫"和合谷",不知是不是也让他们二位做形象代言人。

这些都是传说而已,不过关于寒山的身世,也确实十分神秘难解。他的生卒年就闹不清楚,有说他是初唐人的,有说他是中唐人的,也有人说晚唐的,还好,没有跑到唐朝外面去。有人还觉得诗集中寒山的风格并不统一,怀疑不是一个人写的。对于这些问题，江湖夜雨的看法与众不同，我觉得寒山既然是遁世高人，很有可能从初唐活到晚唐。至于诗风中有的像初唐，有的像中唐，风格很不一样，那也很好理解了，一个人活上几百年，思想能没有变化吗？别说上百年，六七十岁的老人，他们年轻时说的话写的文章，也会和现在大不相同，易安居士暮年"在帘儿底下，听人笑语"的情怀，和少时"倚门回首，却把青梅嗅"的娇态不也是判若两人吗？

上面说过，现存的寒山诗是抄自他随手写在山壁竹石之上的，所以好多诗也不知道是何题目。《全唐诗》中收集的寒山诗三百多首，堆在一块儿，统称为《诗三百三首》，这些诗风格不尽一致。我们选这首最能代表寒山本色的诗来看一下。

寒山的诗，根本不用那些晦涩艰深的典故来充门面，他的诗明白如话，如同白居易的诗能让老太太都懂一样，只要能通文识字，就不会看不懂。本篇这首诗亦是如此，所以就不用多解释了，正所谓"是真佛只道家常"。

当然，"真佛"所道的家常，绝不仅仅是张家长李家短，蒜贵还是葱贵，"真佛"是将深刻的道理融入浅显的事例中来讲。寒山的诗也有此特点，像"有路不通世，无心孰可攀"，字面虽浅近，但深味其意，却发现似在隐喻着不少深邃哲理。"石床孤夜坐，圆月上寒山"也是如此，为什么不说"残月下寒山"？圆月，在佛门道门中都有其喻意，吕祖曾说"有人问我修行法，遥指天边日月轮"，佛门中更是常用来指圆觉光明。

所以这首诗乍读但觉仅获冷清之感，但最后这句"圆月上寒山"，如果真正领悟后，却会感受到诗人清明在躬，智慧朗照，一派大彻大悟后畅达自如的心境。

从这首诗我们可以体会到，寒山的诗和王维、孟浩然的诗都不尽相同，王维、孟浩然虽也不乏清逸之作，但王维的诗里面总多一份空寂之感，充满了怅惘和迷茫；孟浩然的诗虽然恬淡，但骨子里还是有俗世中人的炽热肝肠，像什么"遑遑三十载，书剑两无成"之类的。寒山的诗，却冷清澄澈到了极处，真使人心骨俱冷，体气欲仙。

寒山此类的好句还有"践草成三径，瞻云作四邻""无风萝自动，不雾竹长昏""秋到任他林落叶，春来从你树开花"等等，都是空灵神逸的上品，不可不读。

十二

**鹦鹉花前弄，
琵琶月下弹**

——寒山的清丽之作

卷806-1　诗三百三首（其十四）　寒山

城中娥眉女，珠佩何珊珊。
鹦鹉花前弄，琵琶月下弹。
长歌三月响，短舞万人看。
未必长如此，芙蓉不耐寒。

寒山的诗，很多类似于王梵志，都是常用非常通俗的词语来讲述佛理，比如寒山的这首"我见谩人汉，如篮盛水走。一气将归家，篮里何曾有。我见被人谩，一似园中韭。日日被刀伤，天生还自有"，其风格就和王梵志的"他人骑大马，我独跨驴子。回顾担柴汉，心下较些子"的风格非常相近。这类诗，虽然有些"土气"，但可以说是深入浅出，可以让普通老百姓都能听懂领会。

寒山的这类诗,在传统诗集中往往不被认为是能登大雅之堂的,当时就有人嘲笑过寒山。寒山自己在一首诗中这样说:

有个王秀才,笑我诗多失。云不识蜂腰,仍不会鹤膝。
平侧不解压,凡言取次出。我笑你作诗,如盲徒咏日。

我们看,这个姓王的迂腐秀才,不能体会寒山的真实功力,却一味嘲笑寒山所写的诗不像格律诗的形式,笑话寒山的诗不合平仄(平侧不解压),诗中多用俗语(凡言取次出),用沈约发明的什么"蜂腰""鹤膝"①等东西来约束诗句。其实随着格律的越来越完善,越来越精严,反而从很大程度上伤害了诗词艺术本身。有道是"诗必盛唐",而盛唐时的诗,格律恰恰并未十分完备,"失粘""失对"之处时常可见,却独有一种天然韵致,如行云流水般潇洒自如。

本篇所选的这首诗,是寒山三百多首诗中比较清丽的一首。这也让我们知道,寒山也是会写这种清词丽句的。这首诗虽然也有一种劝世的味道,也写的是美人容华难久,但是却并不像寒山其他的诗那样尖锐。中间两联"鹦鹉花前弄,琵琶月下弹。长歌三月响,短舞万人看",写得也是活色生香,盈盈有致。最后虽然有那么一句"芙蓉不耐寒",但却是淡淡的、委婉的,不像寒山的其他诗那样给你一个"当头棒喝"——"中有婵娟子。其貌胜神仙……更过三十年,还成甘蔗滓"。甘蔗渣这样的比喻，虽然更有一针见血、振聋发聩的效果，但作为写诗来说未免有点过于"简单粗暴"，不符合诗要以含蓄蕴藉为贵的传统审美习惯。

不过大家注意，寒山这首诗，虽然形式上很像一首五律，但在声韵上却不合。"珠佩何珊珊"，这一句中的"何珊珊"三字，更是犯了诗家的大忌——"三平调"[②]。所以，这首诗并非是五律，而是一首五古。不过，我觉得寒山这首诗还是注意了平仄变化的，读来并不是太拗口，可见犯了这"三平调"也没有什么大不了的啊。不知道为什么古人作律诗时一有此"病"，就觉得像光膀子扎领带一般不能接受。

从这首诗我们也可以看出，寒山和王梵志是有所不同的，王梵志现存的全是那种俚俗如话的诗，而寒山诗集中虽然也有很多是诸如"东家一老婆，富来三五年。昔日贫于我，今笑我无钱。渠笑我在后，我笑渠在前……"这样的，但是寒山本身的文化素养似乎高于王梵志，寒山很多诗带有相当浓的文人气，这类诗和唐代其他诗人相比，没有什么大的不同，而且其水平之高，也远非嘲笑寒山的什么"王秀才"这等无名鼠辈可比。比如《唐诗鉴赏词典》中选的这首诗，通篇用叠字，当真妙到极处，是那些后世专门雕琢词句的人捻秃了胡子，熬白了头发，也写不出来的：

杳杳寒山道，落落冷涧滨。啾啾常有鸟，寂寂更无人。

渐渐风吹面,纷纷雪积身。朝朝不见日,岁岁不知春。

①蜂腰,鹤膝:声律术语。诗歌声律上的八种弊病之一。南朝梁代沈约提出八病之说,即平头、上尾、蜂腰、鹤膝、大韵、小韵、旁纽、正纽。后人对八病的解释不尽相同。据《文镜秘府论》所述:平头指五言诗第一、第二字不得与第六、第七字相同(同平、上、去、入)。上尾指第五字不得与第十字同声(连韵者可不论)。蜂腰指五言诗第二字不得与第五字同声,言两头粗、中央细,有似蜂腰。鹤膝指第五字不得与第十五字同声,言两头细、中央粗,有似鹤膝。(近人从宋蔡宽夫说,以为五字中首尾皆浊音而中一字清者为蜂腰,首尾皆清音而中一字浊者为鹤膝。)八病说原为研讨声韵和谐变化,对律诗的形成起了一定的作用,其弊病在于刻意追求形式,雕琢繁琐,反而束缚诗歌内容的表达。对此,古人早就批评过,严羽《沧浪诗话》曾说:"作诗正不必拘此,弊法不足据也。"

②三平调:所谓"三平调",就是指一句诗结尾的三个字都是平声字,这是格律诗的大忌。

十四

情知海上三年别，
不寄云间一纸书
——飘逸磊落的盛唐风味

卷117-5　春草　张旭

春草青青万里馀，边城落日见离居。
情知海上三年别，不寄云间一纸书。

在唐代时，张旭的名气就非常大，但不是因为他的诗写得好，而是他的草书是当时一绝。韩愈在《送高闲上人序》中曾夸道："往时张旭善草书，不治他技。喜怒窘穷、忧悲、愉佚、怨恨、思慕、酣醉、无聊、不平，有动于心，必于草书焉发之。观于物，见山水崖谷，鸟兽鱼虫，草木之花实，日月列星，风雨水火，雷霆霹雳，歌舞战斗，天地事物之变，可喜可愕，一寓于书。故旭之书，变动犹鬼神，不可端倪，以此终其身而名后世。"

看来好似武侠小说中讲武功练到极高境界时，草木竹石皆可为剑一样，张旭的书法也是悟天然、师造化，自然达到炉火纯青，鬼斧神工的妙境。杜甫的《饮中八仙歌》云："张旭三杯草圣传，脱帽露顶王公前，挥毫落纸如云烟。"据说张旭习惯在酒宴间脱帽露顶，大呼挥毫作书，并能用头发蘸墨写字。要说行为艺术，人家张旭这才叫行为艺术，而现代好多人，只是做些出乖露丑的怪状来骇人眼目，和艺术其实不沾边儿。和张旭同时代的李颀有首诗叫做《赠张旭》："张公性嗜酒，豁达无所营。皓首穷草隶，时称太湖精。露顶据胡床，长叫三五声。兴来洒素壁，挥笔如流星……"我们看张旭的草书，那真是笔走龙蛇，如惊雷骤雨般狂放酣畅，想他本人又荣列"饮中八仙"之一，自然是"兴来书自圣，醉后语尤颠"，其诗想必也会像李太白一样狂放无忌，长短句杂出，透着十足的桀骜不驯，豪放纵逸的情调了。

岂知不然！我们看张旭留下来为数不多的六首诗中，意味和他的书法大相径庭，均是清幽明丽，淡泊自然之作。《唐诗鉴赏词典》中选有他的《山中留客》和《桃花溪》：

山中留客
山光物态弄春晖，莫为轻阴便拟归。
纵使晴明无雨色，入云深处亦沾衣。

桃花溪

隐隐飞桥隔野烟,石矶西畔问渔船。

桃花尽日随流水,洞在清溪何处边?

这两首诗固然是佳作,但我觉得本篇这首《春草》也并不逊色,顺便提一下,此诗并未收入张旭的集中,而是后人从张旭的书法作品《春草帖》中找到的,看来张旭的诗也是散佚极多。诗词中写离情的不少,并不为奇,但是张旭这首诗还是很有特色的,我觉得能体现出盛唐诗独特的韵味。

这首诗看起来明白如话,不用过多解释,但是仔细品味,才会发觉诗人独特的匠心。春草青青,明为写景状物,暗指离情。其实自从《楚辞·招隐士》里写过"王孙游兮不归,春草生兮萋萋"以来,就将草和离情牵连在了一起,而边城落日,也烘托出一种依依不舍的别情。

当然这些并不是此诗最为独特的地方,我觉得这首诗的独特之处在于:意境开阔高远,有盛唐的气象。宋严羽《沧浪诗话》说:"李杜数公,如金翅擘海、香象渡河,下视郊岛辈,直虫吟草间耳。"意思说和李白杜甫比起来,贾岛孟郊等就像虫子在草里哼哼。其实不单李杜,盛唐时的好多诗人都是这样。我们看张旭此诗中,"万里""边城""海上""云间",都是写极为高远壮阔的境界,虽是离愁别绪,但是盛唐时的人还是开朗豪迈的,不像后世人常写些窗下梧桐、案上残灯、池中残荷等琐碎事物。这就是盛唐人开阔的胸襟、潇洒的气度，是一种盛唐的时代精神，这是后世人难以仿效的。

所以，此诗读来，不仅声韵上高亢清越，而且意境上也是行云流水般的舒卷自如，于情深款款中透出一种飘逸磊落的神采。窃以为这种境界的诗，在唐人中，也就是李太白、王昌龄、王维、高适、岑参等寥寥数人可写，就算是"诗圣"杜甫，也难再写得出来了。这并不仅仅是功力的问题，而是时过境迁，当盛唐的气象衰落后，诗中的气韵也不得不随之而变了。

十五

拾樵供岁火，
帖牖作春书
——田间新韭般清新的好诗

卷116-17　除日　张子容

腊月今知晦①，流年此夕除。
拾樵供岁火，帖牖②作春书。
柳觉东风至，花疑小雪馀。
忽逢双鲤赠③，言是上冰鱼。

　　张子容这个人，常见唐诗选本中也少有提及，但如果细心一点，还是会对此人有些印象的。他年轻时曾和孟浩然一起隐居在襄阳，情同莫逆。孟浩然的诗集里有不少写给他的诗，比如很有名的那首《秋登万山寄张五》。这里的张五，就是张子容。唐人喜欢称排行，以示亲昵，比如杜甫被称作杜二，柳宗元称作柳八。注意这个排行有时是整个家族的排行，并非亲兄弟的排行，要不你会惊诧白居易的妈太伟大了（白二十二）。

不过称排行也有不雅观的时候,那天猛然翻到高适集中一首诗的标题赫然为《别王八》,让江湖夜雨笑得呛了水。细读孟浩然诗集,写给张子容的诗不止一首,像《送张子容进士赴举》《寻白鹤岩张子容隐居》等等,都可以证明两人确是至交好友。

现在孟浩然在诗坛上的声望比张子容要大得多,但是在当时,恐怕孟浩然却是非常羡慕张子容的。因为比起孟浩然应举不第,四处求职无门来,张子容要幸运得多。他倒是一下子就中了进士,当了乐城的县令。虽然最终张子容还是"弃官归旧业以终",但人家毕竟风光了一把,以后醉后夸口,也能唾沫星子乱飞地说:"我也曾赴过琼林宴,我也曾打马御街前……"孟浩然临老还是双眼通红地哀叹:"欲济无舟楫,端居耻圣明。坐观垂钓者,徒有羡鱼情。"到死也没有过过官瘾。

张子容的诗,总体来说不如孟浩然,他写过《春江花月夜》二首:

林花发岸口,气色动江新。
此夜江中月,流光花上春。
分明石潭里,宜照浣纱人。

交甫怜瑶珮,仙妃难重期。
沉沉绿江晚,惆怅碧云姿。
初逢花上月,言是弄珠时。

虽然也不算太差，但在张若虚那首震古烁今的绝世之作遮掩下，张子容这二首不免默默无闻，无人提及了。张子容毕竟是孟浩然的好友，也非等闲之辈，他的有些诗很接近孟浩然的风格——"语淡而味终不薄"，可以从平平淡淡的句子中透出无穷的滋味。

本篇这首诗，写的是除夕的情景：

在张子容笔下，除夕这天，人们拾足了柴火，好暖暖地过个冬夜，并可以好好地煮一顿年夜饭。家家窗上都贴上窗花什么的，添了一些喜庆气息；此时的柳枝已泛青，似乎春风已至，几朵梅花开放，远见却似残雪未消。邻居送上一对鲤鱼，说是冰开后自己跳出来的，过年时有鱼，年年有余啊……这一切，都洋溢着新春情趣，弥漫着浓郁乡情。

此诗中，不像李峤的"岁岁高堂列明烛"那样，写的是玉堂华厦中的年夜风光；也不像高适的"旅馆寒灯独不眠，客心何事转凄然"那样，写的是天涯羁旅中守岁时的愁绪，而是像杨柳青年画一般，以广阔的视角写出寻常百姓过年时的情景，透着强烈的农家风味，乡间的烟火泥土气息，如同田间新剪的春韭一样清新。

其友孟浩然有一首《过故人庄》，"故人具鸡黍，邀我至田家。绿树村边合，青山郭外斜。开轩面场圃，把酒话桑麻。待到重阳日，还来就菊花"，历来为诗家称道。张子容的这首诗虽然所描绘的情景不同，但风格却是同样的朴实淳厚，如果以酒喻诗，此诗便是一坛土制家酿的糯米酒。

①晦：每月的最后一日。
②牖：窗户。
③双鲤：古诗中往往代指书信，如"客从远方来，赠我双鲤鱼。呼儿烹鲤鱼，中有尺素书"，但此处并非指书信，就是指真的鲤鱼。

十六

下帘弹箜篌，
不忍见秋月

——媲美太白的佳作

卷119-33　古意　崔国辅

净扫黄金阶，飞霜皎如雪。
下帘弹箜篌，不忍见秋月。

崔国辅的名头，就我们今天来说，在唐代诗人中并不很响亮。关于他的生卒年等情况也是一团模糊，知之不详。只知道他是苏州人，开元十四年（726年）中了进士，比王昌龄还要早一年，后来最高做到集贤直学士。天宝十一载（752年），京兆尹王铁犯罪被杀，崔国辅因是其近亲，受到株连，被贬为晋陵司马。在晋陵时，他遇到了"茶圣"陆羽，两人交往甚密。陆羽虽后世有"茶圣"之名，但在当时，只是个半俗半僧的穷书生，地位并不高贵。

崔国辅和孟浩然、李白都有交往，现在有句话说"看一个人要看他的朋友"，从李白、孟浩然、陆羽等，不难想象崔国辅的为人。在唐代，对于崔国辅的五言绝句，评价是非常高的，殷璠在《河岳英灵集》中说："国辅诗，婉娈清楚，深宜讽味，乐府数章，古人不及也。"很多后人也都认为盛唐五言绝句以崔国辅、李白、王维、孟浩然并列为"正宗"。

崔国辅的诗，多数写儿女闺情，风格清丽婉转，柔曼多姿。晚唐时擅长摹写香艳之作的韩偓，就专门写过《效崔国辅体四首》，可见崔国辅在此类诗上是有其独到之处的。

看到本篇这首小诗，我想大家可能都会联想到李白的这首《玉阶怨》：

玉阶生白露，夜久侵罗袜。
却下水晶帘，玲珑望秋月。

这两首诗十分相似，可谓异曲同工。崔诗直写"净扫黄金阶，飞霜皎如雪"，这金阶白霜，给人以十分直观强烈的感受；而李白的诗却是侧面渲染，露水虽不如严霜更举目可见，但用白露浸湿罗袜，以显夜深秋浓，也曲尽其妙。崔诗说"下帘弹箜篌，不忍见秋月"，诗中满腔幽怨的女子落下帘子，去弹箜篌解闷，不忍看到孤寂的秋月，以免更添愁思；而李白的诗更推进一层，本已落下水晶帘，不想再对月伤怀，但这凄苦无眠之夜，又能做什么呢？于是只好再次隔帘望月。说起诗意的转折反复，婉转幽邃，太白似乎更胜了一筹；但是我觉得，崔国辅的这首诗也不失为一首好诗，更接近于乐府民歌那种明快质朴的本色。

崔国辅也不是仅仅只会写绮丽浓艳的五言，他这首《九日》也相当不错，也推荐给大家一读：

江边枫落菊花黄，少长登高一望乡。
九日陶家虽载酒①，三年楚客已沾裳②。

①陶家：指好菊嗜酒的陶渊明。
②楚客：指落魄失意，远离家乡的人。

十七

杨叶楼中不寄书，
莲花剑上空流血
——铁血柔情交织的《从军行》

卷120-9　从军行　李昂

汉家未得燕支山①，征戍年年沙朔间。
塞下长驱汗血马，云中恒闭玉门关。
阴山瀚海千万里，此日桑河冻流水②。
稽洛川边胡骑来③，渔阳戍里烽烟起。
长途羽檄何相望④，天子按剑思北方。
羽林练士拭金甲，将军校战出玉堂。
幽陵异域风烟改⑤，亭障连连古今在⑥。
夜闻鸿雁南渡河，晓望旌旗北临海。
塞沙飞浙沥，遥裔连穷碛⑦。
玄漠云平初合阵，西山月出闻鸣镝。
城南百战多苦辛，路傍死卧黄沙人。
戎衣不脱随霜雪，汗马骖单长被铁⑧。
杨叶楼中不寄书，莲花剑上空流血。
匈奴未灭不言家，驱逐行行边徼赊⑨。
归心海外见明月，别思天边梦落花。
天边回望何悠悠，芳树无人渡陇头。

春云不变阳关雪,桑叶先知胡地秋。
田畴不卖卢龙策[10],窦宪思勒燕然石[11]。
麾兵静北垂[12],此日交河湄[13]。
欲令塞上无干戚[14],会待单于系颈时。

　　唐代诗歌中,边塞诗要占据相当重要的一席之地。初唐盛唐时期,大唐国力强盛,军威赫赫,边塞诗也是一派昂扬慷慨之态,就算是文人,也将投笔戍边看作是一种人生理想,比如杨炯就说过:"宁为百夫长,胜作一书生。"王维也道:"忘身辞凤阙,报国取龙城。岂学书生辈,窗间老一经。"岑参更是说:"功名只向马上取,真是英雄一丈夫。"这和后世那种"好铁不打钉,好男不当兵"的理念天差地别。

　　唐玄宗开元年间,唐朝对外战争胜多败少,整个大唐上下一派高昂的尚武精神。大将高仙芝远征西域,翻过葱岭(今帕米尔高原),攻破吐蕃军事要塞连云堡(今阿富汗境内),以千余人大破小勃律,活捉小勃律国王及吐蕃公主;并灭掉了现在塔什干地区的"石国",大掳金银财宝无数。幽州长史张守珪,也用计将契丹头目屈剌、可突干等杀死,契丹势力为之一蹶不振。大将王忠嗣、哥舒翰等与唐朝最凶恶的敌人吐蕃大战,也是屡战屡胜。所谓"大漠风尘日色昏,红旗半卷出辕门。前军夜战洮河北,已报生擒吐谷浑",正是对当时大唐雄师的生动写照。

胜者一方的精神心态和败者是大大不同的,这也是为什么唐代的边塞诗中,早期往往是"金章紫绶千余骑,夫婿朝回初拜侯"的喜悦,而后来却是"可怜无定河边骨,犹是春闺梦里人"的凄怆。

本诗的作者李昂(并非唐文宗李昂),诗作很少,全唐诗中仅存其二首,他的生平事迹也没有多少记载,只知道他在开元时任考功员外郎。所以本诗应该是写于开元年间的。虽然李昂在唐代诗人里毫无名气,存诗也少,但我觉得他这首诗还是相当不错的,写得激越豪壮,恰似一曲嘹亮雄健的军中乐章,能从中感受到盛唐时那偾张的血脉。

诗句就不一一解释了,请大家参看后面的注释,仔细品味该诗,我觉得有这样几处特色是很值得称道的:

1. 意象宏阔:唐代边塞诗多有从大处落笔,写奇情壮景的特色,本诗也不例外。比如像"塞下长驱汗血马,云中恒闭玉门关""阴山瀚海千万里""塞沙飞淅沥,遥裔连穷碛"等句,都写得气势磅礴。

2. 对仗精美:本诗虽是七言歌行体,但其中有不少句子带有律句的特色,声韵上讲究平仄,对仗也工整巧妙。如"羽林练士拭金甲,将军校战出玉堂""玄漠云平初合阵,西山月出闻鸣镝""杨叶楼中不寄书,莲花剑上空流血"等等,都使诗句显得有堂堂之阵、正正之师般的整饬气象。

3. 铁血柔情：此诗的主旋律是雄壮慷慨的，但并非一味地心如铁石，毫无亲情、爱情可言。本诗从"杨叶楼中不寄书"（杨叶楼，应指征人妻子所居之楼）开始，转入柔情款款的另一个乐章，音韵轻柔舒缓，词语也清丽起来。像"杨叶楼""莲花剑""海外明月""天边落花"等，一下子就将人们的思绪带到那渴望已久的家乡，想起那楼头窗前终日翘首凝望的红颜佳人。

4. 基调昂扬：此诗作为盛唐的边塞诗，透出建功立业的高昂之气。虽然战事艰苦凶险——"塞沙飞淅沥，遥裔连穷碛""城南百战多苦辛，路傍死卧黄沙人"；虽然思乡思亲情切——"归心海外见明月，别思天边梦落花""杨叶楼中不寄书，莲花剑上空流血"，但是众将士抱着"匈奴未灭不言家"的决心和斗志，不把敌方首脑打得投降（"单于系颈"）不罢休。这句"欲令塞上无干戚，会待单于系颈时"，说得相当豪迈，和李白诗"不破楼兰终不还"的精神是一致的，都反映出盛唐当年那种"犯强汉者，虽远必诛"的气概。

这首诗用典较多，害得江湖夜雨搬来辞源，找了半天，这点可能在一定程度上影响了此诗的传播。注意该诗中好多典故并非实指，比如"燕然石""稽洛川"等，并非是唐朝当时作战的地方，这里只是借用汉代典故而已。这些典故，对于唐代的读书人来说，是大家熟知的事情，并非生僻之词，只是流传到我们今天,就并非人人都一目了然了。

回头再看看此诗,我觉得此诗中的这些句子很值得回味,和大家共同咀嚼一下:

"夜闻鸿雁南渡河,晓望旌旗北临海":鸿雁渡河南归,回到自己的家乡故土去了;而自己所随的大军却挥旗北上,直入虎狼之穴(此处的"海",指内地大的咸水湖),作生死难测的搏杀,这时将士们的心中,又是一种何等复杂的心情?

"玄漠云平初合阵,西山月出闻鸣镝":天上大漠云,地上的铁甲阵,夜月才出时的鸣镝(响箭)声,这好像是电影上的特写镜头,有声有色,给人连呼吸都紧张的气氛。

"春云不变阳关雪,桑叶先知胡地秋":第一句和"春风不度玉门关"同一机杼,塞外似乎没有春天可言,而秋天又似乎来得特别早,有道是"胡天八月即飞雪",这些都从侧面写出边塞生活的严酷艰辛。

本诗在诸多唐诗选本中少有提及,但我觉得此篇在唐代边塞诗中,虽不敢说超越岑高,但还是可以称得上佳作的。

①燕支山:焉支山,又名胭脂山。在甘肃山丹县东。《史记·匈奴传索隐》:"匈奴失焉支山,歌曰:'失我焉支山,使我妇女无颜色。'"
②桑河:桑干河,流经山西、河北北部,唐代在此地经常和北方民族作战。如李白诗"去年战,桑干源,今年战,葱河道"。
③稽洛川:稽洛山,今蒙古古尔班察汗山。东汉和帝永元元年(89

年），大将窦宪与度辽将军邓鸿和南匈奴单于共同进军，会师涿邪山（蒙古阿尔泰山），深入大漠，一直追到稽洛山，终于击溃北匈奴主力，斩首一万三千级，共有二十多万匈奴人投降。窦宪"燕然勒石"，在燕然山上竖立巨大的石碑纪念这次大胜。

④羽檄：古代军事文书，插鸟羽以示紧急，必须迅速传递。鸡毛信当是沿此传统。

⑤幽陵：北京地区的总称。当时为幽州，是唐代的边境。

⑥亭障：亦作"亭鄣"。古代边塞要地设置的堡垒。《尉缭子·守权》："凡守者，进不郭围，退不亭障以御战，非善者也。"

⑦遥裔：遥远。如谢灵运诗："照灼烂霄汉，遥裔起长津。"

⑧骖：同驾一车的三匹马。有时也指位于两边的马。被铁：披着铁甲。

⑨边徼：边境。赊：远。

⑩田畴不卖卢龙策：曹操北征乌丸时，田畴引导曹军从卢龙口越白檀之险，出其不意，一举消灭蹋顿。事后，曹操以田畴为乡导有功，封亭侯。田畴不受，曰："岂可卖卢龙之塞，以易赏禄哉？"这里指没有得到田畴指导破卢龙那样的好机会。

⑪可参看第③条注释。

⑫北垂：亦作"北陲"，北方边境地区。《汉书·匈奴传赞》："其与中国殊章服，异习俗，饮食不同，言语不通，辟居北垂寒露之野。"

⑬河湄：河边。

⑭干：盾牌；戚：大斧。此处代指兵戈战争。

十八

曲成虚忆青蛾敛，
调急遥怜玉指寒

——那一夜的少年情怀

卷124-9　闻邻家理筝　徐安贞

北斗横天夜欲阑，愁人倚月思无端。
忽闻画阁秦筝逸，知是邻家赵女弹。
曲成虚忆青蛾敛，调急遥怜玉指寒。
银锁重关听未辟[①]，不如眠去梦中看。

徐安贞的名字，想来大家也比较陌生。他生于70年代，当然，是7世纪的70年代，和张说、张九龄他们的年龄相仿，比孟浩然、李白等要大二三十岁。他有个曾用名叫徐楚璧，开元时当过中书舍人、集贤院学士。由于他性情耿直，常受到奸相李林甫的排挤，赌气之下跑到衡山的一处破庙里装成哑巴混日子，一度穷困不堪，奄奄待死。

这一天，庙里请了乡下塾师来题匾额，徐安贞无意中从此

69

人写的字上跨了过去,就遭到掌事和尚们的一顿暴打,说他踏坏了字。徐安贞不忿,提笔一写,当场把这些人都震住了,于是和尚们才知道他也是位高人,于是逮住他这个既现成又不用花钱雇的主,这庙殿的匾额全由他写了。后来徐安贞的友人李邕时任地方官,来到此处游玩,看到匾上的字,说:"不知徐公在此。"于是派人把他找了出来。徐安贞感叹道:"潇湘遇故人,若幽谷之睹太阳,不然委填岩穴矣。"是啊,不然的话,徐安贞可能真的就默默地死在破庙里,被和尚们随便往山涧里一丢,成了野兽们的口中食了。后来唐玄宗听说了他的情况后,"念其贤",给了他个"东流子"的尊号,徐安贞死于天宝二年(743年),死后被追认为尚书。从他的一生经历来看,也是个脾气倔强的性情中人。

徐安贞的诗现存十一首,其中应制诗不少,虽然也词句巧妙,但终非好诗。不过他这首《闻邻家理筝》,读来却让人觉得眼前一亮,越看越觉得颇有滋味。

"北斗横天夜欲阑,愁人倚月思无端"。诗中开篇先写闻筝时的情境,这是一个什么样的情境呢?北斗横天,夜深更阑,应该是家家都一枕黑甜的时候,而诗人却愁怀满腹,对月无眠,愁绪万端。

"忽闻画阁秦筝逸,知是邻家赵女弹"。就在此时,一阵悠扬的筝声从邻家高高的画阁中传了过来,这肯定是一位既美貌又温柔的歌姬(赵女)所弹。诗人不禁浮想联翩,他虽然没有看到"赵女"的样子，但却似乎已经有一个妩媚可爱的女子在他眼前了——"曲成虚忆青蛾敛，调急遥怜玉指寒"。她在这样深的夜晚弹筝，是不是也有无穷的心事？

所以诗人猜测，她弹筝时，也是蛾黛深敛，玉指清寒。当筝声戛然而止后，诗人似乎又从梦中醒来，毕竟这只是"虚忆""遥怜"而已，"银锁重关"、侯门如海，自己又哪里能进得去？又哪里能见得到这名女子呢？所以，最后只好无奈地说"不如眠去梦中看"，还是到梦里去梦一下她吧。我们可以想象，孤寒之夜里的这阵筝声，非但不会消去徐安贞心头的愁闷，反而更撩起他的愁思。虽然他说"眠去梦中看"，但是他此夜恐怕无法成眠了。

不用考据，江湖夜雨就敢打包票说，这首诗肯定是徐安贞少年时的作品。徐安贞是唐神龙二年（706年）进士，也就是说他35岁时才得以功成名就，可以想象，在他的少年时代，也会经历很多的挫折和失意：也许这一夜，正是他漂泊羁旅之中借宿在一间茅舍之内时；也许这一夜，正是他又一次饱尝下第的滋味时，这一夜的筝声拨动了他的心弦。虽然或许他一直没有见到弹筝的这个女子，虽然他和这个女子彼此之间什么故事也没有，但是这一夜的筝声却永远存在他的回忆里，再也忘不掉。

我想，徐安贞此时的心境大概和郁达夫在《沉沦》里写的差不多：

71

若有一个美人,能理解我的苦楚,她要我死,我也肯的。

若有一个妇人,无论她是美是丑,能真心真意的爱我,我也愿意为她死的。

我所要求的就是异性的爱情!

苍天呀苍天,我并不要知识,我并不要名誉,我也不要那些无用的金钱,你若能赐我一个伊甸园内的"伊扶",使她的肉体与心灵,全归我有,我就心满意足了。

有道是"哪个男子不钟情,哪个少女不怀春",在落魄书生们的心中,总是期望有一个添香红袖,无怨无求地给自己的寒窗添些暖意。即使是来个《聊斋》中的女狐女鬼,也聊胜于无。像现在《白狐》这首歌中唱的"我爱你时,你正一贫如洗寒窗苦读;离开你时,你正金榜题名洞房花烛",这正是书生们所梦寐以求的。

从诗歌中来讲,似乎"少女怀春"的题材要比"少男怀春"的题材更为让人们欣赏接受。男子爱慕女人,在汉唐之前还算是楚王巫山云雨、子建洛水遇仙的美丽佳话,但到了明清时,多半就成了猪八戒背媳妇、贾瑞被浇一头屎尿的笑话。《唐诗三百首》是清人所编,我觉得这大概是此诗被排斥在常见选本外的一个重要原因吧。其实,我觉得此诗从艺术手法上来看,不逊于《唐诗鉴赏词典》上选有的这首柳中庸的《听筝》:"抽弦促柱听秦筝,无限秦人悲怨声。似逐春风知柳态,如随啼鸟识花情。谁家独夜愁灯影，何处空楼思月明。更入几重离别恨，江南岐路洛阳城。"

和其他题材相类似的诗比较，此诗自始至终是只闻其声不见其人，大有"曲终人不见，江上数峰青"一样的韵味。白居易诗中写"千呼万唤始出来，犹抱琵琶半遮面"，但终究还是见到了人的，好多文学作品中，像《红楼梦》中的凤姐出场，都是先闻其声，后见其人。此诗中，却是始终没有正面出现这位弹筝的"赵女"，反而更给人以无穷的遐想。从艺术性上来看，此诗是相当成功的。这首诗在其他唐诗选本中极少见到，但《金圣叹评唐诗》中有，作者对此诗大夸特夸，可见此诗不俗。

①辟：开启。

十九

燕觅巢窠处，
蜂来造蜜房

——晶莹透彻的天然之趣

卷160-86　夏日辨玉法师茅斋　孟浩然

夏日茅斋里，无风坐亦凉。
竹林新笋稚，藤架引梢长。
燕觅巢窠处，蜂来造蜜房。
物华皆可玩，花蕊四时芳。

沈德潜在《唐诗别裁》一书中称孟浩然诗"语淡而味终不薄"，的确如此。孟浩然的诗，往往不加雕饰，说的似乎就是寻常景，家常话，直得不能再直。从诗家的眼光看，也"浅白"得可以，然而，细细品味后，却发现这些看似简单而不起眼的句子组合起来，竟是诗意盎然，是那些为苦心经营一两个警字警句而"掐擢胃肾"的人，累得吐血也写不出来的。

《射雕英雄传》一书中，黄蓉对洪七公说她最拿手的菜是

"炒白菜""蒸豆腐""炖鸡蛋""白切肉"之类。书中借洪七公之口评道:"真正的烹调高手,愈是在最平常的菜肴之中,愈能显出奇妙功夫,这道理与武学一般,能在平淡之中现神奇,才说得上是大宗匠的手段。"我觉得孟浩然的诗就是唐诗中的"炒白菜""蒸豆腐"。

本篇所选的孟浩然这首诗,平心而论,说不上是他的最佳之作,但却也极富孟诗的特色,我们试看一下:

"夏日茅斋里,无风坐亦凉"——夏天茅屋中,无风自凉。有人不禁摇头:平易、平白。作为起句,粗一点、平一点,也算罢了,接下来这句"竹林新笋稚,藤架引梢长",还是一样的味,未见新奇。再往下看,三、四句总该出点"警句"了吧,寻常诗家所谓的"警句",或是妙用古人典故,或是用些"险"字作些精巧的对仗,而孟浩然还是慢悠悠地来了句"燕觅巢窠处,蜂来造蜜房",也只是眼前景、口头话。完了,全篇都是这种"流水账",最后当然也不会有什么奇句,"物华皆可玩,花蕊四时芳"这样普普通通的结句也是在意料之中的。

读罢之后,果然就是寡淡如水的流水账、大白话吗?虽然诗中处处都是"平铺直叙",一点也不讲迂回婉转,但回味起来,你却觉得有滋味无穷的融融诗意。辨玉法师的夏日茅斋,无风自凉,凉的不只是身体,也是人心,心静自然生凉,而佛门禅地,自是清凉胜境。联想到有文殊菩萨道场之称的五台山,也有清凉山之称,可为印证。"竹林新笋稚,藤架引梢长。燕觅巢窠处,蜂来造蜜房",这几句看似平平写景,但其中却透出茁茁生机。要知道佛门广大,佛光普照,佛法慈悲,大德高僧,念念不离善心。有道是"扫地恐伤蝼蚁命,爱惜飞蛾纱罩灯",这竹林新笋、攀梢藤蔓、燕巢蜂房,让我们感受到一片平安喜乐的气氛。

闻一多先生曾评过:"孟浩然不是将诗紧紧地筑在一联或一句里,而是将它冲淡了,平均地分散在全篇中。"确实如此,想从孟浩然诗中找一两个警句,不太容易,但他的诗是一种"整体美"。这种境界的最高处,当然就是像"春眠不觉晓"那样的句子。我们知道,诗仙李白对孟浩然是极为推崇的,李白似乎也从孟浩然这里学到了其中精髓,像"床前明月光"之类的诗句,也深得孟浩然这种"语淡意远"的神韵。

苏轼好像很瞧不起孟浩然,《后山诗话》中有:"子瞻谓浩然之诗,韵高而才短,如造内法酒手,而无材料尔。"意思说孟浩然肚里没货。当然,孟浩然的诗也有题材狭窄,风格单一这样的缺点,不过却自有其独到的艺术特色,也不是其他人轻易就能学到的。

陆时雍曾在《诗镜总论》中提出这样的诗美标准:"善言情者,吞吐浅深,欲露还藏,便觉此中无限。"我觉得,这并不算是一种最高的境界。相比之下,严羽的《沧浪诗话·诗辨》中说的这种境界更为高明:"盛唐诗人,惟在兴趣。羚羊挂角,无迹可求。故其妙处,透彻玲珑,不可凑泊。如空中之音,相中之色,水中之月,镜中之象,言有尽而意无穷。"

孟浩然之诗,似得其中真趣。

二十

洒空深巷静，
积素广庭闲

——静谧之极的咏雪佳作

卷126-8　冬晚对雪忆胡居士家　王维

寒更传晓箭①，清镜览衰颜。
隔牖②风惊竹，开门雪满山。
洒空深巷静，积素广庭闲。
借问袁安③舍，翛然④尚闭关。

　　写雪景的诗说来不少，但是风格各异。虽然写的都是雪，但其中往往灌注了每个人的性格。"未若柳絮因风起"，这种翩翩然的意境自然是大才女谢道韫的句子，而"皓虎颠狂，素麟猖獗，掣断珍珠索"，这种狰狞霸悍的口气就只有一代枭雄完颜亮才讲得出。"明月照积雪，朔风劲且哀"透出乱世中谢灵运的惆怅，"乱云低薄暮，急雪舞回风"是饥寒交迫里老杜的辛酸。"欲将轻骑逐，大雪满弓刀"，写的是雪中的豪情，"孤舟蓑笠翁，独钓寒江雪"写的是隐者的胸怀。一向推崇幽静的王维，笔下的雪景，却是如此的恬淡静谧。

在一个雪后的清晨，已是白发衰颜的诗人起来梳洗时，不免对镜感叹。此时听到窗外风动竹声，开门后只见远处山上早已积满白雪，这雪还在下，静静地下，此时的街巷是那样的幽静，似乎整个世界都空无一人，只有雪在悄悄地下。盐粒般的雪，洒遍整个庭院。这时诗人想起老朋友胡居士（信佛但未出家者称居士），想必他正在闭门悠然自得吧。所谓隐士，都是喜静不喜闹，冬雪之夜，清静之极，正为王维、胡居士他们所喜。这整首诗都沉浸在一种宁静淡泊的情调中。

读王维的诗，如欣赏一幅轻笔淡墨的山水画，如听一曲冲淡平和的古琴曲。他的诗多数都是体现一个静字，如"人闲桂花落，夜静春山空"，如"涧户寂无人，纷纷开且落"，如"雨中山果落，灯下草虫鸣"……都是如此。此诗也不例外，这句"洒空深巷静，积素广庭闲"，写雪中之静，当真妙到巅毫，历来咏雪诗中无人可及。如"千山鸟飞绝，万径人踪灭。孤舟蓑笠翁，独钓寒江雪"，貌似写静，其实不静，这孤舟老翁，独钓江雪，别有一种倔强不平之态，远不如王维这首诗幽雅清淡。

清代王士禛在《渔洋诗话》中曾说过："古今雪诗，惟羊孚一赞[5]，及陶渊明'倾耳无希声，在目皓已洁'，及祖咏'终南阴岭秀'一篇，右丞'洒空深巷静，积素广庭闲'，韦左司

'门对寒流雪满山'句，最佳"。王维此诗，说是写雪诗中最佳者，我觉得倒未必，这多半是王渔洋个人的偏好。但此诗中所写的雪景，有动有静，有声有色，笔墨简淡，描画细腻，应该说还是相当不错的。不知为什么，此诗也没有选入《唐诗三百首》和《唐诗鉴赏词典》中，实在遗憾。

顺便说个题外话，王维诗写得好，琴棋书画也俱佳。他有一幅《袁安卧雪图》，上面画了一株雪中芭蕉，引出无穷争议。另有一幅《雪溪图》，也是绝世珍品，殷璠云："维诗词秀调雅，意新理惬。在泉为珠，着壁成绘，一字一句，皆出常境。"苏东坡也说："味摩诘之诗，诗中有画。观摩诘之画，画中有诗。"江湖夜雨觉得欣赏王维之诗，不可不看其画；观赏王维之画，不可不读其诗。

① 晓箭：拂晓时漏壶中指示时刻的箭。常借指凌晨这段时间。
② 牖：窗户。
③ 袁安：《后汉书·袁安传》载：袁安发迹前，有一年在洛阳遇罕见大雪，"人家皆除雪出，有乞食者"。可袁安却僵卧在家。雪一直下，他的屋舍早已给雪封住，县令掘雪救之，问他何以不出。答曰："大雪人皆饿，不宜干（打扰）人。"后来他历任太仆、司空、司徒，不避权贵，曾多次弹劾大权在握却专横跋扈的窦宪兄弟。
④ 翛（xiāo）然：无拘无束、自由自在的样子。
⑤ 羊孚：晋人。其《雪赞》云："资清以化，乘气以霏。遇象能鲜，即洁成辉。"见《世说新语》。

二十一

白首相知犹按剑，
朱门先达笑弹冠

——千古至今绝妙地狱变相

卷128-16　酌酒与裴迪　**王维**

酌酒与君君自宽，人情翻覆似波澜。
白首相知犹按剑，朱门先达笑弹冠[①]。
草色全经细雨湿，花枝欲动春风寒。
世事浮云何足问，不如高卧且加餐。

王维诗中的意境，多是像"人闲桂花落，夜静春山空"这样恬淡、清幽、澄彻、自然，但这首诗中却充斥了一股郁积在心中的愤懑之气。可见王维的心中，也并不是就完全超脱尘外，对世事始终无动于衷的。

说起王维的仕途，也并不顺利，其中栽的两个最大的跟头，一是及第后不久因"舞黄狮子案"被贬到济州，二是安史之乱中被迫给安禄山担任伪职。王维曾说："一生几许伤心事，不向空门何处销。"看来王维后半生的乐山乐水,多半是在疗伤,心头的伤,也是最难疗的伤。

裴迪是王维最要好的朋友,他和王维的交情大不一般:王维被安禄山贼军监禁在菩提寺中时,裴迪冒险去探望他。后来王维买下辋川别墅后,曾邀裴迪同游吟唱,两人的感情极深,有《赠裴迪》一诗为证:"不相见,不相见来久。日日泉水头,常忆同携手。携手本同心,复叹忽分襟。相忆今如此,相思深不深。"我们知道越是这样平白如话的诗,越证明两人之间是推心置腹的刎颈之交。王维写给裴迪的诗很多,数不胜数,王维的辋川别墅有华子冈、竹里馆、鹿柴等名胜多处,王维携裴迪共游,各赋五言绝句二十首,互为唱和,并一起去寻访隐者吕逸人(江湖夜雨怀疑此人就是吕洞宾)。

这首诗中,却并非写两人之间的友情,而是感叹世事难测,人心狡诈。诗中王维似乎是在劝慰裴迪,"酌酒与君君自宽,人情翻覆似波澜",意思在说,先喝口酒,消消气,世间的人情本就像波澜一样翻覆难料的。"白首相知犹按剑,朱门先达笑弹冠"。这两句是非常让人警悚的句子,金庸先生在他的小说《白马啸西风》中曾借一个书中人物之口解说过。我们来看一下:

李文秀跟着他进屋,……堂中悬着一副木板对联……上联道:"白首相知犹按剑。"下联道:"朱门先达笑弹冠。"……华辉道："你读过这首诗么？"李文秀道："没有。这十四个字写的是什么？"

华辉文武全才，说道："这是王维的两句诗。上联说的是，你如有个知己朋友，跟他相交一生，两个人头发都白了，但你还是别相信他，他暗地里仍会加害你的。他走到你面前，你还是按着剑柄的好。这两句诗的上一句，叫做'人情翻覆似波澜'。至于'朱门先达笑弹冠'这一句，那是说你的好朋友得意了，青云直上，要是你盼望他来提拔你、帮助你，只不过惹得他一番耻笑罢了。"

李文秀自跟他会面以后，见他处处对自己猜疑提防，直至给他拔去体内毒针，他才相信自己并无相害之意，再看了这副对联，想是他一生之中，曾受到旁人极大的损害，而且这人恐怕还是他的知交好友，因此才如此愤激，如此戒惧。这时也不便多问，当下自去烹水泡茶。

相交了一辈子，从穿开裆裤一直到白头的朋友，却还要抓着剑柄提防他会突然变脸加害；原来和你一起喝酒骂街发牢骚的朋友，一旦平步青云飞黄腾达了，你也不用为之高兴。正所谓，一阔脸就变，他就越来越不愿意搭理你这个贫贱之交，你指望他能来提携关照你，等来的只不过是一番耻笑罢了。这是多么让人心寒！金圣叹读到此处，曾感叹是"千古至今绝妙地狱变相"。是的，从古到今，这种故事一遍一遍地重复上演。

现在也有这样一句话："朋友是用来出卖的。"

对于这种令人无奈的现实，王维在诗中还是采取了充满佛道二家思想的应对方法，"草色全经细雨湿，花枝欲动春风寒"——做一株不起眼的小草，让细雨滋润；而如果想做早发的春花，不免会被料峭的寒风吹落。于是王维劝道："世事浮云何足问，不如高卧且加餐。"正如佛经上所说："一切有为法，如梦幻泡影。如露亦如电，应作如是观。"世上事本为虚幻，何必在意，还是多吃些酒菜吧。

相比于王维的其他一些诗，这首诗还是锋芒极盛的，其中"白首相知犹按剑，朱门先达笑弹冠"这一联，格外引人注目，当属名句之列。有人评说王维："这种亦显亦隐，半儒半释的人生经历与处世态度，势必造成巨大的心理矛盾，犹如碧潭止水，宜清心静观；但仰望高谷急湍，依旧凛然飞动，怵目惊心。"这首诗在王维诗集中就应该属于"凛然飞动，怵目惊心"的体现吧。

①弹冠：弹去帽子上的灰尘，准备做官。出典《汉书·王吉传》："王阳在位，贡公弹冠。"汉代王子阳做了高官，其友贡禹掸去帽上尘土，等着王子阳关照提拔。

二十二

杏树坛边渔父，
桃花源里人家

——王维的隐者之乐

卷 128-67　辋川六言　王维

厌见千门万户，经过北里南邻。
官府鸣珂有底①，崆峒散发何人②。

再见封侯万户，立谈赐璧一双。
讵胜耦耕南亩③，何如高卧东窗。

采菱渡头风急，策杖林西日斜。
杏树坛边渔父，桃花源里人家。

萋萋春草秋绿，落落长松夏寒。
牛羊自归村巷，童稚不识衣冠。

山下孤烟远村，天边独树高原。
一瓢颜回陋巷，五柳先生对门④。

桃红复含宿雨，柳绿更带朝烟。

花落家童未扫，莺啼山客犹眠。

酌酒会临泉水，抱琴好倚长松。
南园露葵朝折[5]，东谷黄粱夜舂。

王维四十岁左右时，购得原属宋之问的辋川别墅，并加以精心设计经营，使此地成为充满诗情画意的园林。以王维这等琴棋书画冠绝当时的大家手笔，想必当年的辋川别墅较之我们现在看到的任何园林都不会逊色。王维在《辋川集》序中写道：

余别业在辋川山谷，其游止有孟城坳、华子冈、文杏馆、斤竹岭、鹿柴、木兰柴、茱萸沜、宫槐陌、临湖亭、南垞、欹湖、柳浪、栾家濑、金屑泉、白石滩、北垞、竹里馆、辛夷坞、漆园、椒园等，与裴迪闲暇，各赋绝句云尔。

打开王维和裴迪的诗集，确实保存了两人唱和的这二十首诗，分述以上那二十个"景点"。其中王维那首《鹿柴》，是我们从小就背的："空山不见人，但闻人语响。返景入深林，复照青苔上。"可惜的是,当年的园林名胜早已不在,唯一值得欣慰的是,这些好诗句还能传诵至今。

王维的《辋川六言》七首诗,其中"桃红复含宿雨"被选入了《唐诗鉴赏词典》,但江湖夜雨觉得,其他六首诗也是相当不错的,而且这七首诗也并非各自成篇,全无瓜葛,而是如一组乐曲中的几个乐章一样,是彼此呼应,步步相生的。

第一首,先抒写归隐之志:"厌见千门万户,经过北里南邻。"说明王维早已厌倦了红尘俗世,厌倦了那些礼俗应酬。"官府鸣珂有底"——"鸣珂"是指长安城内的富豪居住区,房价大概都要上千两银子一平米。王维说那些排场极大,看起来阔气无比的朱门甲第又有什么值得羡慕的呢,还不如做一个隐居山野的逸士高人——"崆峒散发何人"。

第二首继续强调金堂玉马的富贵不如茅舍竹篱之清雅的思想。"再见封侯万户,立谈赐璧一双"。这在旧时是至高无上的荣光,是无数人做梦都渴望的理想,但王维却说,还不如回家安安心心地种田,随意"高卧东窗",用我们现在的话说就是"睡觉睡到自然醒"。

第三首就转入了对隐居之地风景的描绘,后两句暗用了两个典故。"杏坛""渔父"的典故出于《庄子·渔父》篇:"孔子游乎缁帷之林,休坐乎杏坛之上……"此篇中,后来冒出一个隐者身份的"渔父",将孔子教训了一番。这里王维用此典故,表达的是弃儒从道的态度。"桃花源",当然是出于陶渊明的《桃花源记》一文。此处的这两个典故，用得贴切自然，不露痕迹。知晓其中典故的，自然能多理解一层意思，但就算仅从字面上来看，杏坛、渔父、桃花之类的字样也和辋川之地的自然景物水乳交融，意脉相通。

接下来这几首，都是写隐居之景，隐居之乐，有几句特别值得玩味，如"落落长松夏寒"，"夏"字后面怎么着一"寒"字？初看似乎无理，但想山高林深之处，纵然当炎热难耐的酷暑之时，也是清风满怀，更高处甚至有积雪皑皑。这样一想，但觉只有这一"寒"字，方为得力。"牛羊自归村巷，童稚不识衣冠"，牛羊随意乱走，自行回归家中，根本不必担心有人偷盗什么的，儿童们根本也不识得什么是衣冠楚楚的达官贵人。这样淳朴纯挚的民情，让人不由得联想到陶渊明在《五柳先生传》中所说的："无怀氏之民欤！葛天氏之民欤！"

"南园露葵朝折，东谷黄粱夜舂"。这两句也耐人寻味。王维信佛，长年吃斋，露葵是当时的一种菜，可能王维的盘中常有。他的诗中不时出现这个词，比如"山中习静观朝槿，松下清斋折露葵"。《唐诗鉴赏词典》中解释说"参木槿而悟人生短暂，采露葵以供清斋素食"。这里，"露葵朝折"和"黄粱夜舂"不但对仗工整，品味起来，也有不少喻意。

我们知道，有"黄粱梦"这样一个典故，说一个姓卢的书生，在邯郸旅店中遇见一个道士（吕洞宾），道士给了他一个枕头，他枕在上面睡着了。就梦见自己做了大官，娶妻生子，享尽了荣华富贵。然而一觉醒来，店主人刚蒸的一锅黄米饭还没有熟。这个故事，最早见于沈既济的《枕中记》，说是发生于开元七年（719年）。联想到王维当时曾和裴迪访问过吕逸人（疑为吕洞宾），可能王维也是知晓这个典故的。就算王维当时并不知道此典故，但我们今天读到"黄粱夜舂"这句时，也会联想起"一枕黄粱"的故事，这和本诗的情境也是浑融相谐的。

吴均的《与朱元思书》曾说富春江的美景可使"鸢飞戾天者，望峰息心；经纶世务者，窥谷忘反"。而读王维的《辋川六言》这一组诗，也有此效用。古诗中六言者比较少见，写得好的更是少，王维这组诗，可谓不可多得之上品。王维笔下这些悠闲疏淡的情致，对于强调"时间就是金钱"，整日里忙碌不堪的现代人来说，我想依然会有人为之神往的。

①鸣珂：《新唐书·张嘉佑传》："方嘉贞为相时，任右金吾卫将军。昆弟每上朝，轩盖驺导盈闾巷，时号所居坊曰'鸣珂里'。"后来常用以指贵人的居处。有底：有什么。

②崆峒散发：用《庄子·在宥》中的典故："黄帝立为天子十九年，令行天下，闻广成子在于空同之山，故往见之。"

③讵：何如。耦耕：汉代学者郑玄注《周礼·考工记》，认为古代的耦耕是两人各执一耜，共同耕作的方法。

④五柳先生：陶渊明的外号。

⑤露葵：古时一种蔬菜。李时珍《本草纲目·草五·葵》："古人采葵必待露解，故曰露葵。"战国时宋玉《讽赋》："炊雕胡之饭，烹露葵之羹。"

二十二

百岁老翁不种田，
惟知曝背乐残年

——周伯通般的唐代老头儿

卷134-44　野老曝背　李颀

百岁老翁不种田，惟知曝背乐残年。
有时扪虱独搔首，目送归鸿篱下眠。

说起李颀，有些朋友可能也不是太熟悉，其实《唐诗三百首》里倒有好多他的诗，有《古意》《送陈章甫》《琴歌》《听董大弹胡笳声兼寄语弄房给事》《听安万善吹觱篥歌》等；《唐诗鉴赏词典》选的大体也是这些，他那首《送魏万之京》中的"鸿雁不堪愁里听，云山况是客中过"，是为人传诵的名句。

不过李颀的诗句虽多，却也像现下影视剧中半红不黑的二流角色一样，只混得个脸熟，想来有不少人听江湖夜雨说了这许多后还是没有什么印象。那《还珠格格》的电视剧总看过吧，小燕子知道吧，乾隆罚她背的那首《古从军行》记得吧？

就是那个"白日登山望烽火，黄昏饮马傍交河。行人刁斗风沙暗，公主背诗幽怨多……"说错了，是"公主琵琶幽怨多"，刚才那句是小燕子杜撰的。

李颀虽然在开元十三年（725年）中过进士，但他一生只做过新乡县尉这样一个芝麻小官。李颀想必也是不会做官的人，人家都是"三年清知府，十万雪花银"，而李颀当了一回新乡的县尉（相当于公安局长），却弄成这等尴尬境地："数年作吏家屡空，谁道黑头成老翁。男儿在世无产业，行子出门如转蓬。"（《欲之新乡答崔颢綦毋潜》）可见确是做官方面的低能儿。所以后来他索性辞官，又过起隐士的生活——"罢吏今何适，辞家方独行"。

施蛰存先生在他的《唐诗百话》里讲过李颀的《渔父歌》，宋人洪迈的《容斋随笔》中记下的这四句也相当不错："远客坐长夜，雨声孤寺秋。请量东海水，看取浅深愁。"（此四句《全唐诗》中不载）这里江湖夜雨就不拾这些名家的牙慧了。

《野老曝背》这首诗别具一格，读来饶有趣味。诗中写一个百岁老人，年岁大了，也不用耕田使力了，每天在暖乎乎的阳光下晒晒背，坐在地上捉捉虱子；有时困了，就干脆倒在篱笆下面睡一觉。江湖夜雨读罢此诗，脑海中显现出的是老顽童周伯通的那种形象——虽已是年高岁老，白发白须，但却有孩童一般的天真烂漫。

细味此诗，发觉此诗意味深长，并不像字面上那样浅易。

其实想想，这个百岁老人也挺不容易的，年过百岁才得以放下田里的活，说明他是像老耕牛一样出了一辈子力，种了一辈子田的，直到晚年才得以喘息一下。这样他就觉得很满足了，正像他在太阳底下晒晒背就觉得很满足一样。

《列子·杨朱》里讲过这样一个故事：从前宋国有个农夫，经常没有棉衣穿，冬天冻得不轻。终于盼到开春了，这个农夫在暖暖的阳光下一晒，那个舒坦劲就别提了。他跑到家里和自己的老婆说："晒太阳这样舒服的事，人们都不知道，我要把这事告诉国王，肯定会得重赏。"——他根本不知道人家国王住的是广厦深宫，穿的是狐裘锦袍。

这个典故一般都当作笑话来听，但是转念想想，也没有什么可笑的。宋国国王虽然偎红依翠、锦衣玉食，但他也丧失了体会到春日煦暖阳光的乐趣，这只属于一个冬日里忍冻过来的农夫。历代的帝王，平均寿命只有30多岁。昏昏然于声色犬马中的帝王，震怒于文武百官前的帝王，有时候却始终不会享受到平民百姓最容易得到的快乐。

所以，世上有百岁的村夫，却没有百岁的皇帝。诗中的这个老人，已活了百岁，应该是从隋末一直活到开元年间，这百年来，什么风风雨雨没有见过？一百年，在历史上虽然说起来很短，但其中的沧桑变故也是惊人的，比如我们今天的百岁老人，他们出生时还是满清皇朝哪。一百年，就算是一张桌子，一把椅子，也因岁月的磨蚀变得泛黄；就算是一株树，也会渐渐枯空，正所谓"树犹如此，人何以堪"。到了这个时候，人生的片尾，名利财货似乎也不那么重要了，正如《菜根谭》中所说："发落齿疏，任幻形之凋谢；鸟吟花开，识自性之真如。"从诗中看，这个老人面对生命的最后时光，也是万事不再萦怀，一切谈笑任之，所以他才目送飞鸿，篱下酣眠。这是一种几近于道的境界。也许正因为老人素来有此胸怀，才得享百岁遐龄吧。

当然，这首诗里，也透出一种盛唐时安乐祥和的气氛，中唐之时的窦巩有一首《代邻叟》："年来七十罢耕桑，就暖支羸强下床。满眼儿孙身外事，闲梳白发对残阳。"其中就多有衰败之气，远不如此篇雄健。到了晚唐离乱之时，韦庄的《秦妇吟》中的老翁更是这等形象："明朝又过新安东，路上乞浆逢一翁。苍苍面带苔藓色，隐隐身藏蓬荻中。"《笑傲江湖》一书中，祖千秋和令狐冲"论杯"，说"饮这绍兴状元红须用古瓷杯，最好是北宋瓷杯，南宋瓷杯勉强可用，但已有衰败气象"。确实，不同的时代，人的精神面貌也随之不同，诗句的意境也不同，岂独瓷杯邪？

二十四

竹竿袅袅波无际，
不知何者吞吾钩

——白发渔樵江渚上，惯看秋月春风

卷144-50　戏题湖上　**常建**

湖上老人坐矶头，湖里桃花水却流。
竹竿袅袅波无际，不知何者吞吾钩。

常建和前面我们说的李颀一样，在唐代诗人中也是配角的身份，但古人对常建的评价是相当高的。唐人殷璠所编选的《河岳英灵集》中，将常建的诗放在开卷之首，以说明他对常建诗的喜爱，而此集中，"诗圣"老杜的诗，却一首也没有入选。看来时代不同，社会环境不同，人们的欣赏口味还是有非常之大的差别。

常建和李颀的官运也相似，也是最终才混了个县尉的职位。为此，《唐才子传》作者辛文房愤愤不平地说："古称高才而无贵仕，诚哉是言。曩刘桢死于文学，鲍照卒于参军，今建亦沦于一尉,悲夫!"

关于常建的诗,最有名的当然是他那首《题破山寺后禅院》,其中"曲径通幽处,禅房花木深"一联,让欧阳修大为叹服,曾说:"吾尝喜诵常建诗云'曲径通幽处,禅房花木深',欲效其语作一联,久不可得,乃知造意者为难工也。"后面的"山光悦鸟性,潭影空人心"一联也被殷璠誉为"警策"。一般来说,一首诗有上一联名句,就可以称为好诗了,而常建这诗警句连连,放在强手如云的盛唐诗坛中,也毫不逊色。不过此诗《唐诗三百首》和《唐诗鉴赏词典》中都有,这里就不多说了。

这首《戏题湖上》,虽然篇幅短小,也少为人知,却也不失为一首能代表常建风格的好诗。《河岳英灵集》中称:"建诗似初发通庄,却寻野径,百里之外,方归大道。所以其旨远,其兴僻;佳句辄来,惟论意表。"像《题破山寺后禅院》那首,笔调有如古体诗,并不拘泥于格律,却得天然之趣。这首诗也是如此,第一句有"湖上老人",第二句又是"湖里桃花",这要是放在穷讲究的宋代及后世酸文人那里,就会视作诗家之病而不敢道,因为他们觉得一首诗内,同一字、词重复地使用,就是诗之大忌。常建之诗恰恰代表了盛唐时挥洒自如的诗风,像"曲径通幽处,禅房花木深"一联,连对仗也不顾了,却成为千古不可多得之妙句,这就是盛唐的爽朗之气。

后面这两句,以渔翁湖上垂钓,意不在鱼,体现出一种超世的感觉。古来就有姜子牙用直钩钓鱼,愿者上钩一说,但老姜也是有目的的,他钓的不是小鱼小虾,而是王侯将相。常建笔下的这个老人,似乎连王侯将相也无意去钓,一派得失随缘,心无增减的豁达之情。我觉得这同样是一种盛唐气息的体现。我们来看看中唐时穷愁一生,又因借宿在宰相王涯家被错杀的诗人卢仝,他笔下的钓鱼者就是满腔郁闷、满腹牢骚:

初岁学钓鱼,自谓鱼易得。三十持钓竿,一鱼钓不得。人钩曲,我钩直,哀哉我钩又无食。文王已没不复生,直钩之道何时行。

相形之下,常建笔下的这个渔翁更有高人风范,有道是:"白发渔樵江渚上,惯看秋月春风,古今多少事,都付笑谈中。""不知何者吞吾钩"?世间设钩者众,吞钩者亦众,闲看贪饵上钩者,不亦乐乎?

二十五

太阳偏不及，
非是未倾心
—— 我本将心向明月，奈何明月照沟渠

卷147-14　游南园，偶见在阴墙下葵，因以成咏　刘长卿

此地常无日，青青独在阴。
太阳偏不及，非是未倾心。

这首小诗，题目挺长，正文却短，然而，仅仅这二十个字，却意味无穷。这诗并不难懂，诗中说有个墙根下背阴而生的葵——古代的葵，有人说并非今天的向阳葵，但古人所说的这种葵也是向日的。《三国志·魏志·陈思王植传》就说："若葵藿之倾叶，太阳虽不为之回光，然向之者诚也。"

历来诗人咏葵，多以此来表达自己的一片忠忱之心，比如宋代名臣司马光的诗"更无柳絮因风起，惟有葵花向日倾"，一副义胆包天、忠肝盖地的模样。刘长卿这首诗的意味不大一样，他说这株葵并不是不想向阳而倾，但太阳根本照不到它，它终日生长在见不到太阳的阴暗角落，又如何能朝向着太阳，沐浴阳光呢？退一步来说，就算是它努力朝向太阳，太阳也终究照不到它身上啊！诗中充满了寥落幽怨之情。大有"我本将心向明月，奈何明月照沟渠"的意味。

如果我们了解了刘长卿的经历，对这首诗中透出的悲慨之情就不难理解了。刘长卿的一生，堪称命运多舛，第一件倒霉的事是：刘长卿从二十岁一直考到三十二岁，这十二年中一次又一次落第。古人以"金榜题名时"为人生四喜之一，又以"下第举人心"为四悲之一，刘长卿这十二年来不知流了多少伤心泪。这也算罢了，人家还有一直考到八十岁的老考试专业户哪。《三字经》中就说"若梁灏、八十二、对大庭、魁多士"——是说一个叫梁灏的一直考到八十二岁，胡子头发都白了才考上。刘长卿更倒霉的是，好容易等到开元十四年（726 年）这回，终于金榜有名了，但是刘长卿却没有品尝到"春风得意马蹄疾"的滋味！因为还没有揭榜，安史之乱就爆发了，这滋味，肯定和我们中了百万元大奖，突然被宣布抽奖无效一般，岂不让人急得发疯？

到了唐肃宗即位后，刘长卿好容易被任命到苏州下属的长洲县当了县尉。然而，这人倒霉了喝口凉水也塞牙，他不久又被人诬告贪污而被下狱。据有些资料中说，他任转运使判官时竟然得罪了既是郭子仪的女婿，又是他的顶头上司的吴仲孺。

吴仲孺诬告他贪赃二十万贯，将其下狱。这唐代诗人都是文质彬彬的读书人，和杀人放火的梁山好汉不大一样，坐过牢服过刑的并不多，也就骆宾王、陈子昂、李白等寥寥数人，而刘长卿不幸也成为其中之一。好在唐代还不兴脸上刺字，不然带了两行金印，更是有辱斯文。在狱中时，刘长卿写了不少充满哀怨的诗句，如《罪所上御史惟则》中说"斗间谁与看冤气，盆下无由见太阳"，《狱中见壁画佛》也有"不谓衔冤处，而能窥大悲"，和我们选的这首诗的意境是相通的。

后来唐朝大军收复洛阳时，肃宗欢喜之下，大赦天下。刘长卿终于得以出狱，他写道："壮志已怜成白首，馀生犹待发青春。风霜何事偏伤物，天地无情亦爱人。"可以看来，这场牢狱之灾给刘长卿的打击虽大，但他还没有完全气馁。不过，刘长卿此后的宦海生涯，也终不得志，究其原因，还是刘长卿性格孤傲。辛文房的《唐才子传》说到了点子上："长卿清才冠世，颇凌浮俗，性刚多忤权门，故两逢迁斥，人悉冤之。"

知道这些，对此诗中所表达的情感就不难理解了，相比之下，宋人刘克庄有首诗似乎是反刘长卿之意而作："生长古墙阴，园荒草树深。可曾沾雨露，不改向阳心。"意思说不管沾不沾皇恩雨露，其忠心不改，但我觉得刘克庄之诗比较流俗，不如刘长卿此诗更有意思。

二十六

何辞向物开秦镜，
却使他人得楚弓
——刘长卿明白心迹的好句

卷151-40　避地江东，留别淮南使院诸公　刘长卿

长安路绝鸟飞通，万里孤云西复东。
旧业已应成茂草，馀生只是任飘蓬。
何辞向物开秦镜①，却使他人得楚弓②。
此去行持一竿竹，等闲将狎钓渔翁。

关于刘长卿的诗才，历来有不同的见解，高仲武《中兴间气集》中评道："大抵十首已上，语意稍同，于落句尤甚，思锐才窄也。"毋庸讳言，刘长卿的不少诗确实有这样的特点，比如前文引到的"风霜何事偏伤物，天地无情亦爱人"一句，在另一首五言中化为"得罪风霜苦，全生天地仁"这样极为相似的句子。一首五言诗中的"秦台镜欲临"和本篇中的"何辞向物开秦镜"也大略相近，这是实情。

以此否定刘长卿的才情，说其"思锐才窄"，我觉得未免过分。就算是诗仙李太白，也常有雷同的手法，比如"请君试问东流水，别意与之谁短长"和"桃花潭水深千尺，不及汪伦送我情"；"且就洞庭赊月色"和"暂就东山赊月色"；"狂风吹我心，西挂咸阳树"和"我寄愁心与明月，随风直到夜郎西"等等，也有此弊吧？

刘长卿有"五言长城"之称，但我觉得刘长卿不但五言写得好，六言七言都写得非常不错，我们看这样两首六言诗：

其一：
危石才通鸟道，空山更有人家，
桃园定在深处，涧水浮来落花。

其二：
晴川落日初低，惆怅孤舟解携。
鸟向平芜远近，人随流水东西。
白云千里万里，明月前溪后溪。
独恨长沙谪去，江潭春草萋萋。

都是相当不错的好诗，而刘长卿的七言诗中也是妙句叠出，如"江上几回今夜月，镜中无复少年时""孤城尽日空花落，三户无人自鸟啼""水近偏逢寒气早，山深常见日光迟"，都是卓为可观的好句子（这里只说常见选本没有的，还不提"闲花落地听无声"之类的）。所以，单说刘长卿是"五言长城"，未免如管中窥豹，只见一斑。

本篇所选的这首诗，很能代表刘长卿的风格：对仗工稳精致，诗意清淡幽远，于深密中见清秀。高仲武曾说刘长卿诗的特点是"甚能炼饰"，倒是十分中肯的。从诗题看，当时刘长卿正避乱在江南。"长安路绝鸟飞通"，是说当时正值安史之乱，通往长安的路都被断绝，只有鸟才能飞去，而包括刘长卿在内这些避乱的人，像孤云一样四处漂泊。一句"西复东"，将白云本无根，只能随风而飘散的情态描写得十分贴切。

"旧业已应成茂草，馀生只是任飘蓬"。遥想家里的旧舍，恐怕早只剩下一片荒草了，而这些乱后余生的人，也像风里的飞蓬一样，不知何处是个着落。接下来用了两个典故（请参看注释），"何辞向物开秦镜"一句是说，我刘长卿问心无愧，何惧在秦镜之前敞开心胸？"却使他人得楚弓"是说，世间的财货得失，我早已不萦于怀，谁抢到了名，抢到了利，又有什么呢？我们知道刘长卿性格耿直，和那些俗不可耐的同僚们肯定也是很合不来。假如你在某家公司上班，颇被同行排挤，干得非常不舒心时，恐怕也会有此感慨的。所以如果哪位朋友一肚子委屈离开某公司时，大可抛下这样一句："何辞向物开秦镜，却使他人得楚弓。"

最后两句表达了刘长卿的志向：我只想独把一竿，到江上和钓鱼翁相亲相狎，过江湖上闲散疏懒的岁月。这不仅让我们想起刘长卿另一首诗中为人熟知的名句："长江一帆远，落日五湖春。"此诗于感慨深沉的叹喟中，又透出一股倔强孤直之气，意境苍凉幽远，情在景中，兴在象外，当属一首值得反复吟诵的好诗。

《全唐诗话》载："长卿以诗驰声上元、宝应间。皇甫湜云：'诗未有刘长卿一句，已呼宋玉为老兵矣……'其名重如此。"意思是说有些后辈狂妄，写的诗还比不上刘长卿一句，就敢瞧不起宋玉。反过来理解，也就是说，如果真有了刘长卿的水平，那瞧不起宋玉也没有什么啦！看来当时刘长卿一度名气很高的，但后来不知为什么名气有所下降。我觉得，刘长卿就算不及王维，也和王昌龄、孟浩然差不了多少。

①秦镜：《西京杂记》中说相传秦始皇宫中有镜，能窥见人之五脏六腑，洞察入微。有邪心的人，会照见胆张心动。

②楚弓：刘向《说苑·至公》中说楚王打猎时丢了张弓，左右请求寻找回来。楚王说："算了，楚人丢了弓，拾到的也是楚人，有什么呢？"后来比喻人对得失的豁达之情。

二十七

仁义岂有常,
肝胆反为贼

——为利益插朋友两刀

卷153-1 杂诗六首(其六) 李华

结交得书生,书生钝且直。
争权复争利,终不得其力。
我逢纵横者,是我牙与翼。
相旋如疾风,并命趋紫极。
奔车得停轨,风火何相逼。
仁义岂有常,肝胆反为贼。
勿嫌书生直,钝直深可忆。

说起李华,他的文章比诗作更有名。那篇《吊古战场文》被选入《古文观止》中,成为众口称颂的名篇。《全唐诗话续编》载:李华和一个叫萧颖士的是好朋友,但当时的人都以为李华的文才不及萧颖士。李华不服气,于是暗中写了这篇《吊古战场文》后，像现在做假古董一样进行"做旧"——放在破屋里烟熏尘污了好长时间，又装作无意中发现，拿给萧颖士看。萧颖士一看，极口称赞，李华趁机问道："你觉得现在有谁能写出这样的文章？"萧颖士说"君若加精思，便能至矣"——你要是用全力精心去写，也能达到这个水平。李华听了，"愕然而服"，看来朋友还是挺了解他的。

李华的文章名垂千古，但他的诗作人们了解的不多。《唐诗鉴赏词典》也只选有他的一首诗："宜阳城下草萋萋，涧水东流复向西。芳树无人花自落，春山一路鸟空啼。"写得非常之妙。这是他集中唯一的一首七绝，我怀疑李华的诗也有不少是散佚了的。

本篇选的这首诗，是一首古体诗。此诗不讲究温婉蕴藉、矜持收敛的那种含蓄美，而是风格古朴生拗，不加雕饰，别有一种直白粗犷的厚重感，有汉魏六朝诗的风采。

此诗大体是说，和书生之辈结交，这些书呆子们看起来既是笨笨的，又是一根筋的直肠子，如果想让他们帮你争权夺利的话，似乎派不上什么用场。遇见"纵横者"——也就是那些很会上蹿下跳，兴风作浪的人，却能充当我的羽翼和爪牙，他们可以当我的马前卒，帮我向更高的权位（紫极）冲锋。一旦事情有变，前途不妙时（"奔车得停轨"），他们就疯狂反噬，转过来落井下石，正所谓"墙倒众人推"。"仁义岂有常，肝胆反为贼"，这些人口中的仁义哪能信，本来被视为肝胆的心腹之人，也一下子变脸，比贼人强盗还狠。所以，诗人结句时说"勿嫌书生直，钝直深可忆"，看起来愚钝的书生们，才是值得相交的。

杜甫有一首《贫交行》（也是古体诗）："翻手作云覆手雨，纷纷轻薄何须数。君不见管鲍贫时交，此道今人弃如土。"可以和本篇这首参照来读。从唐代到今天，时光已过去了千年，但人世间很多翻云覆雨的故事却一再重复，有道是：为朋友两肋插刀——傻瓜，为了钱插朋友两刀——不犹豫。李华此诗中所说的现象，依然值得我们警醒和感叹。

二十八

罗袖洒赤血，
英声凌紫霞

——白刃报私仇的侠女

卷24-1　杂曲歌辞·秦女休行　李白

西门秦氏女，秀色如琼花。
手挥白杨刀①，清昼杀仇家。
罗袖洒赤血，英声凌紫霞。
直上西山去，关吏相邀遮②。
婿为燕国王，身被诏狱加。
犯刑若履虎③，不畏落爪牙。
素颈未及断，摧眉伏泥沙。
金鸡忽放赦，大辟得宽赊④。
何惭聂政姊⑤，万古共惊嗟。

李白作品中的这首诗，历来少有人提及。所谓"秦女休行"，江湖夜雨一开始不知道，以为"秦女"是一个词，"休行"是一个词，深入了解后，才知不然，应该断句为"秦女休行"。行是诗歌的一种体裁，也称歌行。秦女休，是一个女子的名字，姓秦名女休，为了替家族复仇，她杀人于都市，虽依律当死，但在临刑时却被赦免。因何赦免她？她到底是哪个燕王的妻子或妾妇？现在似乎都不清楚了。我们知道此事，主要是因为三国时魏国有个"妙于音律、善郑声"的音乐人左延年，据此事创作了这个辞曲，就名为"秦女休行"。这个曲辞创作之后，晋时的傅玄也以"秦女休行"为题，写过一个"庞氏有烈妇"的故事，胡适先生曾认为此二诗所写的是同一件事，但也有人持不同意见，认为并非一事。不管怎么样，都是写女子挥刀杀人报仇的故事。

左延年的《秦女休行》是这样写的：

始出上西门，遥望秦氏庐。秦氏有好女，自名为女休。
休年十四五，为宗行报仇。左执白杨刃，右据宛鲁矛。
仇家便东南，仆僵秦女休。女休西上山，上山四五里。
关吏呵问女休，女休前置辞：
"平生为燕王妇，于今为诏狱囚。平生衣参差，当今无领襦。
明知杀人当死，兄言快快，弟言无道忧。女休坚辞为宗报仇，死不疑。"
杀人都市中，徼我都巷西。丞卿罗东向坐，女休凄凄曳楷前。

两徒夹我持刀。刀五尺馀。刀未下,瞳胧击鼓赦书下。

我们看左延年写的这首诗,以叙事为主,而且参差不齐,不像诗倒像文,其中也似有错讹之处,读起来不怎么通畅。在《太平广记》一书中,此诗得以精简编辑,成了这样:"始出上西门,遥望秦氏家。秦氏有好女,自名曰女休。女休年十五,为宗行报仇。左执白阳刀,右据宛景矛。雠家东南僵,女休西上山。上山四五里,关吏不得休。女休前置辞:生为燕王妇,今为诏狱囚。刀矛未及下,拢童击鼓赦书下。"这样就通畅连贯了不少,但也是平实无文。从上面的诗文中,我们大体了解事情的过程是这样的:

这个姓秦名女休的女孩,年仅十四五岁。她为了给家族报仇,左手持刀,右手执矛,杀死了仇人。后来她逃到西山上,被关吏追到。她慷慨陈词,说明其甘愿舍命报仇的决心。历来杀人偿命(要是按现代法律,秦女休的年龄尚还不适用死刑),官长也只好判她死罪,然而就在临刑前,出现了"刀下留人"的戏剧性一幕。赦书及时下达,秦女休也得以有惊无险,死里逃生。

好了,事情清楚了,但有道是"货比货得扔",左延年的诗和李白之诗比起来,有霄壤云泥之别。我们看左诗上来就是平铺直叙,像小学生写记叙文一样,老老实实地交代时间、地点、人物，什么左手拿刀、右手拿矛，仇家的尸体僵卧东南、秦女休逃到西山等等，从文采上来讲很是寡淡无味，倒特像一篇纪实性新闻报道。经太白之手一写，真可谓化腐朽为神奇，这神韵顿时灵动飞扬起来。

太白之诗，上来就是"西门秦氏女，秀色如琼花"——一个雪肤花貌的美女立刻浮现在我们眼前，而接下来的句子更是惊人——"手挥白杨刀，清昼杀仇家"。一般的女子都是娇娇滴滴的依人小鸟，而这个美貌女子居然手拿雪亮的短刀，于青天白昼之时斩落仇家的脑袋，这又是何等的英姿飒爽！

左延年诗中所形容的是"仇家东南僵"，整个诗意也显得很"僵"，而太白的诗正像富有美学眼光的优秀摄影师一样，总能从最佳角度捕捉到最炫人眼目的画面——"罗袖洒赤血，英声凌紫霞"，太白不像左延年那样把"镜头"对准硬邦邦的僵尸，也不像傅玄的《秦女休行》一诗中那样着力描写"肉与土合成泥"的血腥画面，而是定格在殷红的血洒上这名女子的罗袖。这就充满了动感和美感，突出了秦女休的侠女形象。后来崇祯帝给巾帼英雄秦良玉赐诗曰："胡虏饥餐誓不辞，饮将鲜血代胭脂。"应该也是仿效了李白的手法。平心而论崇祯帝虽是亡国之君，但这诗还是写得不错的。

之后的诗句，太白也是写得精彩绝伦，什么"犯刑履虎""金鸡放赦"等等，也显得诗意纵横激荡，比左延年的原诗强了不止一点。这也给我们启发：想写好诗，就要有艺术加工，巧于剪裁才行。

另外，从此诗中我们也可以了解到，汉唐之时，不但男儿有"犯强汉者，虽远必诛"的豪情胜慨。不仅三国里的勇将典韦有"提人头过闹市，百人不敢近"的威风，就连女儿家也并非像后世中那样娇弱，她们居然也可以于光天化日下手刃仇敌。也用不着利用身体优势像《色戒》里那样玩"色诱"的把戏，而是大义凛然，堂堂出手，正所谓"休言女子非英物，夜夜龙泉壁上鸣"。只可惜后世中，那些身体和精神都被裹脚布缠住的女子们，越来越缺失了这种精神，甚至连男人们也越来越怯弱如鸡，早没有了"该出手时就出手"的侠骨热肠。这些人和秦女休比一下，岂不汗颜？

附：傅玄所写的《秦女休行》：

庞氏有烈妇，义声驰雍凉。父母家有重怨，仇人暴且强。
虽有男兄弟，志弱不能当。烈女念此痛，丹心为寸伤。
外若无意者，内潜思无方。白日入都市，怨家如平常。
匿剑藏白刃，一奋寻身僵。身首为之异处，伏尸列肆旁。
肉与土合成泥，洒血溅飞梁。猛气上干云霓，仇党失守为披攘。
一市称烈义，观者收泪并慨慷。百男何当益？不如一女良。

烈女直造县门，云："父不幸。遭祸殃。今仇身以分裂，虽死情益扬，杀人当伏辜，义不苟活赚旧章。"县令解印绶："令我伤心不忍听！"

刑部垂头塞耳："令我吏举不能成！"烈著希代之绩，义立无穷之名。

夫家同受其祚，子子孙孙咸享其荣。今我作歌咏高风，激扬壮发悲且清。

①白杨刀：短刀的一种。

②邀遮：拦阻。如汉荀悦《汉纪·平帝纪》："虏邀遮前后，危殆不测。"

③履虎：履虎尾的略写。意为踩踏虎尾，比喻身蹈危境。《梁书·武帝纪上》："江淮扰逼，势同履虎。"

④大辟：斩首的刑罚。宽赊：宽赦的意思。

⑤聂政姊：聂政是战国时有名的刺客。为了不连累家人亲属，他刺杀任务完成后，用刀划烂自己的脸后自杀。仇家将他暴尸街头，一时无人敢认，然而他姐姐为了让世人知道他的英名，坦然指认后自杀而死。

二十九

三杯弄宝刀，
杀人如剪草

——李白笔下的侠客风姿

卷164-5　白马篇　**李白**

龙马花雪毛，金鞍五陵豪①。
秋霜切玉剑，落日明珠袍。
斗鸡事万乘，轩盖一何高？
弓摧南山虎，手接太行猱②。
酒后竞风采，三杯弄宝刀。
杀人如剪草，剧孟同游遨③。
发愤去函谷，从军向临洮。
叱咤经百战，匈奴尽奔逃。
归来使酒气，未肯拜萧曹。
羞入原宪室④，荒径隐蓬蒿。

说起李白，离不开"侠""酒""诗""仙"这四个字。太白之诗，也少不了任性行侠、酩酊醉酒、浪漫游仙这些事儿。

传统的选本,如《唐诗三百首》和《唐诗鉴赏词典》之类,选李白诗时,"酒""仙"的题材选得更多一些,而"侠"字类的却比较少。这可能是考虑到"侠以武犯禁",不符合后世"少说话,多磕头"的处世原则吧。

其实,李白不少诗中,侠气纵横,正可谓"凌厉中原,顾盼生姿"。他的那首《侠客行》:"赵客缦胡缨,吴钩霜雪明。银鞍照白马,飒沓如流星。十步杀一人,千里不留行。事了拂衣去,深藏身与名……"挥洒豪迈,煞是精彩。此诗因成了金庸先生的同名武侠小说而广为人知,这里就不多说了。其他如"笑尽一杯酒,杀人都市中"等骇人眼目的句子,纵观整个唐诗,也是他人所未能道的。所以,我们敢断定,李白当年的确曾做过侠客,不然,如何写得出这等能活灵活现地展示侠客神采的诗句?

《白马篇》这个题目并非李白首创,三国时才高八斗的曹植就写过,而且是其集中相当出色的名篇。其中像"仰手接飞猱,俯身散马蹄""捐躯赴国难,视死忽如归"等,成为传诵至今的名句。有曹植之作在先,别人再写,难免有东施效颦之虞,但李白的才气比之曹植,恐怕只高不低,所以李白这首《白马篇》更是雄视千古,似乎更胜于曹植。

"龙马花雪毛,金鞍五陵豪"。太白有诗仙之称,他的诗中也总是高雅华贵,到处是"名牌",这首诗一开始出场的也是"龙马""金鞍",和孟郊、贾岛等那些穷酸书生天差地别。江湖夜雨在《华美的大唐碎片》一书中曾大胆揣测过，认为李白极有可能也是李唐皇室子孙，出于李建成或李元吉一支，避难逃到西域。虽然如此，却减不去他身上那种天潢贵胄的气度。

"秋霜切玉剑，落日明珠袍"。读罢这两句，才露出些侠者本色，剑如秋霜，能削金切玉；袍饰明珠，落日下生辉。"斗鸡事万乘，轩盖一何高"。斗鸡，是当时游侠儿热衷的一种活动，犹如现下的赌马；万乘，往往代指皇帝或皇室，这里是说这些游侠儿经常和皇室贵族一起玩乐。李白曾有"我昔斗鸡徒，连延五陵豪"，显示他确实有过此种生涯。

如果只是会斗鸡走马，喝酒胡闹，那和高衙内之类也没有什么区别。接下来的描写，不免令我们对李白笔下的这位侠者油然而生敬意——"弓摧南山虎，手接太行猱。酒后竞风采，三杯弄宝刀。杀人如剪草，剧孟同游遨"。这位侠者，武功超群，豪气盖世。"弓摧南山虎，手接太行猱"，明显有曹植诗中那句"仰手接飞猱，俯身散马蹄"的影子，然而"青出蓝而胜于蓝"，李白这句更显得虎虎生风。李白有个忠实粉丝叫魏颢，曾"追星"一般，跑了上千里路去见李白，他形容李白的形貌是"眸子炯然，哆如饿虎，或时束带，风流蕴藉"。可想而知，对行侠生涯有切身体验的李白，其笔下的侠者更具风采。三杯过后，酒酣耳热之余，侠者不像乡巴佬们一样"把酒话桑麻"，而是像《水浒》中的豪杰一样，较量些枪棒，把弄一下刀剑。这些侠客，杀人如剪草，不怕官，不怕天，横行天下，好不快活！

路见不平，拔刀相助，杀人报仇，笑傲江湖，这些还都是"侠之小者"，金庸先生塑造其小说中的侠客时，曾提过，"为国为民"方是"侠之大者"。此处李白笔下的侠客也是如此，他到西北边陲（"临洮""函谷"正是唐代边境）报国杀敌，身经百战，威震胡虏，立下无数奇功。从边疆归来后，这位侠客按理说会加官晋爵，但他任性使酒，不肯向萧曹（萧何、曹参，这里借指宰相）这样的高官低首摧眉，于是他重回江湖，又到荒径草野中隐姓埋名去了，正所谓"事了拂衣去，深藏身与名"。

诗中所叙，是一个侠者的完美一生，看武侠小说中，无论是袁承志、张无忌，还是令狐冲、杨过，都是这样，轰轰烈烈地干上几件大事，然后功成身退，再度退隐江湖，过那种啸傲天地、无拘无束的日子。这应该也是李白的人生理想。

①五陵豪：五陵是长安城外五个汉代皇帝陵墓所在地，分别是高祖的长陵、惠帝的安陵、景帝的阳陵、武帝的茂陵、昭帝的平陵。汉唐时代为贵族和有钱人居住区。
②猱：善于攀援腾跃的猿。
③剧孟：西汉时的豪侠，威望极高。吴王刘濞叛乱时，周亚夫带兵出征，到洛阳后，见到剧孟，大喜说："吴楚作乱不求助剧孟，可见成不了大事。"三个月内，叛乱就平定下来。
④原宪：为孔子弟子，一生穷困潦倒。后常比喻安贫乐道的人。

二十

梦长银汉落，
觉罢天星稀

——诗仙的羁旅情怀

卷183-6 秋夕旅怀 李白

凉风度秋海，吹我乡思飞。
连山去无际，流水何时归。
目极浮云色，心断明月晖。
芳草歇柔艳，白露催寒衣。
梦长银汉落，觉罢天星稀。
含悲想旧国，泣下谁能挥。

　　李白之所以被誉为"诗仙"，并非是因为他在诗中曾自诩为"青莲居士谪仙人"，也并非完全源于他写过不少游仙类的诗篇，而是因为太白之诗，挥挥洒洒，清越明亮，飘逸如散花天女，轻妙如凌波微步，遒劲如玉龙飞天，正所谓"言出天地外，思出鬼神表，读之则神驰八极，测之则心怀四溟，磊磊落落，真非世间语者，有李太白"（皮日休语）。

李白的诗，往往说的都是"仙家语"，传说中的神仙似乎都是他的朋友，比如他在《有所思》这样一首诗中说："我思仙人乃在碧海之东隅。海寒多天风，白波连山倒蓬壶。长鲸喷涌不可涉，抚心茫茫泪如珠。西来青鸟东飞去，愿寄一书谢麻姑。"我们看这诗中的场景，是碧海蓬壶这样的仙境，而其中角色，是青鸟、麻姑这样的仙家，到处是仙风仙韵，所以这李白想不叫诗仙也难。

游仙题材的诗，有仙味也不算多离奇出众，而本篇这首写羁旅乡愁的诗，却也透着"仙味"，不改诗仙本色，自是其他诗人绝不可为。我们来细品一下：

"凉风度秋海，吹我乡思飞。连山去无际，流水何时归"。太白之诗，其中气象自是不凡，虽写的是愁思，但一来境界高远——"秋海""连山"，二来动感十足——"凉风""流水"，有大开大阖的气度，有行云流水般的洒爽。

"目极浮云色，心断明月晖"。羁旅乡愁之时而望月，是人之常情，也是诗家常用之语，但比较老杜的那句"片云天共远，永夜月同孤"，我们会品出其中的不同滋味。老杜之语，写片云孤月，悲怆凄清；而太白之句，虽有悲戚之情，但毕竟高华磊落，没有像老杜一样沉沦落寞。

"芳草歇柔艳，白露催寒衣。梦长银汉落，觉罢天星稀"。太白诗中的比喻，往往也是用一些高洁幽美的景物作喻，像此诗中的"芳草""白露"就是一例,而"银汉""天星"之句,又是贴切太白诗仙身份的妙句。读罢此句,我们似乎看见太白悄立云间,正在昂首望天长叹。

"含悲想旧国,泣下谁能挥"。意为,我满怀愁绪想念家乡,谁能为我拭去眼泪?写到此处,戛然而止。全诗不用一个典故,也没有文字技巧上的刻意卖弄,而是疏朗有致,率然天真,深得"清水出芙蓉,天然去雕饰"的妙诣。

我觉得将大家熟知的《旅夜书怀》一诗,拿来和本篇参照着读也是颇有滋味的:

细草微风岸,危樯独夜舟。
星垂平野阔,月涌大江流。
名岂文章著?官应老病休。
飘飘何所似,天地一沙鸥。

老杜这首诗,题目是《旅夜书怀》,和《秋夕旅怀》虽然字样不同,但也算是大同小异。不过老杜的笔下,沉郁苍凉的意味更多一些;太白的笔下,则飘逸洒落的情致更多一些,正所谓"春兰秋菊"各擅胜场,诗仙诗圣的这两首诗,都值得我们珍爱咀嚼。

二十一

此时听夜雨，
孤灯照窗间

——萧瑟凄寂的夜雨秋灯图

卷188-30　简郡中诸生　韦应物

守郡卧秋阁，四面尽荒山。
此时听夜雨，孤灯照窗间。
药园日芜没，书帷长自闲。
惟当上客至，论诗一解颜。

　　韦应物的诗，一向以高雅闲淡著称，他的诗风似乎和陶渊明、孟浩然、王维等一脉相承，但韦诗自有其清幽寥落的特色。这应该与韦应物的个人经历和当时的年代有很大的关系。韦应物当年曾是豪门高第，有道是"城南韦杜，去天尺五"。当时韦家和杜家是世代簪缨的贵族，韦应物少年时是唐玄宗的贴身侍卫，韦应物自己在诗中叙道："与君十五侍皇闱，晓拂炉烟上赤墀。花开汉苑经过处，雪下骊山沐浴时。"当时唐玄宗带着杨贵妃到骊山度假玩乐,韦应物作为"警卫员"当然也相随左右,看来韦应物提起此事来,还是相当骄傲的。

韦应物少年时是个大胆妄为的人,他曾自叙:"少事武皇帝,无赖恃恩私。身作里中横,家藏亡命儿。朝持樗蒲局,暮窃东邻姬。司隶不敢捕,立在白玉墀。骊山风雪夜,长杨羽猎时。一字都不识,饮酒肆顽痴。"此处说得很清楚,韦应物当年仗着是皇帝跟前的人,家里藏着杀人亡命的逃犯,早上起来没有事就赌博玩钱,晚上钻墙逾穴偷人家的小老婆,而且喝酒胡闹,一字不识,十足的恶少形象。这和韦苏州集中的那些诗句无论如何也联想不到一起。

如果没有"安史之乱",韦应物很可能就这样混一辈子,最多会像和珅一样成为一个颇有权势的弄臣,但"安史之乱"改变了这一切。长安陷落,韦家的富贵钱财凋零殆尽,而唐玄宗的失势,也让韦应物风光不再,这之间的巨大落差一方面让韦应物发愤读书,考取了进士,另一方面也让他对佛道有了极深的感情。说到这里,突然觉得《红楼梦》中的贾宝玉和韦应物的遭际有相似之处,宝玉也是在家业衰败后去考功名,然后又出家为僧。当然,贾宝玉是小说中的人物,他的作为不免有些理想化的倾向,而韦应物不会彻底地"悬崖撒手",但他的后半生却是一种时官时隐的生涯。也就是说做几天官,他就辞职,到佛寺中隐居静修;后来又有人力推他出来做官时,于是他就又当上几年官,厌倦后,又回去隐居在佛寺中。他最后的时光就是在苏州永定寺中度过的。当时他做了六年苏州刺史，就主动辞职，所以世人又称其为韦苏州。

韦应物后半生的时代，正是山河破碎，战乱不已的时候，所以他眼前心中的情景也是寂寞凄清者居多。韦应物诗中好用"寒斋""夜雨""幽""独"之类的字样，显得荒凉萧瑟，此诗也不例外。

"守郡卧秋阁，四面尽荒山"。独卧秋阁，四面荒山，一起笔就是寥落清寂的调子。"此时听夜雨，孤灯照窗间"。这两句我觉得完全可以媲美那些传诵已久的名句，黄庭坚的"江湖夜雨十年灯"，在时空的范围上有所拓展，意境更为广阔，但说到缱绻凄恻，韦诗这一联似乎更为胜之。后人笔记小说，有以《夜雨秋灯录》为名，大概也是取自韦应物这一句诗。

"药园日芜没，书帷长自闲"。园中不植花草，全是药物，种药不种花，这就相当与众不同了，而"日芜没"三字更妙，药乃医病之物，养生之物，但韦应物连这事也懒得去精心照看，使之日渐荒没，书房也终日长闲，可见韦应物当真达到道家的无为之境。这也让人联想起唐伯虎的一句诗："善亦懒为何况恶？"韦应物连读书种药这等清幽雅事也懒得去做，那红尘中的是非更是和他半点也沾不到关系。《唐才子传》中说韦应物"为性高洁，鲜食寡欲，所居必焚香扫地而坐，冥心象外"，可见韦应物此句并非矫情作态。

韦应物终非彻底出世的僧道，诗句如果一味枯寂，也会如死水一潭，缺乏灵动之感，最后这句"惟当上客至，论诗一解颜"，笔锋一转，转出一阵活跃全篇的轻风来。原来韦应物的孤独疏懒还有这样一个原因，就是知音难遇，同调无人。另外，此诗作为送给"郡中诸生"一封书简，通过这句也起到了抒情达意的作用。《沧浪诗话》中说"诗难处在结尾"，韦应物此篇的结句颇见功底，纯熟老辣，一看就是大家手笔。

二十二

未若不相知,
中心万仞何由款

——最远的距离是人心

卷195-15　难言　韦应物

掬土移山望山尽,投石填海望海满。
持索捕风几时得,将刀斫水几时断。
未若不相知,中心万仞何由款①。

韦应物集中的这首诗,和其他诗作的风格迥然不同,这首诗写得有乐府民歌的风味,别具特色,读来令人耳目清新。而诸多选本中罕见有载,甚是可惜。

此诗一上来连用四个比喻,诉说世上难为之事:用手捧土想移走大山,像精卫鸟一样投石子想填平大海,拿着绳子想捉住狂风,手把钢刀想劈断流水,不用说,这都是难上加难的事情。这些都是铺垫而已,最画龙点睛的是最后这句——"未若不相知,中心万仞何由款",上面这些事情看起虽然难于上青天,但比起彼此间的心意难知来还不算什么,心中的阻隔似乎是压着万仞山岳,如何能款通倾诉呢?

韦应物这首诗的手法,似学自乐府中的那首《上邪》:"上邪!我欲与君相知,长命无绝衰。山无陵,江水为竭,冬雷震震,夏雨雪,天地合,乃敢与君绝!"都是用一系列惊人的比拟来表达十分强烈的内心情感。

在《全唐诗》中,紧随这首的还有一个姊妹篇:

卷195-16　易言　韦应物

洪炉炽炭燎一毛,大鼎炊汤沃残雪。

疾影随形不觉至,千钧引缕不知绝。

未若同心言,一言和同解千结。

这篇的内容完全相反,先是列举一些最容易的事,第一句应是出于《后汉书·何进传》:"今将军总皇威,握兵要,龙骧虎步,高下在心,此犹鼓洪炉燎毛发耳。"韦应物这句更进一步,洪炉还是洪炉,但"工作量"减少了——只燎一毛,更为容易得多。第二句当源于枚乘的《七发》:"小饭大歠,如汤沃雪。"这里也是"加强版",大鼎中的沸水对付即将消融殆尽的残雪,更是加倍的容易。接下来的影子随形而走,千钧巨力拉断一根丝线,也都是讲不费吹灰之力的事情。同样,这些事情都是为了衬托最后一句"未若同心言,一言和同解千结"

——彼此同心同气,万事都不难解决。正所谓"两人同心,其利断金","一言和同解千结",说得真好。我觉得很值得大笔书写,精心装裱起来挂在墙上,比挂什么"鹏飞万里""和气生财"之类的强多了。

①款:此处为倾诉衷肠之意。

二十二

今日花正好，
昨日花已老

——人生不得长少年

卷199-49　蜀葵花歌　岑参

昨日一花开，今日一花开。
今日花正好，昨日花已老。
始知人老不如花，可惜落花君莫扫。
人生不得长少年，莫惜床头沽酒钱。
请君有钱向酒家，君不见，蜀葵花。

　　提起岑参，人们往往会记起他的边塞诗。岑参的边塞诗写得确实非常好，这来源于他的切身生活体验。我们知道岑参三十多岁时，曾跟随安西四镇的节度使高仙芝到现在的新疆去当军中掌书记。所谓"掌书记"，并非现在的党支部书记一职，按《新唐书·百官志》所说，是主管"朝觐、聘问、慰荐、祭祀、祈祝之文与号令升绌"等一大堆琐碎的事情，似乎是办公室主任的活儿。岑参诗中常提到的"封大夫",就是唐朝历史上也很有名的封常清。

所以,岑参的边塞诗那可是真材实料,是在西北大漠的风沙暴雪中,化开砚上的残冰写就的。这和有些诗人一生从未去过边塞,见识过兵戈,就也闭门造车般地写"边塞诗",是大不相同的。陆游就十分推崇岑参,他曾说:"予自少时绝好岑嘉州诗,往在山中,每醉归,倚胡床睡,辄令儿曹诵之,至酒醒,或睡熟,乃已。尝以为太白、子美之后,一人而已。"

岑参除了那些优秀的边塞诗外,还有不少的好诗。本篇这首诗我就觉得也不错,起笔两句:"昨日一花开,今日一花开。"乍一看,似乎像不会写诗的样子,很有点类似于那个有名的打趣体咏雪诗:"一片两片三四片,五片六片七八片。十片百片千万片,落入芦花寻不见。"这咏雪诗有点故意搞噱头,最后一句转得也突兀生硬。这样的诗,当趣谈可以,真正赏味起来却经不起咀嚼。岑参这句则不然,接下来这句"今日花正好,昨日花已老",就对应了第一句,也让第一句不再显得那样平淡。再往下看,"始知人老不如花,可惜落花君莫扫",原来是以今日之花喻少年之人,昨日之花喻年老之人。"花有重开日,人无再少时"。这情调和林妹妹的《葬花吟》也差不多。

岑参毕竟是盛唐时的诗人,这首诗里不会像林妹妹一样遁入彻底悲观绝望的调子——"试看春残花渐落,便是红颜老死时。一朝春尽红颜老,花落人亡两不知!"此诗后面笔锋一转——"人生不得长少年,莫惜床头沽酒钱",又回到盛唐时那种健康乐观的血脉上来了,让我们不禁想起岑参的另一个名句:"一生大笑能几回,斗酒相逢须醉倒!"是啊,人生苦短,悲愁无益,若苦昼短夜长,何不秉烛而游?

三十四

千日废台还挂镜，
数年尘面再新妆

——春情融融的欢喜诗

卷202-36　代征人妻喜夫还　梁锽

征夫走马发渔阳，少妇含娇开洞房。
千日废台还挂镜，数年尘面再新妆。
春风喜出今朝户，明月虚眠昨夜床。
莫道幽闺书信隔，还衣总是旧时香。

梁锽的诗，诸多选本中少见提及，唐代才子中像是没有他这一号人似的。偶尔出现他的名字，往往伴随着这样一首诗："刻木牵丝作老翁，鸡皮鹤发与真同。须臾弄罢寂无事，还似人生一梦中。"此诗描写的是一个傀儡木偶，寓意却相当深刻。

安史之乱后，唐玄宗退位当了太上皇，失去了权力，被迁到太极宫中，虽衣食珍宝玩器样样不缺，但亲信之人却全被迁走，成为半软禁的状态。玄宗终日郁郁不乐，据说就时常吟诵梁锽的这首诗,以至于有人误传此诗为玄宗所写。不过唐玄宗虽然不是作者,倒是最好的读者,因为他身临其境地体会到了从繁华极盛到惨淡凄凉,从大功大业到极危极殆。晚年时受制于人的情形,实在和演罢戏后丢在一边的傀儡无异。

梁锽的情况和资料,我们现在所知极少,但在当时,他也并非籍籍无名之辈。李颀有一首长诗,名为《别梁锽》,让我们知道了一些他的情况。其中说:"梁生倜傥心不羁,途穷气盖长安儿。回头转盼似雕鹗,有志飞鸣人岂知。"可见梁锽也是个豪气满怀,头角峥嵘的才子。"虽云四十无禄位,曾与大军掌书记。抗辞请刃诛部曲,作色论兵犯二帅。一言不合龙额侯,击剑拂衣从此弃……"这里是说梁锽也像岑参一样,当过军中的掌书记,但是他性格孤傲,以小小一个"掌书记"的身份居然敢正颜厉色地冒犯主帅,所以这掌书记也当不长了,他索性主动炒了上司的鱿鱼——"击剑拂衣从此弃",过起放荡不羁而又清贫自守的生活——"朝朝饮酒黄公垆,脱帽露顶争叫呼"。

同样,岑参也十分敬慕梁锽,他有一首名为《题梁锽城中高居》的诗写道:"高住最高处,千家恒眼前。题诗饮酒后,只对诸峰眠。"对梁锽的高风亮节也是推崇备至。

梁锽的诗在全唐诗中只余下十五首,但不乏精彩之作。本篇所选的这首诗,就清新活泼,极为独特。一般来讲,写诗填词,总是写愁怀的多,说喜悦的少,闺情诗尤其如此。而这首诗却一反常态，不流于俗滥，捕捉到闺中少妇闻得丈夫归来的喜悦心情加以描绘，读来春意融融，十分畅快。

"征夫走马发渔阳，少妇含娇开洞房。千日废台还挂镜，数年尘面再新妆"。这几句是说听到丈夫从渔阳边塞平安回来了，闺中思妇的喜悦自不待言，于是含着娇羞和兴奋整理家中的内室。她许久没有坐在梳妆台前打扮了，现在终于可以洗去多年的尘面，画一个靓丽的新妆了。正所谓"自伯之东，首如飞蓬。岂无膏沐？谁适为容"，从"千日废台"和"数年尘面"之词，不难让我们从侧面感觉到这许多年来少妇愁眉难展，翘首思念的情景。然后，这许多的辛苦和泪水，似乎都被一阵春风吹散了——"春风喜出今朝户"。在这种喜气的感染下，连下句"明月虚眠昨夜床"也显得并非悲切之语了。如果将这句诗换个语境，明月高悬，空床独眠，似乎不胜幽怨，但在老公马上就归来的前夕，却是意味着永远告别这孤单难熬的岁月，所以这过去的种种忧伤，也都被相逢的喜悦冲得丝毫不剩了。"莫道幽闺书信隔，还衣总是旧时香"。此句则是道出闺中少妇贞心不改的情怀，衣是旧时香，人是旧时人，有道是"小别胜新婚"，多年渴望后的重逢，又是何等的喜乐甜蜜。

《唐诗鉴赏词典》和《唐诗三百首》都选有权德舆的这样一首诗："昨夜裙带解，今朝蟢子飞。铅华不可弃，莫是藁砧归？"（《玉台体十二首》其九）题材和本篇这首诗相同，都是写思妇盼丈夫远归的喜悦之情,在含蓄婉转上,权诗似乎更有味道,但梁锽这首也有其细腻清新的特色,并不比那首《玉台体十二首》其九差多少。

三十五

痴儿未知父子礼，
叫怒索饭啼门东
——百忧俱集的老杜

卷219-18　百忧集行　杜甫

忆年十五心尚孩，健如黄犊走复来。
庭前八月梨枣熟，一日上树能千回。
即今倏忽已五十，坐卧只多少行立。
强将笑语供主人，悲见生涯百忧集。
入门依旧四壁空，老妻睹我颜色同。
痴儿未知父子礼，叫怒索饭啼门东。

　　老杜的诗，历来有不同的评价，在其生前，杜甫的诗名远不及李白大，这有多种因素，我觉得其中最重要的就是时代风气的影响。安史之乱前，正是开元天宝间的大唐盛世，人们丰衣足食，无忧无虑，所以更喜欢李白诗歌里那种潇洒飘逸、纵酒游仙的句子，而老杜一上来就哭丧着脸说"朝扣富儿门，暮随肥马尘,残杯与冷炙,到处潜悲辛",不免被视为诗丐一般,不怎么受人待见。

安史之乱后,山河破碎,血泪纵横,无论是富家巨室的贵族,还是小门小户的普通老百姓,都经历了离乱之痛,丧亡之悲。所以再读起老杜的诗来,就感同身受,不得不重新定位杜诗的价值。正像《何日君再来》这样一曲歌,其实也没有什么,但如果在烽火连天,日寇刺刀闪烁的背景下唱来,就不免不大对劲了,而《黄河大合唱》之类的才能代表当时中国人民的心情。

唐代之后的许多年里,我们中国也是多灾多难,文人们的境遇也越来越悲惨,像明代狂客徐渭就曾"每于风雨晦暝时,辄呼杜甫",喊老杜干吗?徐渭的理由是"彼拾遗(指杜甫)者,一见而辄阻,仅博得早朝诗几首而已,馀俱悲歌慷慨,苦不胜述……见吾两人之遇,异世同轨,谁谓古今人不相及哉?"意思是说老杜一生坎坷,虽当过几天小官,写过几首早朝诗(指《奉和贾至舍人早朝大明宫》等诗),但平生还是苦不堪言,诗中也是悲歌慷慨者居多,和自己的境遇大略相似。正所谓借古人之酒杯,浇心中之块垒。鲁迅先生曾认为诗人中,陶潜、李白、杜甫都是第一流的,但又说:"我总觉得陶潜站得稍稍远一点,李白站得稍稍高一点,这也是时代使然。杜甫似乎不是古人,就好像今天还活在我们堆里似的。"鲁迅先生所在的时代,杜甫诗中的苦难依旧如昨,所以他说杜甫好像"还活在我们堆里似的"。

之前的许多选本,选诗时似乎更注重挑《春望》《茅屋为秋风所破歌》之类的,以表现老杜身处困境,心忧国难,宁可有广厦千万间让他人安居,自己却甘愿冻死的高尚情怀。本篇这首诗,主要写的是杜甫自己的感触,似没有更高的境界和格调,但此诗平实道来,发于肺腑,也相当感人。

从诗中所述来看,这首诗应该是写于杜甫的晚年。他已是五十多岁了,上了年纪的人,总喜欢回忆旧事,不禁想到少年时的自己:当年他健如牛犊,一天爬上爬下地上树摘梨摘枣,不知要来回多少次,而今却四肢僵木,终日慵坐懒卧。杜甫在当时正作幕宾,为了讨生活,不得不赔出笑脸娱人——"强将笑语供主人",然而,付出了折腰屈膝的代价后,他的生活还是艰难无比——"入门依旧四壁空",家里还是一贫如洗。

说来老杜的妻子还真是个贤良的女人,虽然老杜落魄不堪,但她却没有一句怨言。苏秦当年失意后回到家中,"妻不下纴,嫂不为炊,父母不与言",老婆该干什么干什么,不理他。杜甫之妻却睹其"颜色同",和平日一样,应该算是老杜心中的一个安慰,然而,老杜幼子的哭闹声,却又生生地在老杜心上撕拉出血来——"痴儿未知父子礼,叫怒索饭啼门东"。

旧时可不同于现在,现在的80后、90后们对父母疾言厉色地乱吼是寻常之事,父母也并不为忤,而古时,是特别讲究三纲五常的时代,父亲在家中的权威是非常高的,有道是"严父慈母"，儿女们一般都很害怕父亲，就像贾宝玉怕贾政怕得如老鼠见猫一样。《红楼梦》中还有这样一个情节：贾家去郊外的道观游玩时，时值大暑之日，贾蓉不过先跑到屋里凉快一下，贾珍就叫小厮们啐他："爷还不怕热，哥儿怎么先乘凉去了。"由此可见古时父亲的威严。所以旧时儿女敢和父亲顶嘴，往往立刻就巴掌板子地招呼下去，但此刻杜甫对小儿子的"叫怒"，却无可奈何。小儿年幼，未识父子礼，这固然是一个方面，但更重要的是小儿的"叫怒"，是在要饭来吃，是再合理不过的要求。身为一个父亲，居然让自己年幼的儿子吃不上饭，又有什么脸面摆起父亲的架子来呵斥他呢？

诗到这里就突然结束了，但老杜幼子啼饥号寒之声却似乎仍不绝于耳，诗中没继续写老杜的反应，但我们完全可以想象到，老杜除了"倚杖自叹息"，又会有什么办法呢？

杜甫集中讲漂泊沦落、衰病潦倒的诗为数相当多，但本篇这首诗读来如与老杜对坐面谈，平实如话，絮絮道来，别有一种感人的滋味。像"痴儿未知父子礼，叫怒索饭啼门东"一句，我觉得比《狂夫》中那联"厚禄故人书断绝，恒饥稚子色凄凉"更为真切感人。

三十六

庭前时有东风入，
杨柳千条尽向西

——细腻新颖的春怨诗

卷251-24 代春怨 刘方平

朝日残莺伴妾啼，开帘只见草萋萋。
庭前时有东风入，杨柳千条尽向西。

《唐诗鉴赏词典》中评刘方平的诗时，说他是"盛唐时期一位不很出名的诗人，存诗不多，但他的几首小诗却写得清丽、细腻、隽永"。这个评价应该说是很到位的。

刘方平是河南人，他虽然姓刘，但据考证，他身上有匈奴的血统（诗人刘禹锡也是如此）。《新唐书·宰相世袭表》说："河南刘氏，本出匈奴之族，汉高祖以宗女妻冒顿，其俗贵者皆从母姓，因改为刘氏。"看来当时匈奴人倒有点崇刘媚汉，贵族们都以姓刘为荣，所以有不少姓刘的都是匈奴人。两晋南北朝时代的前赵之主刘曜，就是这种来历。不过到了唐代时，刘姓匈奴人早已汉化，刘方平一族又久居中原，早和其他汉人没有什么不同了。

刘方平终身不仕，但他的出身门第还是很了不起的。我们来查查户口，翻一下人家的祖宗三代：他的曾祖父刘政会，在隋朝时就是太原鹰扬府司马，后随唐高祖李渊起兵，官至洪州都督，加封邢国公，死后追赠为户部尚书；祖父刘奇，武则天时任吏部侍郎；父亲刘微，任吴郡太守和江南采访使。

有的时候，越是出身于官宦世家，越对当官发财不怎么稀罕了。像宋代宰相晏殊的儿子晏几道之类的就是这样，一方面家里有钱，不当官也穷不死；另一方面，当官的威风也见惯了，不稀罕了，所谓"今日政事堂中半吾家旧客，亦未暇见也"——现在那些当官的有什么了不起的，原来全是上门巴结我家的，我没空搭理他们。所以，有些贵家公子反而向往一种自在平实的生活。据《唐才子传》讲，刘方平"白皙美容仪"，还极擅书画——"神意淡泊，善画山水，墨妙无前"。由此可见，刘方平也是一个翩翩浊世佳公子，恐怕能和刘希夷、王维等相比肩。

刘方平虽然不像李杜一样大名鼎鼎，但诸多选本中总少不了他的这样两首诗：

卷251-22　夜月　刘方平

更深月色半人家，北斗阑干南斗斜。

今夜偏知春气暖，虫声新透绿窗纱。

卷251-23　春怨　刘方平
纱窗日落渐黄昏，金屋无人见泪痕。
寂寞空庭春欲晚，梨花满地不开门。

这两首诗，早为人耳熟能详，这里就不多说了，而本篇选的这首诗，似乎只是篇很普通的闺怨诗，诸选本也很少提，但细腻精妙之处，还是极能彰显出刘方平的功力。

"朝日残莺伴妾啼"。此句点明这是一个朝日初升的清晨，树上残莺啼鸣的情景，让我们不禁想起另一首也很有名的诗："打起黄莺儿，莫教枝上啼，啼时惊妾梦，不得到辽西。"本篇诗中这位少妇昨晚肯定也是难以安眠，是否得梦，从诗中难以推知，但得梦愁，无梦亦愁，醒来后的清晨，都是怅然若失的。

"开帘只见草萋萋"。春草萋萋，心中的春情也是如春草暗生，割不尽，剪不尽。此处暗用《楚辞》中的"王孙游兮不归，春草生兮萋萋"的典故，却显得毫无痕迹：知此典故者，自然理解更深进一层；但不知此典者，也不妨碍欣赏诗句中的意境。

"庭前时有东风入，杨柳千条尽向西"。此两句尤为高妙，春日常吹东风，东风当然向西刮，柳条被吹向西边也是很司空见惯的事。刘方平将此情形写入诗中，却是一语双关：东风能催百花开，春草生，入得庭来，本应温情无限，但此时少妇的家中，却是空庭独守。春风吹动柳条向西，这样的事情或许没有人仔细留意，但却牵动了少妇那纤弱感伤的心。因为在遥远的西面，是她远离家乡的丈夫，是她正在西北边陲戍边从军的丈夫，是她日日夜夜盼念的人。她的心也早随风飞到那里去了，这千条飘向西的杨柳枝不正代表了她的千缕情思吗？

历来闺情诗极多，将春风杨柳和思妇情怀相映而写的也早就车载斗量，不计其数。刘方平却能推陈出新，在已经写得有些俗滥的题材中找出新颖独到的视点，实在令人不得不叹服其超凡的才气。

附：刘方平《秋夜泛舟》一诗也非常妙，故录下共赏：

林塘夜发舟，虫响荻飕飕。
万影皆因月，千声各为秋。
岁华空复晚，乡思不堪愁。
西北浮云外，伊川何处流。

二十七

欲知心里事，
看取腹中书
——美女诗人李季兰的妙句

卷805-13　结素鱼贻友人　李冶

尺素如残雪，结为双鲤鱼。
欲知心里事，看取腹中书。

李冶又名李季兰，是唐代有名的三大女诗人之一（另两位为薛涛、鱼玄机），关于她的那些诸如主动调戏皎然和尚、当众和刘长卿讲"黄段子"之类的风流韵事、八卦趣闻，江湖夜雨在《长安月下红袖香》一书中都详细写过，这里就不再重复了。此处只想就诗论诗。

据《唐才子传》中说，李冶为人"美姿容，神情萧散，专心翰墨，善弹琴，尤工格律"。她的诗所存并不多，但诗如其人，透着一种萧散俊逸之气。李冶的诗颇有盛唐气韵，这也和薛涛、鱼玄机之作有一定的区别。正像《沧浪诗话》所言：

"大历以前分明别是一副言语,晚唐分明别是一副言语,本朝诸公分明别是一副言语,如此见方许具一只眼。"也就说,时代不同,诗风也会有所不同;而盛唐之诗,格调当属最高。

施蛰存先生在他的《唐诗百话》里说李冶的诗:"现在只存十六首,但是没有一首不是好诗。"李冶的诗,《唐诗三百首》中一首没有选,而《唐诗鉴赏词典》中选了她的《寄校书七兄》一诗,大概是受了旧时选本的影响,唐代高仲武在《中兴气象集》中曾猛夸这首诗,说什么"如'远水浮仙棹,寒星伴使车',盖五言之佳境也"。其实《寄校书七兄》一诗,我觉得在李季兰集中,并不算最出色的。高仲武等人说得好,大概是因为这首诗中规中矩,和当时文人们应试时用得上的试帖诗相似罢了。有道是"女子能诗者多,能为试帖诗者颇少",所以这首有试帖诗风格的诗受到当时文人的赞叹和推崇。其实这类诗,无非是讲究寓意含蓄,格律工整,用典妥帖巧妙。从抒发真情上来讲,并不见得多出色。

李冶有一首《八至》写得很不错:"至近至远东西,至深至浅清溪。至高至明日月,至亲至疏夫妻。"这诗现在也算不得生僻罕见之诗,所以就不细讲了。她还有这样一首诗也相当不错:"人道海水深,不抵相思半。海水尚有涯,相思渺无畔。携琴上高楼,楼虚月华满。弹著相思曲,弦肠一时断。"同样的道理,也因为现在很多书上都提及,我们就不多谈了。

本篇这首五绝,是相当出色的一首好诗。要深刻理解此诗，我们先明白这样一个典故：汉代的信函，常用两块木板做成，一底一盖，刻作鲤鱼的形状，中间放置书信。所谓"尺素"，是说古人写信用素绢，通常长约一尺，故称尺素。汉乐府民歌《饮马长城窟行》诗中有这样的句子："客从远方来，遗我双鲤鱼。呼儿烹鲤鱼，中有尺素书，长跪读素书，书中竟何如。上有加餐食，下有长相忆。"李冶的这首诗，分明就是从此诗中化出的，但与汉诗的质朴无华、直来直去不同，李冶的这首诗言少情多，语带双关，妙趣丛生。

"尺素如残雪，结为双鲤鱼"。洁净的素绢如冰雪一样的白，暗喻自己皎皎如月的一片素心，诗人将之结为双鲤的模样后就要寄出。"欲知心里事，看取腹中书"。这句妙极，"看取腹中书"，表面是说揭开鲤鱼形状的木盒，看鱼腹中的书信，而这书信中的文字又何尝不是发于李冶的肺腑之语？又何尝不是出于李冶腹心之中的一封书信？

清代文艺评论家刘熙载的《艺概》中说："五绝无闲字易，有余味难。"的确如此，在五绝这样篇幅极小、容量有限的体裁中，能做到清新明快间带以婉转巧妙，余味悠长，李季兰之功力可见不凡。此诗并非是那种娇媚端丽，纯粹靠女子特色见长的文字，而是磊落洒脱，就算是放在李、杜、王、孟集中，也丝毫不见逊色。刘长卿曾夸李季兰为女中诗豪，想来也并非完全出于恭维美女的捧鞋之举。

二十八

江上雪,
浦边风。
笑著荷衣不叹穷
　　　　——风靡日本的渔歌

卷29-1　杂歌谣辞·渔父歌　张志和

西塞山边白鹭飞,桃花流水鳜鱼肥。
青箬笠,绿蓑衣,斜风细雨不须归。

钓台渔父褐为裘①,两两三三舴艋舟②。
能纵棹,惯乘流,长江白浪不曾忧。

雪溪湾里钓鱼翁,舴艋为家西复东。
江上雪,浦边风,笑著荷衣不叹穷。

松江蟹舍主人欢,菰饭莼羹亦共餐③。
枫叶落,荻花干,醉宿渔舟不觉寒。

青草湖中月正圆,巴陵渔父棹歌连。
钓车子④,掘头船,乐在风波不用仙。

张志和的这组《渔父歌》，后来又称为《渔歌子》。其中第一首被选入语文课本，是大家再熟悉不过的诗句，但后面这四首恐怕大家就不太熟悉了。对于张志和这个人，教科书上也不会介绍太多，其实在《全唐诗》和《新唐书》中，张志和归入隐逸之类，是近乎神仙一流的人物。

自古以来的隐士，匿迹于万顷烟波之上的为数不少。早在《庄子》的书中就出现隐居在江湖之上的渔父形象。不过渔父形象虽多，有的是真心归隐，有的却是想沽名钓誉。我们知道孟浩然先生，虽有隐士之名，但看到洞庭湖水时，心潮荡漾，两眼鲜红，脑子里全是紫绶金印："欲济无舟楫，端居耻圣明。坐观垂钓者，空有羡鱼情。"人家张志和，才真是恬淡如水，不谋荣利，不显形迹，犹如神龙见首难见尾。

张志和十六岁时就以明经科及第。注意啊，十六岁啊，也算是少年得志。他曾献策于唐肃宗，肃宗开始很器重他，让他当翰林待诏，但是"伴君如伴虎"，皇帝喜怒无常，天威难测，像张志和这样直性子的人更难免要出事，不久张志和就被贬官为南浦县尉。张志和心灰意冷之下，就此不再为官，情愿驾一叶小舟，终日泛舟于江湖之上，自号为"烟波钓徒"。

张志和孤家寡人一个，也没有老婆。嫂子为他做了件衣服，他一穿就是十多年，无论冬夏，都是这一身。张志和隐居在江湖间，当然也遇到过麻烦，有一次，狗眼不识泰山的乡间小吏要征集民夫来挖河，看到张志和穿得破破烂烂，就把他征作民夫。按说张志和曾有过功名,不应该被征役的,但是张志和却并没有把眼一瞪,说"老子当年是翰林待诏"之类的话,而是乐呵呵地拿起条筐和铁锹干起活来,没有丝毫的怒色。看来张志和真是修到"无故加之而不怒",对得失荣辱,不萦于怀了。

张志和不但精于诗文,而且书画双绝。在唐代著名书法家颜真卿面前,张志和曾当众表演了他神乎其技的书画才艺。据颜真卿所记,张志和面对一幕素绢,酒酣之余,边击鼓吹笛助兴,边挥笔作画,有时闭着眼画,有时反手挥笔来画,随兴挥洒,笔下却犹如神助,妙绝天成。速度之快更是让人咋舌,山水云石顷刻间便出现在白绢之上。这时候围观的人极多,以至于形成了一道密不透风的人墙,众人纷纷惊叹于张志和的绝艺。《还珠格格3》中的那个知画,边舞蹈边作画,众人皆以为能,依我看,比起张志和来,她那两下子可就相形见绌了。

本篇这五首诗其实都非常好懂,字面上看来也是相当的平易,但仔细品味,却有"从平易处见工"之感。江湖夜雨想评析这几首诗,倒还真难以措辞,恰似《红楼梦》中香菱姐姐说的那样:"诗的好处,有口里说不出来的意思。"这五首诗,每一组中都有地名,分别是"西塞山"(湖北)"钓台"(富春江)"雪溪湾"(湖州)"松江"(上海附近)"青草湖"(洞庭湖的东南部)。有人说,这是张志和在吟咏他曾经到过的地方。再仔细看,又写了春、夏、秋、冬四时的景致:"桃花流水鳜鱼肥",当然是春天;"笑著荷衣不叹穷"是夏天;"枫叶落,荻花干"是秋天;"钓台渔父褐为裘",当是冬天。再看一下,又发现写出了诗人衣、食、住、行等各方面的情趣:"青箬笠,绿蓑衣""钓台渔父褐为裘""笑著荷衣不叹穷",这些是说"衣";"菰饭莼羹亦共餐"乃是"食";"醉宿渔舟不觉寒"是"住","能纵棹,惯乘流""舴艋为家西复东"是指"行"。

有比较方有鉴别,我们来看一首别人(宋《金奁集》内收录,没标清作者)唱和的:"偶然香饵得长鲟,鱼大船轻力不任。随远近,共浮沉,事事从轻不要深。"乍看起来,也不错,但这人在诗中拿腔作势地说起理来,未免有一股腐儒的酸气,和张志和那些纯天然无防腐剂的清爽诗作一比,高下立判。颜真卿曾赞张志和:"立性孤竣,不可得而亲疏;率诚澹然,人莫窥其喜愠。视轩裳如草芥,屏嗜欲若泥沙。"正是有这样高洁的心胸,这样出众的才华,张志和的这一组《渔父歌》,才如仙风仙乐,读来令人心旷神怡。

附:据《日本填词史学》记载,大约在张志和写成《渔父歌》四十九年后(823年,即日本平安朝弘仁十四年),这五首词传到日本,当时的嵯峨天皇读后备加赞赏,并亲作和诗五首:

江水渡头柳乱丝,渔翁上船烟景迟。乘春兴,无厌时,求鱼不得带风吹。

渔人不记岁月流,淹泊沿洄老棹舟。心自效,常狎鸥,桃花春水带浪游。

青春林下度江桥,湖水翩翩入云霄。烟波客,钓舟遥,往来无定带落潮。

溪边垂钓奈乐何,世上无家水宿多。闲钓醉,独棹歌,洪荡飘飘带沧波。

寒江春晓片云晴,两岸花飞夜更明。鲈鱼脍,莼菜羹,餐罢酣歌带月行。

皇女智之内亲王也和词两首:

白头不觉何人老,明时不仕钓江滨。饭香稻,苞紫鳞,不欲荣华送吾真。

春水洋洋沧浪清,渔翁从此独濯缨。何乡里?何姓名?潭里闲歌送太平。

149

①钓台渔父：指严光，字子陵，和汉光武帝刘秀是同学。刘秀当了皇帝，严光却隐名换姓，避至他乡。刘秀令绘形貌寻访，结果发现有一男子披着羊裘在泽中垂钓，像是严光，即遣使备车，聘至京城，授谏议大夫，不从，归隐富春山耕读垂钓以终。

②舴艋：一种小舟。因小得像昆虫蚱蜢一样，故名。

③菰饭莼羹：晋代松江人张翰的典故。张翰在洛阳，因秋风起而怀念家乡的菰米饭、莼菜和鲈鱼。

④钓车子：一种钓具。上有轮子缠络钓丝，既可放远，也可迅速收回。如韩愈《独钓》诗之二："坐厌亲刑柄，偷来傍钓车。"

二十九

春烟间草色，
春鸟隔花声

——句句皆春的奇诗

卷817-23　和邢端公登台春望句，句有春字之什　　皎然

春日绣衣轻，春台别有情。
春烟间草色，春鸟隔花声。
春树乱无次，春山遥得名。
春风正飘荡，春瓮莫须倾①。

说起诗僧皎然，他的先祖倒是非常有名，那就是连李白也十分崇拜的谢灵运。皎然是他的十世孙，所以皎然俗家姓谢，又有字名清昼。没有出家前，他应该就叫谢清昼。皎然也不是一开始就出家为僧的，他一开始学道，后来才学佛。从他留下的很多诗句来看，他是儒、道、释三家均有涉猎，交游方面也是官宦、书生、道人、僧人无所不纳，甚至连李季兰这样的女道士也没有拒之门外。

皎然活的岁数挺长，至少有八十多岁，一生交往过的朋友也非常多，比较出名的有颜真卿、刘长卿、韦应物、陆羽等人。《唐诗鉴赏词典》和《唐诗三百首》都选有皎然的那首《寻陆鸿渐不遇》，这里的陆鸿渐，就是陆羽。我们知道陆羽在后世有"茶圣"之称，皎然作为陆羽的好友，当然没少喝好茶。他有一首题为《九日与陆处士羽饮茶》的诗："九日山僧院，东篱菊也黄。俗人多泛酒，谁解助茶香。"作为出家人，皎然对于茶道的理解当然更为深入一层，所以陆羽能煮得好茶，皎然也能品得好茶，故两人相交甚笃。

皎然的容貌恐怕也相当不错，要不然大美女李季兰也不会"调戏"他了（"天女来相试，将花欲染衣"），所以在我的脑海里，皎然仿佛是古龙小说中妙僧无花刚出场时的那种形象："烟水迷蒙中，湖上竟泛着一叶孤舟。孤舟上端坐着个身穿月白色僧衣的少年僧人，正在抚琴。星月相映下，只见他目如朗星，唇红齿白，面目姣好如少女，而神情之温文，风采之潇洒，却又非世上任何女子所能比拟。他全身上下，看来一尘不染，竟似方自九天之上垂云而下。"

小说中无花这个形象（单说外貌气质），和皎然的先祖谢灵运等的风度有相似之处，有道是"可怜东晋最风流"：王右军见杜弘治，叹曰"面如凝脂，眼如点漆，此神仙中人"。当时有人夸一个叫王恭的人，用词是"濯濯如春月柳"……所以按遗传学说，皎然的气度风姿，也应该是相当炫人眼目的，这也是皎然社交圈子很多，众多达官贵人都乐于与之交往的原因吧。

皎然对于诗歌的贡献，还在于他有一篇非常有名的《诗式》。这是一部非常系统深刻的诗歌评论著作。《唐才子传》称之为"议论精当，取舍从公，整顿狂澜，出色骚雅"。像我们评论诗歌时常提到的"偷语""偷意""偷势"等，都是皎然此书中所写。

诗歌评论家未必就是最好的诗人，正像优秀的裁判难说能自己上场打破世界纪录一样。不过，能把诗歌理论讲得头头是道的皎然，他的诗也不会太差。《唐才子传》中说皎然"外学超然，诗兴闲适，居第一流、第二流不过也"，这话说得有点含糊，第一流就是第一流，什么叫"居第一流、第二流不过也"？后来仔细一想，倒也有点道理，看遍了皎然的诗，我也觉得，如果称作第一流的好诗吧，似乎还差点火候；而算作第二流吧，又实在有点委屈。那就一点五流？呵呵，没有这种叫法，但理论上我觉得皎然的诗就是一点五流的水平。

皎然集中不乏好诗，如"五湖生夜月，千里满寒流。旷望烟霞尽，凄凉天地秋。相思路渺渺，独梦水悠悠。何处空江上，裴回送客舟"，应该说相当不错。还有像什么"桐花落万井，月影出重城""万里见秋色，两河伤别情""日暮人归尽，山空雪未消"等，都可称之为佳句。当然，也毋庸讳言，皎然的这些诗句确实不够超一流的水准，和大历诸人及无可、贯休等诗僧的诗也差不多,并没有高出多少。

所以我们就不再重复选读皎然那些清淡幽远充满禅味的诗了,本篇所选的这首诗,单艺术性来讲,未必有多出众,但此诗非常独特新颖,每一句的第一字都是"春"字,一连用了八个春字,倒是春意盎然。此诗明白如话,不用多作解释,翻尽古今诗篇,这种形式的诗倒是比较罕见,故录出来,也算是"奇诗共欣赏"吧。

①春瓮:酒瓮。亦指酒。

附:梁元帝《春日》诗,用了二十三个春字,句句有春,但却不是每个句首都是春字,皎然此诗可能对之有所借鉴:

春还春节美,春日春风过。春心日日异,春情处处多。处处春芳动,日日春禽变。

春意春已繁,春人春不见。不见怀春人,徒望春光新。春愁春自结,春结谁能申。

欲道春园趣,复忆春时人。春人竟何在,空爽上春期。独念春花落,还似昔春时。

四十

愿得此身长报国，
何须生入玉门关
　　　　——豪情万丈的边塞壮曲

卷274-50　塞上曲二首　戴叔伦

军门频纳受降书，一剑横行万里馀。
汉祖谩夸娄敬策①，却将公主嫁单于。

汉家旌帜满阴山，不遣胡儿匹马还。
愿得此身长报国，何须生入玉门关。

戴叔伦也是中唐时一位相当重要的诗人，他的诗作颇丰，诗的类型和题材也非常多。江湖夜雨小时候读的一本叫做《唐诗选注》的集子，出版于20世纪70年代末，当时强调"阶级斗争"，所以着重选讲了他的《女耕田行》一诗："乳燕入巢笋成竹，谁家二女种新谷。无人无牛不及犁，持刀斫地翻作泥……"全诗是写一对贫家姊妹，母亲年老多病不能劳动，哥哥还没娶亲，就被征到军中，牛也生瘟死了。到了春播的时候，家中虽然没有劳力，但有田不耕，吃什么？于是两姐妹只好自己耕地，身体劳累不堪，心中也是悲伤难耐——"姊妹相携心正苦，不见路人唯见土"。抛开当时政治色彩浓郁的某些论调，回过头看看戴叔伦的这首诗，其实也并非全无意义，在诗歌中关注一下"弱势群体"，也算是"诗旨未忘能救物"吧。

《唐才子传》中说戴叔伦"赋性温雅，善举止，能清谈"，一派温文尔雅的书生形象，但从史书中却可以看出他为人正直，刚烈有节。史载他曾押送钱粮到公安时，正好遇到杨惠林反叛，这伙人劫下戴叔伦说："归我金币，可缓死"——给我钱，饶你不死。古时的史书，往往太简略，难以知道当时的详细情况，按说古时抢人钱物，直接抢就是了，不像现在打劫还要"IP、IC、IQ卡，统统告诉我密码"，或许是戴叔伦将钱藏在隐秘之处了？这就不得而知了。史书上写戴叔伦大义凛然地说："身可杀，财不可夺。"这些人感于戴叔伦的忠义之为，竟不再劫他的财物，放走了他。

所以，戴叔伦虽是书生文士，但他有一腔忠直热血，这两首边塞诗也写得慷慨豪迈，振奋人心。"军门频纳受降书，一剑横行万里馀"。一开篇就虎虎生风，气势不凡，其实到了戴叔伦所在的时代，大唐的军威远不如当年之盛，"军门频纳受降书"之说，未必是写实，但此句和"一剑横行万里馀"一样，都是振奋精神，激昂士气的壮辞。

"汉祖谩夸娄敬策,却将公主嫁单于"。这两句言下之意,是说汉高祖当年采用窝囊透顶的和亲政策,将汉家公主远嫁给匈奴,是很无能的表现。李山甫有诗"谁陈帝子和番策,我是男儿为国羞",戴叔伦这两句,也暗含着这种意思。

"汉家旌帜满阴山,不遣胡儿匹马还"。写得非常有气势,似乎还回荡着当年"犯强汉者,虽远必诛"的强音。所谓"生入玉门关",是指这样一个典故:班超出使西域三十多年,立下不少奇勋,但临老时思念家,上书给皇帝请求回乡时说:"臣不敢望到九泉郡,但愿生入玉门关。"戴叔伦此处,更加义无反顾,他说:"愿得此身长报国,何须生入玉门关。"较之盛唐时王昌龄的"青海长云暗雪山,孤城遥望玉门关。黄沙百战穿金甲,不破楼兰终不还"这首诗,更多了几分雄健壮烈。王诗虽然豪迈,但还是期望能高歌凯旋,而戴叔伦这两句却有壮士一去不复返的铿锵悲慨。

读到这里,想起这样两句诗:"埋骨何须桑梓地,人生何处不青山。"倒是和"愿得此身长报国,何须生入玉门关"的意境相似,只可惜这两句却出自一个叫西乡隆盛的日本人之口。难道我们的好东西都让日本人学去了?不会的,让我们再次纵酒高歌"汉家旌帜满阴山……"激荡深藏在我们心中的热血。

①娄敬:汉高祖的谋臣,他劝汉高祖说"天下初定,士卒罢于兵,固不可以武胜也",建议将嫡长公主嫁给匈奴单于,实行"和亲"。

四十一

却是梅花无世态，
隔墙分送一枝春
——冷语刺世的好诗

卷274-53　旅次寄湖南张郎中　戴叔伦

闭门茅底偶为邻，北阮那怜南阮贫。
却是梅花无世态，隔墙分送一枝春。

戴叔伦生活的时代也是在大历年间，所以虽未列于"大历十才子"（李端、卢纶、吉中孚、韩翃、钱起、司空曙、苗发、崔峒、耿湋、夏侯审）之内，但他集中的主体风格还是和大历十才子们诗风相近。有人归纳说"大历十才子"们的风格是："擅长五言律诗，个性表现不强烈不分明，遣词造句都偏重于工整精练。追求清雅闲淡的艺术风格。词语往往带有萧瑟、暗淡的色彩，具有凄凉的整体风格。以写境界淡远、深冷、幽僻的山水诗见长，善于运用细微清幽的自然意象……"

的确如此，戴叔伦最为有名、常为历代选本选入的一些诗,如《除夜宿石头驿》等就是此类的代表。翻开戴叔伦的集子,五律中随处可见佳句,如"客心双去翼,归梦一扁舟""啼鸟云山静,落花溪水香""心事同沙鸟,浮生寄野航""官闲如致仕,客久似无家"等,都相当不错。

戴叔伦也写过很清丽的句子,比如这首《相思曲》:

高楼重重闭明月,肠断仙郎隔年别。紫箫横笛寂无声,独向瑶窗坐愁绝。

鱼沉雁杳天涯路,始信人间别离苦。恨满牙床翡翠衾,怨折金钗凤凰股。

井深辘轳嗟绠短,衣带相思日应缓。将刀斫水水复连,挥刃割情情不断。

落红乱逐东流水,一点芳心为君死。妾身愿作巫山云,飞入仙郎梦魂里。

格调端丽婉转,很有花间词的风味,而像"将刀斫水水复连,挥刃割情情不断。落红乱逐东流水,一点芳心为君死"之类的,更有点类似于乐府民歌中的风格:炽热、直率、朴素、纯真。

戴叔伦好诗不少,本篇选取他的一首绝句来和大家共赏。绝句篇幅极小,所以更要做到意味深长,这首诗堪为典范。

"闭门茅底偶为邻,北阮那怜南阮贫"。所谓南阮、北阮,是说这样一个掌故:《晋书·阮咸传》中,说阮家是个大家族,其中也有富有贫。于是一条大道的北面,就形成了高级住宅区,住的全是阮姓中的富人,而道南是"棚户区",住的全是穷人。阮咸属于穷人这一类的,住在道南。接下来又有个"阮咸曝裈"的故事,是说南方的夏天阴雨比较多,古人住的屋子没有水泥地面,防潮性能很差,衣服如果不晾晒一下,会发霉的。到了"七月七日晴"这样的时候,"北阮"富人们纷纷晾晒衣服,一时间花团锦绣,耀眼夺目。这既是晒衣服,也是一种变相的比富大赛。就像现在有些同学见面会就是比富会一样,到聚会时也不免比一下谁的职位高,谁开的车牌子好。面对"北阮"那边的声势,"南阮"的穷人们都自惭形秽,不敢把自家的破衣服拿出来晒,而阮咸却不管那一套,拿了个竹竿,把自己的粗布破裤头子(犊鼻裈)拿出挑了起来,也晒在路边。人们看了,纷纷惊怪,阮咸却不以为意地说:"未能免俗,聊复尔耳!(不能免俗,姑且这样吧)"说来阮咸所为,也很值得称道,现在好多人,都觉得自己如果没有钱,就低人一等似的,其实有钱的未必就高贵,他穿他的名牌西服,我穿我的破牛仔裤;他开他的宝马,我骑我的破自行车,那又有什么?别先自己看不起自己。

了解了以上的典故,我们可以味出,诗中这句"北阮那怜南阮贫",表面是说富者根本不把穷人放在眼里,但联想到"阮咸曝裈"的故事,会感觉到,此句中也透着一股贫贱亦可骄人的态度。

"却是梅花无世态,隔墙分送一枝春"。这一句写得尤妙:花枝出墙,是常见之景,然而此处戴叔伦却以拟人的手法点铁成金,隔墙的梅花无知无思,当然更无谄富欺贫的庸俗世态,所以才分送一枝春意给邻家的贫者。反过来讲,那高墙中轻裘肥马的富贵中人,又是何等嘴脸呢?诗中没有说,但比直接絮絮叨叨地讲一大篇更有力,更多几分辛辣。

宋人叶绍翁诗《游园不值》:"春色满园关不住,一枝红杏出墙来。"也是写花枝出墙,但与此诗的视角大不相同,晚唐罗邺有一首诗倒是和此诗有相通之处,大概是有所借鉴:

芳草和烟暖更青,闲门要路一时生。年年点检人间事,唯有春风不世情。

"却是梅花无世态,隔墙分送一枝春",正所谓"观破世事惊破胆,参透人情冷透心",这两句诗算是说透了。

161

四十二

霜叶无风自落，
秋云不雨空阴
——被屡屡"抄袭"的好句

卷276-25　送万巨　卢纶

把酒留君听琴，难堪岁暮离心。
霜叶无风自落，秋云不雨空阴。
人愁荒村路细，马怯寒溪水深。
望断青山独立，更知何处相寻。

江湖夜雨少时，琼瑶小说大行其道，琼瑶剧也极为火爆，比现在的韩剧犹有过之（那时电视节目本身也少嘛，又无电脑网络），很多女同学往往买一塑料皮日记本（当时就算高档货啦），在上面抄满琼瑶书中的诗句和歌词，像什么"绿草苍苍，白露茫茫"之类。《六个梦之三朵花》一剧中标为琼瑶词、司马亮曲，由高胜美演唱的这首《天若有情》，也是女同学们"手抄本"上必录的：

黄叶无风自落/秋云不雨常阴/（黄叶无风自落）/秋云不雨常阴

天若有情天易老/摇摇幽恨难禁/惆怅旧欢如梦/觉来无处追寻

啦……惆怅旧欢如梦/觉来无处追寻

当时，我也觉得写得很不错，有古典诗词中的韵味，但后来一翻宋词，发现完全是"抄袭"了宋人孙洙的这首词：

何满子·秋怨
怅望浮生急景，凄凉宝瑟余音。
楚客多情偏怨别，碧山远水登临。
目送连天衰草，夜阑几处疏砧。
黄叶无风自落，秋云不雨常阴。
天若有情天亦老，摇摇幽恨难禁。
惆怅旧欢如梦，觉来无处追寻。

原来琼瑶阿姨的歌词完全抄自该词的下半阕，几乎一字不改，还不如"绿草苍苍，白露茫茫"之类，总算是对《诗经》中的"蒹葭苍苍，白露为霜"翻译了一下。这样原本照搬，却赫然注明"琼瑶词"，也太有点欺负人家古人不能讲话了吧。

事隔多年后，江湖夜雨在纵览《全唐诗》时，发现孙洙这词中也"抄袭"了不少，不但"天若有情天亦老"这句，众人皆知是李贺写的；"黄叶无风自落，秋云不雨常阴"，最让整首词生辉耀眼的这两句，也是"抄袭"了卢纶的诗而来。只不过稍稍改动了两个字，卢纶的诗中是"霜叶"，这里是"黄叶"；卢是"不雨空阴"，这里是"常阴"。

　　前面提过的诗僧皎然，在《诗式》中讲过，作诗有三偷：一曰偷语，就是偷取前人的句子。二曰偷意，是偷用前人的意境。三曰偷势，是偷袭前人的风格气势。他以为偷势者才巧意精，可以原宥，偷意就情不可原了，而偷语则是公行劫掠，最为"钝贼"。

　　诗人中偷语、偷意的现象还是极多的，很多大诗人也未免有之。王渔洋在《带经堂诗话》中曾指出王维的"积水亦可极，安知沧海东"是"偷"了谢灵运的"洪波不可极，安知大壑东"；"春草年年绿，王孙归不归"是"偷"了庾信的"何必游春草，王孙自不归"；"莫以今时宠，能忘昔日恩"是用了冯小怜的"虽蒙今日宠，犹忆昔时怜"。孟浩然诗"木落雁南渡，北风江上寒"是用了鲍照的"木落江渡寒，雁还风送秋"，郎士元诗"暮蝉不可听，落叶岂堪闻"是用了吴均的"落叶思纷纷，蝉声犹可闻"。

　　话说回来，古人写诗中的"抄袭"和现代意义上的"抄袭"还是有所不同的：古人写诗，没有版税稿酬可拿，"被抄袭"者大多也墓木已拱，按版权法也早已经没有"版权"可言了。不过，即使这样，像本为卢纶所写的名句，却完全被记在孙洙甚至琼瑶阿姨的名下，我觉得还是十分不公平的。

抛开这些"是是非非"，单说卢纶的这首诗，也应该是一首比较出色的好诗。此诗明白如话，又是六字句的形式，倒和《何满子》的词牌很相似，不过仔细品味，还是能感觉到唐诗和宋词的差异所在。

后人将卢纶诗中的"霜叶"改为"黄叶"，"空阴"改为"常阴"，好像改得不错，但卢纶的诗显示出唐代的风格，他写的可能就是当时的实情实景，不像宋词中那样巧于雕饰。另外，卢纶这首诗，是写送别朋友之情，诗句虽然相对来说也是委婉惆怅的，但却不脱唐代诗歌中那种清健直朴的本色，像"望断青山独立，更知何处相寻"，顿显青衫磊落，神气峭然之感，而"惆怅旧欢如梦，觉来无处追寻"是讲男女情爱的，意境也缠绵孱弱得多。

不过，从后世的"审美"观点来看，人们好像更喜欢说霸王别姬、吕布貂蝉般的爱情，而不大喜欢说刘关张式的友情。卢纶这两句放在宋词里面，倒似乎更得其所哉，这可能也是到了孙洙手里这两句反而更有名的原因之一吧。正所谓"诗无达诂"，怎么理解似乎都有道理，但无论如何，我们都应该承认：第一，这两句是卢纶的原创；第二，卢纶的这首诗也是一篇值得我们欣赏的好诗。

四十二

却怪鸟飞平地上，
自惊人语半天中

——雁塔胜迹题名句

卷281-7　题慈恩寺塔　章八元

十层突兀在虚空，四十门开面面风。
却怪鸟飞平地上，自惊人语半天中。
回梯暗踏如穿洞，绝顶初攀似出笼。
落日凤城佳气合①，满城春树雨濛濛。

慈恩寺塔，就是至今依旧矗立在古城西安的大雁塔，时至今天，唐代建筑保存完好的已经不多，所以大雁塔更是弥足珍贵。这座塔是由非常富有传奇色彩的大唐高僧玄奘法师（唐僧）发起建造的，里面贮藏了唐僧从印度取回的经像，每层皆存舍利，共一万余粒。塔内还有佛足石刻、唐僧取经足迹等石刻。每层四面均有券门，塔底层门楣上刻有精美的线刻佛像，尤其是西门楣的释迦牟尼佛说法图，上刻当时废殿建筑的写真图,传为唐代大画家阎立本的手笔。南门内的砖龛里,嵌有两块珍贵的石碑:唐太宗御撰的《大唐三藏圣教序》碑和高宗李治所撰《述三藏圣教序记碑》,均为唐代大书法家褚遂良书丹,人称"二圣三绝碑"。

大雁塔高64.7米,从现代人的眼光看,当然不算太高,但对于唐朝人来说,恐怕就是他们的"东方明珠电视塔"了。所以此塔在当时就是人人争相游览,皆欲登临一眺的名胜。唐代诗人在游大雁塔时挥毫赋诗的也不少,但最有名的当属盛唐时的杜甫、岑参、高适等人的同题诗作《同诸公登慈恩寺塔》。这几人的诗,风格都是古朴雄健。如老杜这样写"高标跨苍穹,烈风无时休。自非旷士怀,登兹翻百忧……"岑参则是"塔势如涌出,孤高耸天宫;登临出世界,磴道盘虚空……"有这几位大诗人的佳作在前面压着,要想脱颖而出,也是相当不容易的。

章八元也是很少被提及的一个唐代诗人,江湖夜雨看到他的名字,总情不自禁地联系起章鱼(八爪鱼),但人家的名字并非和章鱼有什么关系,这"八元"一词应该是来源于《左传》:"高辛氏有才子八人,伯奋、仲堪、叔献、季仲、伯虎、仲熊、叔豹、季狸,忠肃共懿,宣慈惠和,天下之民谓之八元。"看来是代指才子的称谓。

章八元从小就酷爱写诗,偶然在邮亭题了几句诗,被当时的名诗人严维见到,收为弟子。在严维的悉心指点下,章八元诗赋精绝，人称"章才子"。唐大历六年（771年）中了第三名。当时高中的文士有"雁塔题名"的习惯，章八元也留诗一首，就是本篇这首诗。事隔多年，元稹、白居易来游览，见雁塔内题得乱七八糟，却难得有能瞧入眼的，于是边看边摇头。不过看到章八元的这首诗，二人却吟咏良久，赞叹说："不意严维出此高弟，名下果无虚士也。"于是元白二人将雁塔内的众多"水帖"一并"删除"（铲去），只留下章八元的这一首诗。

这首诗能得到元白二人的一致推崇，在众多进士们的题咏中鹤立鸡群，自然有其独到之处。和老杜岑参他们的诗相比，章八元的这首诗在体裁上有所不同；老杜等人是五言古体诗，而这篇却是精致工稳的七律。这首诗没有堆砌太多的典故，而是道出真情实景，读来亲切自然。

"十层突兀在虚空，四十门开面面风"。章八元这里说塔有十层，但我们现在看到的大雁塔却只有七层，因此引发了大雁塔到底曾经有多少层的争论，这里且不多提了，单从诗意上来说，"十层突兀"放在句首，也可谓出语奇突，气概不凡。"在虚空"，更让人体会到塔之高耸。"四十门开面面风"，和老杜的"高标跨苍穹，烈风无时休"一样，都是让人感到疾风扑面，宛如身临其境，感受到高塔上那猎猎疾风。

"却怪鸟飞平地上，自惊人语半天中"。诗人不直说塔势之高，却说奇怪鸟飞得太低，"自惊人语半天中"和太白诗"不敢高声语，恐惊天上人"有相似之处，相对于李白大肆夸张的风格，章八元的"人语半天中"，说的却是实情实景。这两句不造作，不夸饰，浑然天成，不加装点，却对仗精工，也算是佳句了。"回梯暗踏如穿洞，绝顶初攀似出笼"。描绘登塔时的情景，也是很细致传神。江湖夜雨到现在还没有去过大雁塔，但我的家乡有一座明万历年间修建的"舍利宝塔"，高53.44米。虽然不及大雁塔，但登塔时也是黑咕隆咚，恰似穿洞，上得最高层时，眼界顿开，清风袭来，也正如出笼飞鸟一样爽快。

不过，有人对章八元的这种描写手法嗤之以鼻。宋张戒在《岁寒堂诗话》里对杜甫的诗大夸了一番，却说章八元这诗是要饭的寒酸口气："人才各有分限，尺寸不可强。同一物也，而咏物之工有远近；皆此意也，而用意之工有浅深。章八元《题慈恩寺塔》云：'十层突兀在虚空，四十门开面面风。却怪鸟飞平地上，自惊人语半天中。回梯暗踏如穿洞，绝顶初攀似出笼。'此乞儿口中语也。"

其实，这个评价是有些过分的。人们的审美风格不同，像张戒就特别推崇那种古朴雄浑，苍茫大气的意境，而元稹和白居易为什么又夸这诗好呢？恐怕也是因为章诗和他们的风格有相似之处，都是自然平易、工整细致。所以大家不能只听张戒的，他是老杜的超级粉丝，狂热得很，他还说："元白数十百言，竭力摹写，不若子美一句，人才高下乃如此。"看见了吗？连元稹和白居易，他都说写上"数十百言"，也顶不上老杜一句，何况籍籍无名的章八元？

后世人不知道是不是受了这些说法的影响，历来的选本不大选这首诗。当然，客观地说，这首诗并非超一流好诗，蔡义江先生在《红楼梦诗词评注》一书中说香菱姐姐初学作诗时，头尾两联二十八个字，只说得个"月亮很亮"，内容十分空洞。章八元这里也有此弊，整首诗大部分只是说雁塔很高而已，没有像"山雨欲来风满楼"那样的深远喻意，但是，此诗能得元白称赞，并在雁塔众诗中显名，必有可观之处，也不妨一读。

①凤城：指长安城。传说秦穆公女弄玉吹箫，凤降其城，因号丹凤城。又一说，汉武帝在长安造凤阙，高二十余丈，故称长安为凤城或凤凰城。

四十四

柴门客去残阳在，
药圃虫喧秋雨频

——心情半佛半神仙，姓字半藏半显

卷292-49　闲园即事寄陈公　司空曙

欲就东林①寄一身，尚怜儿女未成人。
柴门客去残阳在，药圃虫喧秋雨频。
近水方同梅市隐②，曝衣多笑阮家贫③。
深山兰若④何时到，羡与闲云作四邻。

司空曙也是大历十才子之一，在有的人印象中，和司空图很容易搞混，以至于将《二十四诗品》也归到司空曙的名下了。这当然是错误的，不过也不是太要紧，司空曙是司空图的爷爷，反正都是他们司空家的。

"司空"这个姓，现在不大常见了。据说春秋战国时，"司空"是个官名，主要负责建筑、车服、器械等督造，大概相当于"总后勤部"。晋国有个叫"士䔍"的人，官至司空，后来他的子孙就都姓"司空"了。同样是因官职传下来的姓,"司空"家远不如"司马"家名人多,人家有"司马相如""司马迁""司马懿"等,司马氏还当过皇帝,晋朝就是司马家的天下。司空家的名人,除司空曙、司空图外,还真数不上来还有谁。

司空曙诗风淡泊,喜欢与僧人、道人等方外之士交往。他虽然一直没有当过大官,仕途也算"稳中有升,升幅有限"。他进士登第后授官九品主簿,此后升为八品右拾遗,晚年入湖南观察使韦皋的幕府从事,最高做到从五品水部郎中一职。

这首诗,就很贴切地反映出司空曙这种半仕半隐的心情。此诗是寄给一位叫"暕公"的高僧的。起句先说"欲就东林寄一身",这里的"东林",并非明代才有的"东林党",是指庐山东林寺,是晋时桓伊为高僧慧远所建,位于庐山的东面,从晋代起此处就是香火鼎盛,高僧聚集的佛门圣地。这头两句的意思是说,我想到东林寺出家抛却一切,但只可惜儿女尚未成人。所以嘛,兄弟我就不能陪吾师您出家了。接下来是描述自己的生活场景(题目就是"闲园即事"嘛),说自己所居之地是"柴门客去残阳在,药圃虫喧秋雨频","柴门""药圃"之语,透着贫病之感,而"残阳""秋雨"也给人寥落凄寒之感。不过旧时文人往往以此自诩。像明代文人程羽文就说过"志惟古对,意不俗谐,饥煮字而难糜,田耕砚而无稼",将此称为文人"六病"之一。司空曙的这一联,以景衬情,其背后厌世脱俗的文人之态，透纸可见。

接下来用了两个典故来进一步表达甘贫乐隐的心态，读诗比较多的朋友可能都会留意到，古人写诗，绝句中用典故的情况比较少，而律诗中却一般都要用典。所谓绝句乃是偏师，要出奇制胜，而律诗是"堂堂之阵，正正之师"，这时典故似乎就像贵妇人身上的珠宝首饰一般不可或缺了。司空曙在这里用了《梅福传》和《晋书》中的两个典故，也并非全是装点门面，其中也表达了不少直接陈述也未必说得明彻的种种含意：古人有"大隐隐于市，小隐隐于野"之说，梅福隐居，并非藏入深山老林，而是混迹于市井中隐姓埋名；而"阮咸曝裈"的典故，一方面鄙视世人羡富嘲贫的情态，一方面也借用阮咸的那句"未能免俗，聊复尔尔"，来形容自己未能彻底撒手尘世的心态吧。

诗句的最后，又表达了对崃公这等方外之士的景仰神往之情："深山兰若何时到，羡与闲云作四邻。""深山兰若"，是用深山中的香兰杜若这些香花香草来比喻隐居之士，所谓"闲云作四邻"，暗用晋代隐士陶弘景诗："山中何所有，岭上多白云。"都是比喻隐者的生活。这里是说，什么时候我能也像您一样过真正的隐者生活啊！这也从侧面对崃公进行了恭维称颂。

其实，从司空曙一生的履历来看，他并非刻意出世的人，当然，我们也不必过多地苛责司空曙是"牵连大抵难休绝"的

173

假清高之人，有时候，某种生活状态，作为一种永恒的向往，却是最美的境界。真正出了家，说不定是"披上袈裟事更多"，明代屠隆也是将这样的生活视为最理想的："楼窥睥睨，窗中隐隐江帆，家在半村半郭；山依清庐，松下时时清梵，人称非俗非僧。"这或许正是庄子所说的"材与不材"之间的妙处吧。

司空曙还有不少绝句写得很妙，不多解了，一解反而无味，录出来大家共赏吧：

卷292-84　晚思　**司空曙**
蛩馀窗下月，草湿阶前露。
晚景凄我衣，秋风入庭树。

卷292-72　竹里径　**司空曙**
幽径行迹稀，清阴苔色古。
萧萧风欲来，乍似逢山雨。

①东林：此处指庐山东林寺。
②梅市隐：梅福是汉代隐者。《汉书·梅福传》："梅福字子真，九江寿春人也。少学长安，明《尚书》《穀梁春秋》，为郡文学，补南昌尉。……至始元中，王莽颛政，福一朝弃妻子，去九江，至今传以为仙。其后，人有见福于会稽者，变名姓，为吴市门卒云。"谢灵运后来有诗："范蠡出江湖，梅福入城市。"

③阮家贫：参见戴叔伦篇中解释。

④兰若：香兰杜若的合称，香兰和杜若都是草本植物，秀丽芬芳。常用来比喻隐者的气度。

四十五
美人开池北堂下，
拾得宝钗金未化

——既有得钗，必有失钗

卷298-12　开池得古钗　王建

美人开池北堂下，拾得宝钗金未化。
凤凰半在双股齐，钿花①落处生黄泥。
当时堕地觅不得，暗想窗中还夜啼。
可知将来对夫婿，镜前学梳古时髻。
莫言至死亦不遗，还似前人初得时。

我觉得王建也是一位被低估了的诗人。好多时候，一提王建，就是人家的那一百首《宫词》。王建的宫词确实在诗歌史上独树一帜，是他的"特色菜"，但有些人却因此忽略了王建集中还有林林总总的各色好诗。这种情况，很像某些演艺界的明星，因为脸蛋太漂亮而往往会被忽略演技，从而被轻易贴上"花瓶"的标签。

其实王建各种题材的诗都写得不错，词写得也相当好，比如像《调笑令》，就是"团扇团扇，美人病来遮面"那个，被众口称颂。王建之诗，除了《唐诗三百首》和《唐诗鉴赏词典》选出的外，以下这些句子也是很有些名句的资质："邻富鸡常去，庄贫客渐稀""万愁生旅夜，百病凑衰年""时过无心求富贵，身闲不梦见公卿""一院落花无客醉，半窗残月有莺啼"……

　　寻常选本，往往更注重律诗绝句，所以我们特意选出王建的这首七言古体诗来赏味一下。说到古体诗，并非不讲平仄就算古体诗，唐人所写的古体诗大多还是有章法可循的：古体诗从文字风格上来讲，一般都朴直无华，不像近体诗那样讲委婉含蓄，绕许多的"花花肠子"。从声韵上说，唐人的古体诗也喜欢故意用"三平调"这样的形式来和近体诗作一下区别，比如本篇诗中"生黄泥""古时髻"等都是出现了三平调，这在近体诗中是不允许的。所以说，写古体诗也是有讲究的，现在有人写诗，不懂平仄乱写，别人指出不合声韵时就强词夺理，自称所写为"古体诗"。不合平仄的诗不一定是古体诗，可能只算打油诗。

　　有点扯远了，还是看诗吧。前面说了，古体诗的叙述一般都比较直率，王建的这首诗也不例外，这里写一个美人在北堂前开一个池塘，不想挖到了一支金钗。这支金钗还算完好，钗头的凤凰剩下一多半还有，双股也齐备，只不过钿花沾满了黄泥而已。拾到一支金钗，心思细腻多情的美人却想到了好多：

当年丢失这支金钗的女子，可能忍不住在窗前哭了一夜吧，如今她人早已成为灰土，这支金钗却依旧还在。叹息完这些往事，美人的思绪又跳跃到了自己的将来："可知将来对夫婿，镜前学梳古时髻。"将来嫁得一个好夫婿后，自己簪上这支古钗，梳上一个古时的发髻，烛光荧荧之下，笑对郎君，该是件多么可心如意的事情啊！美人手把这支金钗，越看越爱，但她的心里也很清楚地知道，她也只是这支金钗暂时的主人，正像当年失却这支金钗的女子一样，当时手把这支金钗时，曾以为会终生拥有，至死不遗，可事实如何呢？"钻石恒久远，一颗永留传"，广告语而已，即使会长久流传，也不会长在你手中，甚至不在你的家族中。

诗句到此就完了，但却留下无尽的思索。这世间的万事万物，无论是谁，无论何物，你怎么爱惜，都不可能长久拥有。"莫言至死亦不遗"，金钗首饰是这样，爱情又何尝不是这样？有人常向往"人生若只如初见"，但长如初见，怎么可能？

有人失钗，就有人得钗；前人有失钗之痛，后人就有得钗之喜，这其中也充满了哲理禅意。王建曾写过这样一首诗："一东一西垄头水，一聚一散天边霞。一来一去道上客，一颠一倒池中麻。"初看此诗，只觉得很是新颖别致，连用八个"一"字，而且后面都跟着反义词，像什么"东"和"西""聚"和"散"等等，挺有趣的。本篇这首《开池得古钗》，大概其主旨也是想说"一得一失泥中钗"吧。

唐人的古体诗有好多是重写古人写过的题材,像前面所选李白的《秦女休行》等,都是如此。王建此诗也不例外,萧梁时汤僧济就写过《泄井得金钗》这样一首诗:

昔日倡家女,摘花露井边。摘花还自比,插映还自怜。窥窥终不罢,笑笑自成妍。

宝钗于此落,从来非一年。翠羽成泥去,金色尚如鲜。此人今何在,此物今空传。

相比来说,汤僧济的这首诗只是写睹物思人的情怀,没有王建诗中丰富深远的诸多寓意。

王建的诗中描写了很多女子心态,所以和钗、镜等相关的也不少,这首《失钗怨》写得也不错,不另开篇详述了,就在此向大家推荐一下:

298-30 失钗怨　王建

贫女铜钗惜于玉,失却来寻一日哭。
嫁时女伴与作妆,头戴此钗如凤凰。
双杯行酒六亲喜,我家新妇宜拜堂。
镜中乍无失髻样,初起犹疑在床上。
高楼翠钿飘舞尘,明日从头一遍新。

这首诗说贫家女子对于自己的一支铜钗，就珍贵得不得了，丢了后哭了一天多。她回想刚出嫁时就戴着这枚铜钗，虽然是铜钗，但也给了她很多的快乐和满足。于是她找了又找，看着镜中没有钗的发髻郁闷，又怀疑是落在床上。王建最后感叹，那些高楼中起舞欢歌的富贵女子，却是任由价钱不菲的翠钿随意落下，因为人家大不了明天从头到脚换一身新的。时至如今，同一个都市中，也是既有一次刷上几万元购物不眨眼睛的富贵女子，亦有为了省下一块钱而不上空调车，宁愿在寒风里多等一会儿的贫家女孩。真是"人同命不同"啊！王建的感叹在千年后的今天，我想依然会引起人们的共鸣。

　　①钿花：此处指首饰上的花朵状装饰品。

四十六

风吹昨夜泪，
一片枕前冰

——心何冷，泪如冰

卷304-3 古意 刘商

达晓寝衣冷，开帷霜露凝。
风吹昨夜泪，一片枕前冰。

刘商也是位萧然出尘的才子，据《唐才子传》中说"商性好酒，苦家贫。尝对花临月，悠然独酌，亢音长谣，放适自遂……高雅殊绝"，而且他曾师从张璪学画。张璪在唐代的名气非常大，可能和我们现在张大千差不多的地位。名师出高徒，刘商画的山水树石尤其出色，名噪一时。刘商中得进士后，曾当过检校礼部郎中、汴州观察判官等职，但后来他"辞疾挂印"，重新过起放浪江湖的生活。他有一首诗道："春草秋风老此身，一飘长醉任家贫。醒来还爱浮萍草，飘寄官河不属人。"确实，一看刘商的个性，就不像当官的人。乐于掌权当官者,可以作威作福、鱼肉百姓;而刘商这样清高正直的人,想必也会有"遇上官作奴,候过客则妓"之类的烦恼;像奴才一样对上官装笑脸,妓女一样应付乡绅贵客之类的活,这是官场的基本功,但刘商是干不来的。

所以刘商索性"结侣幽人"——过起远离尘世的生活了。这倒是有诗为证,他写有《移居深山谢别亲故》一诗:"不食黄精不采薇,葛苗为带草为衣,孤云更入深山去,人绝音书雁自飞。"所以《唐才子传》中说他"世传冲虚而去,可谓江海冥灭,山林长往者矣"。成仙升天,"冲虚而去"之事,缥缈离奇,不足为信,但刘商是个不谐于世,性乐山林的人,"江海冥灭,山林长往"是他的归宿倒是不假。他的诗也是清灵俊逸,自非世间凡语,无一篇不佳,《唐诗鉴赏词典》只选了他的《画石》一诗,未必太少了点。

刘商的绝句写得尤其出色,前面曾说过绝句篇幅小,所以更要出奇制胜,如果不是"性灵"之人,恐怕写不出好的绝句来。我们来欣赏一下本篇这首五言小诗。

夜长无依,孤衾单寒,离人生怨,蛾黛长敛。这在古典诗词里并非是多么新鲜的题材,可以说在唐代就早被前人写得腻熟,而刘商这首诗,短短的二十字,却凝成一阵浸肌透骨的寒意,袭向读者的心头,其艺术感染力是极强的。

诗中写一位女子,在这样一个寒冷的清晨,她感觉到的只是冷,掀开帐帏,但见满地寒霜冷露。凛冽的冷风吹进来,将她昨夜枕边的泪水，都凝作了冰。诗中没有再多写一个字，但一切尽在不言中。这位女子心中的苦痛，长夜的悲愁，都通过这结成冰的珠泪，呈现在我们的眼前，拨动着我们的心弦。这"风吹昨夜泪，一片枕前冰"之句，最为委婉动人，所以白居易后来在他的《闺怨词》中也"偷"了去："珠箔笼寒月，纱窗背晓灯。夜来巾上泪，一半是春冰。"白诗读来更为柔婉，但不如刘商的原诗清健明快。

　　吴乔《围炉诗话》中说："意思，犹五谷也。文则炊而为饭，诗则酿而为酒也。"此诗就是一小杯香醇的美酒，饮之滋味淳厚。当然，现代人的口味似乎更倾向于低度酒，所以江湖夜雨将之"掺水"勾兑成下面一小段歌词，虽然比不上方文山写的《青花瓷》之类，但借了刘商的妙句，倒应该算是标准的"中国风"味道吧：

红烛灭　月轮沉
清晓觉衣冷
我此夜未合眼
你可想来我梦
鸳鸯锦　绣一半
针却再难拈
开帘后却只见
阶上霜露凝

情难留　诗难续

唯有更漏永

三生后又三世

我依然会在等

深冬夜　冷我身

你却冷我心

风吹那昨夜泪

一片枕前冰

四十七

早被蛾眉累此身,
空悲弱质柔如水
　　　　——战争中,女人无法走开

卷303-13　胡笳十八拍·第三拍　刘商

如羁囚兮在缧绁①,忧虑万端无处说。
使余刀兮剪余发,食余肉兮饮余血。
诚知杀身愿如此,以余为妻不如死。
早被蛾眉累此身,空悲弱质柔如水。

卷303-18　胡笳十八拍·第八拍　刘商

忆昔私家恣娇小,远取珍禽学驯扰。
如今沦弃念故乡,悔不当初放林表。
朔风萧萧寒日暮,星河寥落胡天晓。
旦夕思归不得归,愁心想似笼中鸟。

卷303-20　胡笳十八拍·第十拍　刘商

恨凌辱兮恶腥膻,憎胡地兮怨胡天。
生得胡儿欲弃捐,及生母子情宛然。

貌殊语异憎还爱，心中不觉常相牵。
朝朝暮暮在眼前，腹生手养宁不怜。

卷303-27　胡笳十八拍·第十七拍　**刘商**

行尽胡天千万里，唯见黄沙白云起。
马饥跑雪衔草根，人渴敲冰饮流水。
燕山仿佛辨烽戍，鼙鼓如闻汉家垒。
努力前程是帝乡，生前免向胡中死。

刘商的集中，还有一篇非常出色的好诗，叫做《胡笳十八拍》。名为十八拍，所以这篇诗是由十八首诗组成的，犹如一首宏大的乐章，很是精彩。可惜由于篇幅所限，这里不能全录出来一一详析，只选了其中四首，希望有机会大家还是要看一看《全唐诗》第303卷中的全诗。

《胡笳十八拍》的乐曲据说为蔡文姬所创，又有一首离骚体的《胡笳十八拍》诗，相传为蔡文姬所写，但此诗大有伪作的嫌疑。明代王世贞就质疑说："《胡笳十八拍》软语似出闺襜，而中杂唐调，非文姬笔也。"胡适先生《白话文学史》中也说："世传的《胡笳十八拍》，大概是很晚出的伪作，事实是根据《悲愤诗》，文字很像唐人的作品。"所以，大家公认出于蔡文姬手笔的，还是以五言《悲愤诗》更为可靠一些。

刘商的这篇《胡笳十八拍》，虽是对蔡文姬的故事重新演绎，但其在艺术上加以生花着色，更加熠熠生辉。此诗用唐人喜欢的歌行体形式，既有悠远淳厚、气度浑灏之韵，又有声律铿锵、辞句整饬之美；而且，刘商以他细腻入微的心态，将蔡文姬当年悲苦难言的血泪阐述得非常贴切，可谓如泣如诉。

我们先来看《第三拍》，此段写蔡文姬被掳入匈奴，生不如死的惨痛生活。在抒写手法上比文姬的原作更富有艺术性。《悲愤诗》中叙述这段经历时是这样说的："岂敢惜性命，不堪其詈骂。或便加棰杖，毒痛参并下。旦则号泣行，夜则悲吟坐。欲死不能得，欲生无一可。"很是直白朴实，这也是汉诗固有的风格。这里不是说蔡文姬的原作就不好，我们应该承认，从汉诗到唐诗，诗歌在发展，诗歌艺术也在进步。

需要注意的是，无论是蔡文姬的原作，还是刘商的这首诗，都描写了蔡文姬当年沦落于匈奴后的凄惨。江湖夜雨一提起来就火冒三丈的是，后世的诸多无赖文人们，竟然胡编出什么蔡文姬和左贤王的"浪漫爱情故事"！其实蔡文姬流落胡地，并非就是成为左贤王的妻妾，《后汉书》上只说："文姬为胡骑所获，没于南匈奴左贤王，在胡中十二年，生二子。"这句话应该理解为沦落于南匈奴左贤王的部落里，并不一定就是左贤王将她纳为姬妾；至于当左贤王的正妻，那更是不可能了。

《三国演义》中也是这样转述的:"原来操素与蔡邕相善。先时其女蔡琰,乃卫仲道之妻;后被北方掳去,于北地生二子,作《胡笳十八拍》,流入中原。操深怜之,使人持千金入北方赎之。"也没有臆断为嫁给左贤王。

蔡文姬被掳,本是对她明火执仗的强暴,但通过文人烂笔头轻轻一点,就把对一个女子的强暴行为,美化成一段"爱情故事";戏说剧中的胡乱一编,就把蔡文姬十二年的血泪一下子轻轻地抹去,"人多暴猛兮如虺蛇"的凶徒们也安排成了她的如意郎君,这无异于对蔡文姬的再次强暴!真是"是可忍孰不可忍"!什么才是蔡文姬当时的真实心情?——"以余为妻不如死"!

顺便说一下,王安石也写过一首《胡笳十八拍》,但他喜欢集句,也就是将前人的诗句重新排列组合成为全新的一首诗。据说这诗还是王安石晚年退职后,又打坐学禅多日的成果。不过王安石这首诗,虽然不能不说构思精巧,但也很突出地反映出宋人的毛病——过于注重辞藻和形式,而忽略了主题思想。王诗中什么"低眉信手续续弹,弹看飞鸿劝胡酒""破除万事无过酒,房酒千杯不醉人"之类的乱凑,不免有隔靴搔痒之感。又把明妃(王昭君)和蔡文姬的经历混为一谈,也在一定程度上削弱了文姬沦落胡地的悲剧性。宋严羽《沧浪诗话》评"集句唯荆公最长。《胡笳十八拍》浑然天成,绝无痕迹,如蔡文姬肺肝间流出",我觉得言过其实,王安石的诗远不如刘商这组诗更能反映蔡文姬的真实心情。

《第八拍》是很有特色的一段，这段是刘商自己发挥，进行再创造的一段，其中的内容在《悲愤诗》中是找不到的。不过这段描写却十分入情入理，丝毫没有突兀生硬之感。这里写蔡文姬回想起在中原时，她还是个娇小可爱的小女孩，当时很喜欢买些珍禽异鸟来驯养。如今自己沦落在胡地，也像笼中鸟儿一般被胡人囚了起来。这里度日如年——"朔风萧萧寒日暮，星河寥落胡天晓"。文姬想起这些，很是后悔当初为什么要囚禁那些鸟儿啊，为什么不早点放它们飞回山林，飞回它们自己的天地啊！这里不写文姬多么渴望能逃回中原故土，却用后悔幼时囚禁鸟儿来侧面抒写，这和张祐诗"斜拨玉钗灯影畔，剔开红焰救飞蛾"的手法相似，都是诗家所谓的"背面敷粉"之法，即刘熙载在《艺概》中说的："正面不写写反面，本面不写写对面、旁面，须如睹影知竿乃妙。"本诗可为一典范。

《第十拍》非常细腻深刻地写出了蔡文姬生育胡子后的矛盾心情。这两个孩子虽然是她被迫为胡人所生，正像诗中所说："恨凌辱兮恶腥膻，憎胡地兮怨胡天。"她甚至准备生出来就扔掉，但母子天性，母亲对孩子总是有感情的，当孩子生出来时，却又舍不得了。孩子长得也有几分胡人相貌，从小就学了胡语,蔡文姬对他们是又憎又爱,但无论如何,也是自己身上掉下来的肉啊,正所谓"腹生手养宁不怜"。就像张爱玲的《半生缘》中的曼桢,被她姐夫——恶棍祝鸿才强暴后生下一个孩子。曼桢对祝鸿才厌恶至极,却对这个孩子很心疼,甚至为了这个孩子答应和祝鸿才做有名无实的夫妻。

这《第十七拍》,是写文姬归汉时急切而又激动的心情,这一段也是在《悲愤诗》中没有详细描述过的。这里写文姬从冰天雪地的胡人境内向汉地出发,一路上黄沙白云,似乎永无尽头。盼着盼着,终于出现了燕山上烽火台的影子,汉家故土到了!可以看见了!"努力前程是帝乡,生前免向胡中死"。快点走吧,到了汉家的土地上,就算是死,也安心了。这些句子虽然《悲愤诗》中蔡文姬自己没写,但我想她当时的心情并无二致。

还有值得一提的是,刘商写这组诗,并非纯粹是"看三国流眼泪,替古人担忧"。中唐时期,大唐国威不再,回纥、吐蕃等胡族不断袭扰。安史之乱时,唐朝又曾借回纥兵助战。这些回纥蛮兵虽然战斗力不弱,但抢掠起女人财宝来也是饿狼一般凶悍。史家评曰:"夷狄资悍贪,人外而兽内,惟剽夺是视……肃宗用回纥矣……所谓引外祸平内乱者也。"可想而知,当时大唐的女子,有不少人也会有蔡文姬一样的遭遇。文章合为时而著,借古喻今,所以这首诗在唐代已是相当流行,敦煌唐代写本中就保存着刘商这首诗,可证明当年此诗就被众口传诵。因为这首诗中不仅唱的是蔡文姬当年的心声,也是那些不幸沦落天涯,泪洒胡尘的大唐女子们的血泪倾诉。

①缧绁:捆绑犯人的黑绳索,借指监狱、囚禁。

四十八

无因驻清景，
日出事还生

——人生何时可得闲？

卷317-48　夏夜作　武元衡

夜久喧暂息，池台惟月明。
无因驻清景，日出事还生。

对于武元衡，大家并不陌生，作为唐代甚至历史上都较为罕见的被刺宰相，知道这个名字的人还是不少的，但是，对于他的诗作，有些唐诗爱好者并不是太了解。其实武元衡的诗作虽然和李杜没法比，但还是有不少诗句是值得赏玩的。

武元衡，是武则天一族的后人，但他并没有靠这种关系晋升。当然这个时候武家的势力也不在了，武元衡也要老老实实地走科举之路。他也曾饱尝过下第的滋味，在《寒食下第》一诗中他这样写："柳挂九衢丝，花飘万家雪。如何憔悴人，对此芳菲节。"春光明媚的时候，下第的武元衡心中却是无穷的哀伤。

唐末的张为曾编过一个《诗人主客图》，根据不同的风格分为"六大派"，每派设一个诗才最高的代表性人物为"主"，类似于"掌门人"。其他风格近似，成就一般的诗人就是"客"，用武侠中的话就是"门下弟子"了。在此中，他把武元衡奉为"瑰奇美丽主"，和白居易这个"广德大化教主"齐名。当然，张为所写的这个东东不怎么靠谱，对武元衡有点评价过高。不过武元衡确是一位温雅沉静、彬彬有礼的人，有一次宴席上，西川从事杨嗣喝得大醉，强逼武元衡用大杯喝酒。这人见武元衡不喝，就把酒浇在他身上。武元衡官职远大于他，俗话道"官大一级压死人"，武元衡就算当场发怒呵斥，也很正常，但他却不动声色，换了一身衣服后，又谈笑如常。

武元衡的诗，说实话，"瑰奇"谈不上，李贺之类的比他强得多。"美丽"嘛，倒是有那么点意思。武元衡诗风绮丽清越，有不少诗是用来酬答女子的。像《唐诗鉴赏词典》中选的那首"麻衣如雪一枝梅，笑掩微妆入梦来。若到越溪逢越女，红莲池里白莲开"，就是送给一位女道士的。此类的诗还有不少，比如：

卷317-115 同幕府夜宴惜花　**武元衡**
芳草落花明月榭，朝云暮雨锦城春。
莫愁红艳风前散，自有青蛾镜里人。

卷317-116　代佳人赠张郎中　**武元衡**

洛阳佳丽本神仙，冰雪颜容桃李年。

心爱阮郎留不住，独将珠泪湿红铅。

这等意味的七言诗，武元衡集中还有不少，但是宋代魏泰在《临汉隐居诗话》中以为"武元衡律诗胜古，五字句又胜七字"，所以本篇选了武元衡这首五言绝句来作为他的代表作。

这首小诗是说，到了夜很深的时候，喧闹之声方才暂时停息，诗人坐在池边静静地望着明月，好好地享受一下这片时的安静。可惜没有什么办法能将这片时的清景留住，明天太阳升起来时，又会是诸事烦扰，忙忙碌碌的一天了。

是啊，对于武元衡这些身在仕途中的人来说，案牍劳形，无日或免，故有此感叹。其实，我们今天的上班一族又何尝不是如此？一件事完了，又一大批任务压过来，什么时候是个头？什么时候能真正喘口气？有时候累了一天，晚上躺在床上，感到无比舒服的同时，却也这样想，明天一睁眼，又是一大堆事情哪。江湖夜雨所在的城市有不少回民，他们办丧事时，常在灵堂里悬一块墨绿色的帏帐，上边赫然绣着四个金黄色的大字"今日得闲"。这四个字说得真深刻，确能引发无穷的感慨。

《唐才子传》说武元衡于前一个夏夜吟成此诗,翌日就遇害被刺,所以称之为"诗盖其谶也"。如果确实如此,那么这首小诗就更增添了几分凄凉和神秘。

四十九

铁佛闻皱眉，
石人战摇腿
——韩文公令人发噱的打趣之作

卷345-12　嘲鼾睡（其一）　韩愈

澹师昼睡时，声气一何猥。
顽飙吹肥脂①，坑谷相嵬磊②。
雄哮乍咽绝，每发壮益倍。
有如阿鼻尸③，长唤忍众罪。
马牛惊不食，百鬼聚相待。
木枕十字裂，镜面生痱癗④。
铁佛闻皱眉，石人战摇腿。
孰云天地仁，吾欲责真宰⑤。
幽寻虱搜耳，猛作涛翻海。
太阳不忍明，飞御皆惰怠。
乍如彭与黥⑥，呼冤受葅醢⑦。
又如圈中虎，号疮兼吼馁⑧。
虽令伶伦吹⑨，苦韵难可改。
虽令巫咸招⑩，魂爽难复在。
何山有灵药，疗此愿与采。

韩愈的诗，最大的特色就是追求"奇、险、狠、重、硬、崛、狂、怪"。在他的影响和支持下，出现了诸如卢仝、刘叉这样最喜欢写"怪味诗"的诗人，甚至贾岛、孟郊的很多诗也带有僻、怪的色彩。在这一类的诗风中，我觉得成就最突出的当属李贺。李贺的诗奇诡冷艳，实在是诗歌宝库中的一株奇葩，他这种风格，不能不说也受到了韩愈提倡的险怪诗风影响。

说来也是，唐诗发展到韩愈他们这个时代，也来到了"瓶颈"之处。有盛唐的诗在前面摆着，后人再写，总有难翻出前人手心的感觉。飘逸你能"飘"得过李太白吗？沉郁你能"沉"得过杜少陵吗？清雅你能"清"得过王维吗？浅俗你能"浅"得过白居易吗？所以，后人也没辙，要想出新，只能另辟蹊径。这一点也像书法，四平八稳的字大家都写不出什么名堂来了，就以丑为美，以拙为美，因为你不变化创新，就只能因循前人，拾人牙慧。

所以说，常见选本中的韩愈诗，像什么"天街小雨润如酥"啦，什么"百般红紫斗芳菲"啦，其实都不是韩愈的"本门武功"。韩愈老师自己最得意的诗篇，想必是那些《病中赠张十八》和《月蚀诗效玉川子作》等等，宋代张戒《岁寒堂诗话》中说:"退之诗,大抵才气有余,故能擒能纵,颠倒崛奇,无施不可。放之则如长江大河,澜翻汹涌,滚滚不穷;收之则藏形匿影,乍出乍没。姿态横生,变怪百出,可喜可愕,可畏可服也。"

不过,宋人是比较"粉"韩愈老师的,这份夸奖我们也只能信一半。韩诗多写丑怪之物,正所谓"险语破鬼胆,高词媲皇坟",提醒大家,尤其是女孩子们,打开《全唐诗》中韩愈老师所在的诗卷时,一定要有心理准备。因为你触目可见的并非是山山水水、花花草草之类的,而是"毒气烁体黄膏流""赤龙拔须血淋漓""形躯顿膵肛""粪壤多污秽"之类狰狞恐怖甚至使人侧目掩鼻的东东,有洁癖的女子读了恐有将隔夜饭吐出来之虞。有本叫《好事集》的书里说:"柳宗元得韩愈所寄诗,先以蔷薇露灌手,熏以玉蕤香,然后发读,曰:'大雅之文,正当如是。'"依我看,此书乃是宋代"哈韩"一族所写,不惜编派柳宗元而抬举韩愈,就韩愈老师那些诗,还熏什么香,洗什么手啊,直接弄副法医们用的白手套戴上是正经。

本篇选的这首诗,很能代表韩愈老师所独创的风格,但还不像前面列举的那样"口味特重",读起来饶有风趣。此诗是嘲笑一个名叫澹师的人,此人看来比较肥胖,打起呼噜来震天动地。

"澹师昼睡时,声气一何猥。顽飙吹肥脂,坑谷相嵬磊"。这几句是说,"澹师"这个人,白天睡觉时,发出的声响可真不体面。他长着一个"好肚油肚",随着犹如狂风咆哮一般的粗重呼吸,大肚皮一起一伏,像是嵬磊壮观的山地一般。

"雄哮乍咽绝,每发壮益倍"。是说此人的呼噜声很大,虽然有那么一小会暂时不怎么响了,但"稍作休息"后,又重新发威,而且更加茁壮响亮。确实如此,有一深受老公呼噜之苦的女人曾说,这呼噜声,要总是一个节奏,一直响着,也就罢了,就像钟表,虽然发出"嗒嗒"的响声,但这种声音单调沉闷,也不太影响人入睡。这打呼噜的人,一会儿停一会儿响,一会儿是粗沉的低音,一会儿是汽笛般的长鸣,实在让人忍无可忍。

从"有如阿鼻尸"到"石人战摇腿"这几句是说,此人发出的呼噜声,听起来惨厉得很,好像阿鼻地狱中正在受刑的尸鬼们的号叫一般。这声音吓得马牛都不愿吃食,鬼魂都聚在一起。这声音连木枕都震得碎裂,镜子(古时最光滑的东西就属镜子了)上都起了鸡皮疙瘩。生铁铸就的佛爷也皱起了眉,石头雕成的人也腿发抖。

"孰云天地仁,吾欲责真宰"。是说,谁说上天仁慈,如果仁慈的话怎么会让人出现打呼噜这样讨厌的事呢?我真想责问一下天地万物的主宰。

正像打呼噜的人停一会儿又开始了一样,韩愈老师又开始了一通"火力齐射",又用了一大堆离奇的比喻:他说这呼噜声细微时就像虱子在耳中挠,猛烈时像大海的波涛,太阳都不敢露头了，传说中驾驭太阳的六龙也不愿动弹。这声音像是彭越和英布被剁为肉酱时的冤声，又像是受了重伤，耐着饥饿的老虎在圈里叫唤。听了这种声音，就是让伶伦这样的音乐宗师来，也抵挡不住这难以入耳的噪音，就算请来擅长招魂的巫咸，也收不住被惊散的魂魄。

这首诗因为主题思想就是打趣，所以结句很潦草："何山有灵药，疗此愿与采。"明显是敷衍一下就完了。本诗是以嘲弄为主，说实话，很类似现在网上常见的如"网上恐龙一回头，吓哭三个小朋友"这一类爆笑帖。当然，韩愈老师的功力深，文章的档次要高一些。

宋代周紫芝《竹坡诗话》中说："世所传退之遗文，其中载《嘲鼾睡》二诗，语极怪谲。……如'铁佛闻皱眉，石人战摇腿'之句，大似鄙陋，退之何尝作是语？小儿辈乱真，如此者甚众，乌可不辨？"意思说这诗写得太鄙陋，不合韩愈的身份。其实这位周老先生有点少见多怪，"语极怪谲"，正是韩愈老师在诗歌上面的追求，至于写写这种玩笑类的文字，也并非什么稀奇的事情。像《嘲鲁连子》《嘲少年》《寄卢仝》等，都带有嘲讽戏谑的味道。像《寄卢仝》中所写的："玉川先生洛城里，破屋数间而已矣。一奴长须不裹头，一婢赤脚老无齿……"也带有这种色彩，所以怀疑这首诗不是韩愈之作，是没有什么根据的，话说回来，换别人，还真写不出这等诗来。

宋人及后世腐儒，一提韩愈老师，就是正襟危坐，大讲

《师说》《原道》之类"教科书"的道德圣人面目，所以才对这首诗无端地质疑。其实韩愈老师有好多诗写得"很黄很暴力"，不信？先来首有点"黄"的："幸有伶者妇，腰身如柳枝。但令送君酒，如醉如憨痴"；"暴力"的就更多，比如《元和圣德诗》中描写刘辟一家被行刑时，就是非常血淋淋的场面："解脱挛索，夹以砧斧。婉婉弱子，赤立伛偻。牵头曳足，先断腰膂。次及其徒，体骇撑拄。末乃取辟，骇汗如写。挥刀纷纭，争刌脍脯……"

旧时文人，刻板守旧者占主流，他们都会排斥这首比较好玩有趣的诗。当然，这首诗只是打趣而已，并没有肩负着什么伟大正统的思想在里面。故历代选本中多不选。如今是流行娱乐至上的时代，流行《武林外传》式搞笑作品的时代，重新拿出这首诗来说说笑笑，还是合乎时代需要的。

①顽飙：狂风。
②嵬磊：高低不平貌。
③阿鼻：阿鼻地狱的简称。
④痱癗：亦作"痱磊"，小肿块。亦泛指皮肤上的疹样小粒块。
⑤真宰：天地万物的主宰。
⑥彭与黥：指西汉初年时的彭越和黥布。这二人被刘邦冤杀。
⑦菹醢：剁成肉酱。
⑧馁：饥饿。
⑨伶伦：相传为黄帝时代的乐官，是发明音律的始祖。《吕氏春秋·古乐》中说"昔黄帝令伶伦作为律"，伶伦模拟自然界的凤鸟鸣声，选择

内腔和腔壁生长匀称的竹管,制作了十二律,暗示着"雄鸣为六",是6个阳律;"雌鸣亦六",是6个阴律。

⑩巫咸:古时神人,擅长占卜招魂。

五十

朝为耕种人，
暮作刀枪鬼

——战乱中的悲惨血泪

卷348-19　梁城老人怨　陈羽

朝为耕种人，暮作刀枪鬼。
相看父子血，共染城壕水。

陈羽是贞元八年进士，和韩愈、王涯、欧阳詹等人同榜登科。由于那一年榜上的进士出了不少的俊杰，所以后人将之称为"龙虎榜"。我们现在流行歌坛上所谓的"龙虎榜"，就是借用了这个典故。陈羽在这一年赴考，可谓强手如云，相当于排在"死亡之组"，但陈羽遇强也强，依然攀宫折桂，其实力还是卓为可观的。

陈羽的诗写得相当精妙。《唐才子传》提到他的"稚子新能编笋笠，山妻旧解补荷衣。秋山隔岸清猿叫，湖水当门白鸟飞"这样一首诗，并称赞说，这种景致，到处都有，但谁能用二十八个字就描出一幅图画？《唐诗鉴赏词典》选了陈羽一首《从军行》，其中"横笛闻声不见人，红旗直上天山雪"一句气象雄浑慷慨，确是不凡。

陈羽的这一首五言古绝，虽然不如《从军行》豪迈雄健，但短短的二十个字却更为触目惊心，摧人肝胆。此诗题为《梁城老人怨》，是借一位老人的口气来说的，我们好像看到一位发白如丝，泪血沾襟的老翁在诉说这一切：

"朝为耕种人，暮作刀枪鬼"。早上还是老实巴交的种田人，但马上就被强迫征发，当了军卒。一仗下来，到了晚上后，都成了死在刀枪之下的孤魂野鬼。本来作为"面朝黄土背朝天"在土里刨食吃的农民，生活就够苦的了，但是在乱世之中，却连老老实实种地的愿望都不可能了！李华《吊古战场文》中曾说："苍苍蒸民，谁无父母？提携捧负，畏其不寿。谁无兄弟，如足如手？谁无夫妇，如宾如友？生也何恩，杀之何咎？"是啊，黎民百姓虽然穷苦，但其父母生养他们的时候也是全心全意地去疼爱呵护，唯恐他们不能健康长命，但现在却被驱赶到战场上让他们送死，他们又有什么罪过？

李华的文章中写的还是盛唐时的情况，按正常制度，父子一般不会被同时抽丁，所以对于死去的亲人还是"其存其没，家莫闻知。人或有言，将信将疑"。这首诗中的惨景却是："相看父子血，共染城壕水！"这些被胁迫而来的兵卒中，好多都是父子兄弟同行，在这场惨酷的战事中，父子二人眼睁睁地看着亲人的鲜血染红了护城壕的河水。这又是何等惨绝人寰的悲剧啊！

陈羽生活的时代，正是唐代内乱不休的时候，藩镇割据的局面发展到相当严重的地步，更有朱泚篡位、朱滔作乱、李怀光反叛、王武俊起事等诸多内患，一时间群贼跳梁，滔滔汹汹，四海鼎沸。这些"军阀"们也不讲什么"国家政策"，随意到处抽丁拉伕，抢掠民财，无异贼盗，人民苦不堪言。本来唐太宗时的府兵制，征兵时是先富后贫，政府将百姓按贫富分为九等，六等以上的农民，每三丁选一丁为府兵，免其赋役。这些"军阀"们根本不讲这个，有男子就抓走，所以才有父子二人同时被征入伍的情景。

所以，这种战争和对外抗敌、保家卫国的战争是迥然有别的。在守疆卫土的对外战争中，大唐男儿们可以舍生忘死，正所谓"愿得此身长报国，何须生入玉门关"。他们可以面对死亡高歌"醉卧沙场君莫笑"，虽然是死，但是死得其所，又有何憾？陈羽此诗中所说的，却是自相残杀的内战。从旧时"君君臣臣、父父子子"的伦理观念上来说，那些藩镇们应该就是朝廷的子民，如今和朝廷互相厮杀，也是白白流尽了"父""子"之血。这或许是此诗中暗藏的寓意吧。

小的时候常觉得打仗是件非常好玩的事情，当时的电影也不像《集结号》一样能真实地反映出残酷的战场。于是我就常幻想指挥着千军万马冲杀一通，或者抱起挺机枪狂扫一阵，那多惬意，然而，现在知道了，战争是非常残酷的。或许对于某些穷兵黩武的暴君悍将来说，可以用这些鲜血来换取功勋，正所谓"将军夸宝剑，功在杀人多"，但对于普遍的黎民百姓来说，得到的却只是"相看父子血，共染城壕水"。

五十一

门外红尘人自走，
瓮头清酒我初开
——诗豪刘禹锡的昂扬之作

卷360-63　酬乐天偶题酒瓮见寄　刘禹锡

从君勇断抛名后，世路荣枯见几回。
门外红尘人自走，瓮头清酒我初开。
三冬学①任胸中有，万户侯须骨上来。
何幸相招同醉处，洛阳城里好池台。

刘禹锡是大家非常熟悉的诗人，他的生平就不赘述了。值得一提的是，和刘方平一样，刘禹锡也是匈奴后裔。读刘禹锡的诗，常会感觉到诗中凌人的豪气，白居易称他为"诗豪"，确实堪称其知己。刘禹锡因题"玄都观里桃千树，尽是刘郎去后栽"一诗，为当时的权贵所恶，遭到报复，刚回长安，就又被贬到穷山恶水的去处，但他不屈不挠，再次回到长安时，以一句"前度刘郎今又来"，辛辣地回敬了这些人，真是够爷们

207

的。刘禹锡凭着自己这股越挫越勇的豪气，老而弥健，生生熬死了唐朝五代皇帝，得享七十二岁高寿，也算是能笑到最后了。

刘禹锡喜欢秋天，除了"自古逢秋悲寂寥，我言秋日胜春朝"那首诗外，像"山叶红时觉胜春""试上高楼秋入骨"等句，都是由衷地喜爱和赞美秋天。不知是不是刘禹锡体内存留的"狼图腾"基因在起作用。

不管怎么样，刘禹锡的爽朗是唐代诗人中也很少见的。白居易有两个诗文好友，一为元稹，另一个就是刘禹锡。

本篇这首诗，也是一首与白居易的唱和之作。白居易的诗是这样的：

卷456-57　题酒瓮呈梦得　白居易
若无清酒两三瓮，争向白须千万茎。
麴糵销愁真得力，光阴催老苦无情。
凌烟阁上功无分，伏火炉中药未成。
更拟共君何处去，且来同作醉先生。

我们看，白居易的这首诗写于这样的情景：白居易得了坛好酒，于是在酒坛上题了这样一首诗后，派人给刘禹锡送去。诗中说，要是没有几坛好酒，怎么来面对白首白须的暮年时光呢？麴糵是古代造酒的材料，这里代指酒。颔联是说，光阴催老，无可奈何，唯有酒能除愁。凌烟阁，是唐代开国初年的功臣画像处。伏火炉，是指炼丹炉。这颈联是说，想博得被画上凌烟阁这样的功名，我们是没指望了，想长生求仙，也没有门路。那我们怎么办呢，还是一起当一回"醉先生"吧。

刘禹锡的和诗中，意气却不似白居易这样沉闷消极。"从君勇断抛名后，世路荣枯见几回"，虽然自称抛名离世，但此句有冷眼旁观，笑对世间荣枯百态之感，这"门外红尘人自走，瓮头清酒我初开"，更有一种豪气在其中。门外的人们在红尘中熙攘，而我却闭门便如深山，独自开瓮畅饮。这感觉，犹如一位武功高强的大侠，于人声喧喧，乱作一团时，却镇定自如，独自拍开一坛好酒，从容自饮，颇有些睥睨群小的气度。这种味道白诗中是品不到的。

"三冬学任胸中有，万户侯须骨上来"。意思是说，我们三冬时苦读得来的学问，就让其藏在胸中，没人用就没人用吧！封万户侯，自然是人人向往的事，但折腰摧眉，抹杀良心骨气换来的功名，又有何意思？诗的结尾，又回到了相约共醉这个主题上，"何幸相招同醉处，洛阳城里好池台"。洛阳城里到处有好的风景，我们相携一醉吧。

纵观刘白唱和的诗作，我觉得，几乎都是刘诗稍胜于白诗。主要原因是刘诗中气势昂扬豪迈，为白居易所不及。刘禹锡写过不少意气风发的诗句，比如像"沉舟侧畔千帆过，病树前头万木春""芳林新叶催陈叶，流水前波让后波"等，这些现在作报告写新闻稿时经常用的诗句,都是来自于刘禹锡与白居易所唱和的诗。刘禹锡往往一改白诗中的颓唐伤感之气,代之以铿锵激越的情怀。对此白居易也挺服气的,他说:"刘君诗在处,有神物护持。"

刘禹锡七律写得非常棒,有不少出色的对句,如"眼前名利同春梦,醉里风情敌少年""雪里高山头白早,海中仙果子生迟""一生不得文章力,百口空为饱暖家""纤草数茎胜静地,幽禽忽至似佳宾"等等,都是相当神妙,《唐才子传》中,曾用"精绝"二字来形容,十分恰当。

①三冬学:指在冬闲时苦读得来的学问。出于《汉书·东方朔传》:"(东方)朔初来,上书曰:'臣朔少失父母,长养兄嫂。年十三学书,三冬文史足用。'"

五十二

当时初入君怀袖，
岂念寒炉有死灰
—— 寓意深长不落俗套的秋扇诗

卷365-10　秋扇词　刘禹锡

莫道恩情无重来，人间荣谢递相催。
当时初入君怀袖，岂念寒炉有死灰？

说起秋扇诗，首创者是西汉时的才女班婕妤。她的《团扇歌》是这样写的："新制齐纨素，皎洁如霜雪。裁作合欢扇，团圆似明月。出入君怀袖，动摇微风发。常恐秋节至，凉意夺炎热。弃捐箧笥中，恩情中道绝。"诗中以秋凉后团扇被弃置一旁来比喻情爱之善变。因为班婕妤是著名的贤妃，"班妃辞辇"之典故就出于她的身上，如此贤德之妃被冷落，"妖妃"赵飞燕这等"红颜祸水"类的却受宠，这在旧时是个很典型的事例。所以后世的文人们，也常借此表达贤人被排挤，小人反而猖狂得志的不平。

"咏秋扇""悲纨扇",是诗歌中的一个热门题材,后世诗人所写的此类诗歌数不胜数。比较不错的有像王建所写的《调笑令·团扇》:"团扇,团扇,美人病来遮面。玉颜憔悴三年,谁复商量管弦。弦管,弦管,春草昭阳路断。"还有韦应物的《悲纨扇》:"非关秋节至,讵是恩情改。掩颦人已无,委箧凉空在。何言永不发,暗使销光彩。"

说实话,上面举的这些诗,虽然字如珠玉,文采斐然,艺术上的技巧比班妃的诗略有胜之,但诗中的思想却还是陈陈相因,并无出奇出新之处。无非是秋凉后扇子被抛弃,恩情易改,人无千日好之意,而刘禹锡的这首小诗却有所不同。

前面说过,刘禹锡的性格是豪放开朗的,他笔下的诗句,也非常理性而睿智,诗句一开头就说"莫道恩情无重来,人间荣谢递相催",要知道,世间的荣枯更替是不可阻挡的,男人们喜新厌旧的坏毛病也是无法改变的,正像季节的更替,花开花落的自然规律一样,情浓意惬的好时光,不会长久停留。后面这句,比喻十分精妙:"当时初入君怀袖,岂念寒炉有死灰?"夏去冬至,弃扇就炉,乃是常理,然而当夏暑正盛之时,又何尝会想起火炉呢?当时的火炉也是丢在一边受冷落啊,但是,秋扇会被抛弃,寒炉中的死灰也会复燃,这一切,如潮起潮落,日升日沉,都无法阻止,无法改变。

当然,如果一味这样看,只着眼于诗中的"辩证唯物主义哲学",也未免呆板乏味。刘禹锡这首诗并不单单是在说

"理",这句"当时初入君怀袖,岂念寒炉有死灰",以轻灵飘逸的洁白纨扇喻己,以枯冷肮脏的寒炉死灰喻新宠之人,还是充满了感情色彩。反复品味这一句,仿佛可以看到一个女子在充满幽怨地回忆当年初相见的甜蜜时光,而如今,被冷落在一旁的是自己,陪在他身边的却是复燃的"死灰"。

虽然本篇这首诗中说"莫道恩情无重来",但在事实中,有多少爱可以重来?却实在是个难解的方程,非常难求的未知数。刘禹锡自己也写过另外一首《团扇歌》:

团扇复团扇,奉君清暑殿。
秋风入庭树,从此不相见。
上有乘鸾女,苍苍虫网遍。
明年入怀袖,别是机中练。

意思是说,团扇只在暑天里才陪伴殿上的君王,而秋风一来,就丢在一边了。扇子上画的乘鸾女(秦穆公女弄玉,传乘鸾而去,常作为团扇的图画),被尘土沾满,甚至结遍了蜘蛛网。虽然明年暑天来时,相伴君王,被纳入怀袖中的又会是团扇,但却不会是这一把了,肯定会是用新织的绸缎重新做的了。

旧时女子的命运往往就是如此,再美的女子看得多了,臭男人们也会"审美疲劳"。正如白居易所说:"为君熏衣裳,君闻兰麝不馨香。为君盛容饰，君看金翠无颜色。行路难，难重陈。人生莫作妇人身，百年苦乐由他人。"这男人一变心，你怎么做，他都看不上眼。

所以江湖夜雨奉劝今天的姑娘们，一定要坚强独立，不要做攀附大树而上的藤蔓，不要做以亲媚男人为生的鱼鸟，而要像舒婷《致橡树》里说的那样：像"一株木棉"，"作为树的形象"出现在男人面前。所谓"你有你的铜枝铁干""我有我红硕的花朵"，这样你才不会沦为像秋扇一样的命运。

五十二

半夜忽然风更起，
明朝不复上南楼

——无可奈何花落去

卷371-34　衡州夜后把火看花留客　吕温

红芳暗落碧池头，把火遥看且少留。
半夜忽然风更起，明朝不复上南楼。

吕温这个人，在诗坛上名声不大响，但《唐诗鉴赏词典》中也选了他的一首诗，就是那首"吴蜀成婚此水浔，明珠步障幄黄金。谁将一女轻天下？欲换刘郎鼎峙心"。《旧唐书》中说"温天才俊拔，文采赡逸，为时流柳宗元、刘禹锡所称"，平心而论，吕温的诗作总体当然要逊色于柳、刘二人，但是他的某些诗还是相当不错的。

吕温和柳宗元、刘禹锡等人是至交好友，他和刘禹锡同岁，并且和柳宗元是同乡，还有中表之亲。他们的政治主张也很一致，现在我们一般认为，"永贞革新"中的骨干是"二王刘柳"（王伾、王叔文、刘禹锡、柳宗元），但史籍所载的王叔文一党中，吕温的名字也是排列在前的。革新失败时，吕温因奉使吐蕃而幸免遭贬，不然的话，就不是"二王八司马"了，就会成为"九司马"，吕温肯定也将被贬为"司马"。

不过，后来吕温的仕途也不顺利，元和三年（808年），因与窦群奏劾李吉甫交通术士，先被贬道州，后又迁衡州。不久吕温就死在衡州任上，终年只有四十岁。柳宗元写有《同刘二十八哭吕衡州兼寄江陵李元二侍御》一诗："衡岳新摧天柱峰，士林憔悴泣相逢。只令文字传青简，不使功名上景钟。三亩空留悬磬室，九原犹寄若堂封。遥想荆州人物论，几回中夜惜元龙。"

吕温是有政治理想的人，也是位好官。在衡州任时，有百姓五人上缴公税时死于洪水，这既不是黑煤窑也不是黑砖窑，按说地方官没有多大责任，完全可以推诿为"自然灾害"；而且死的又是五个小老百姓，一般官吏肯定不拿这当个事，或许问句买保险没有，没买自己认倒霉吧。吕温却写了《衡州祭柘里渡溺死百姓文》，自责"州令未明，津渡不谨，致此沦逝，咎由使君"，并从自己工资里拿出钱抚恤死者家属，很有"人民公仆"的样子。

从此诗的标题来看，应该是写于吕温最后的日子里。吕温被贬后，"志不得行，功不得施"（柳宗元祭文中语），心中百忧骈集，他曾有诗道："百忧攒心起复卧，夜长耿耿不可过。"

这首把火看花留客诗,也透着无穷的辛酸叹惜之意。

"红芳暗落碧池头,把火遥看且少留"。花开正艳,然而却禁不住东风无力春已残,已是暗红落地,落英缤纷了。惜花的诗人,还在把火遥看最后几眼。后来苏轼有诗:"唯恐夜深花睡去,故烧高烛照红妆。"他诗中的花只是安睡,这"高烛照红妆"显得温馨旖旎,倒有几分"灯下看美人"的情致,而吕温诗中的"把火遥看",却有"一看肠一断,好去莫回头"般的生死永别之感。

"半夜忽然风更起,明朝不复上南楼"。果然,半夜里诗人听到风起了,一阵猛恶的狂风过后,本来就"红芳暗落"的花儿会怎么样?不用说肯定是狼藉满地了。诗人不忍看到这种惨景,故云"明朝不复上南楼"。南楼一望,情何以堪,所以怕上南楼。

江湖夜雨上小学时,学鲁迅先生《致颜黎民的信》一文,当老师读到"譬如说罢,古人看见月缺花残,黯然泪下,是可恕的,他那时自然科学还不发达,当然不明白这是自然现象。但如果现在的人还要下泪,那他就是胡涂虫"。同学们都哄堂大笑,觉得这"见月缺花残,黯然泪下"似乎是不可理喻的事情。现在想想,当时固然是不知愁滋味的无知孩童,但鲁迅先生这段话,说得也不大准确,见月缺花残而伤感,多半是感叹自己,感叹易逝的年华,感叹无奈的命运,和自然科学没有什么关系。吕温自己也有这样一首诗:"栖栖复汲汲,忽觉年四十。今朝满衣泪,不是伤春泣。"正所谓"树犹如此,人何以堪",只要人们不能做到长生不老,这种感慨,就不会消失。

古人常有诗谶一说,像史湘云的"寒塘渡鹤影",林妹妹的"冷月葬花魂"等,都预示了她们将来的命运。吕温也是如此,他写了这首诗不久,就一病不起,英年早逝,仅活了四十岁整。"明朝不复上南楼",明年花依旧再开,而吕温却永远不能再登南楼一望了。

五十四

疏钟皓月晓，
晚景丹霞异

——趣味盎然的人名诗

卷327-24 古人名诗 权德舆

藩宣秉戎寄，衡石崇势位。
年纪信不留，弛张良自愧。
樵苏则为惬，瓜李斯可畏。
不顾荣官尊，每陈丰亩利。
家林类岩巘，负郭躬敛积。
忌满宠生嫌，养蒙恬胜智。
疏钟皓月晓，晚景丹霞异。
涧谷永不谖，山梁冀无累。
颇符生肇学，得展禽尚志。
从此直不疑，支离疏世事。

权德舆在今天知名度极低，但是在贞元、元和年间时却是执掌文柄，名重一时。刘禹锡、柳宗元等皆投其文门下，求其

219

品题。权德舆也算是个好人,他直谅宽恕,好学不倦,口碑是很不错的。不过客观地说,权德舆的诗总体来说仅是二流。

近来翻《全唐诗》,发现权德舆的某些诗还是挺有趣的,像这首《古人名诗》就是如此。此诗最大的特色,就是每一句诗中嵌入了一个古人的名字(已用粗体标出)。时至今天,这些古人的名字有些我们早已不熟,江湖夜雨也是施展"百度大法"后才完全了解到的。我们一起来先看下这些人名:

宣秉:宣秉字巨公,是西汉时人。在汉哀帝、汉平帝执政时,不满王莽专政,隐遁深山不出。王莽后来篡位当了皇帝,多次派使者征召,宣秉坚持称病不出。直至汉光武登基后,才入朝当官,被委任为司隶校尉等职。他"务举大纲,简略苛细,百僚敬之"。

石崇:这人大家应该比较熟,就是住在金谷园里,用蜡烛当柴烧,杀美人劝酒,砸珊瑚树斗富的那位"腕儿"。后来因为舍不得把美女绿珠让出去,结果遭祸被杀了头。

纪信:汉高祖刘邦手下的大将。公元前204年,项羽派兵围攻荥阳城达月余,城内粮缺,朝不保夕,将士也精疲力竭。危急中,纪信让刘邦潜逃,自己却装成汉王模样,端坐在龙车上。楚兵以为捉到刘邦,欢喜若狂。项羽出营审视,才知道上了当,下令军兵齐扔火炬,把纪信活活烧死。所以纪信是不惜牺牲自己生命来保卫汉高祖的一名"烈士"。

张良：这个不用说了吧，要是连张良张子房都不知道是谁，干脆买块豆腐撞死吧。

苏则：三国时的一名贤臣。少时就以博学多才，品行端正而闻名乡里。先后任酒泉、安定、武都太守。苏则做官，恩威并用，声誉很高。建安二十年（215年），曹操率军征汉中张鲁时，路过武都，很赏识他的才能，让他随军任向导官。汉中平定后，调为金城太守。后因功加封为护羌校尉并赏爵关内侯。不久，他又率军平定了一次叛乱，升为都亭侯。

李斯：秦朝丞相，这个也不用多说。

顾荣：东晋大臣。出身于江南士族，吴丞相顾雍孙。吴亡后，来到洛阳，历任尚书郎、太子中舍人、廷尉等职。后见晋朝皇族纷争，常醉酒不肯问事。八王之乱后期还吴。永嘉元年（307年），琅琊王司马睿（晋元帝）逃到江南，他笼络士族，支持司马睿立足江南，居功甚伟。

陈丰：西汉末年反对王莽篡权的一位义士。王莽当政时，他仅有十八岁，但极有胆略，和其舅舅东郡太守翟义起兵讨王莽，不幸兵败，被"磔尸陈市"，壮烈捐躯。

林类：《列子·天瑞》篇中的一个人物。说有个叫林类的老头，年纪将近一百岁了，春天还穿着粗皮衣，在田里拾收割时遗落的谷穗充饥，但他却一面唱歌，一面往前走。孔子的贤徒子贡对他感叹道："您少时懒惰，壮时也不珍惜时间，老了也没有妻子儿女，现在又死到临头，还乐个啥？"林类笑道：

"我少时懒惰,不珍惜时间,才得以如此长寿。老了没有妻子儿女,现在又死到临头了,再没有什么负担和心事,所以才能这样快乐。"

郭躬:东汉官吏,其父断狱三十年。他少时传父业,讲授法律,徒众数百人。汉章帝元和三年(86年)官至廷尉(相当于最高司法官)。曾奏请修改律令四十一条,皆改重刑为轻刑,为朝廷采纳,颁布施行。

满宠:这个也不算太陌生,仔细翻翻《三国演义》,就会了解。不过演义中的满宠只是二流人物,除了说服徐晃归降外,似乎没有别的功劳。但历史上的满宠有勇有谋,力拒孙吴二十多年,相当不简单。

蒙恬:也是"熟人",秦朝大将,传说发明毛笔的那个。

钟皓:东汉学者,字秀明,长社人。隐居在密山,门徒千余人。朝中多次征召他做官,他都拒绝了。名士李膺曾感叹曰:"钟君至德可师。"书法家钟繇是他的孙子。

景丹:东汉大将,"云台二十八将"之一。年轻时曾经游学长安,后来担任新朝上谷长史,王莽灭亡后归顺更始,刘秀北上后他投降刘秀,在消灭王朗的战役中军功卓越。他连年征战操劳,后来弘农盗贼作乱时,奉刘秀之命带病作战,病死军中。

谷永:西汉成帝年间的文臣。他文笔很好,相传六言诗就是他首创。在政治上他依附于汉成帝的舅父王氏五侯(平阿侯王谭、成都侯王商、红阳侯王立、曲阳侯王根、高平侯王逢时),经常上疏抨击汉成帝及许皇后等。

梁冀:东汉时的外戚权臣,有跋扈将军之称。他两个妹妹为顺帝、桓帝皇后。顺帝死,他先后立冲、质、桓三帝,专断朝政近二十年。执政期间,骄奢横暴,后来汉桓帝与宦官单超等五人定议,诛灭梁氏,他被迫自杀。

苻生:前秦厉王。在位两年,性格叛逆凶暴。自幼叛逆凶狠,长大后,力举千钧,雄勇好杀,空手格杀猛兽,奔跑超过奔马,击刺骑射,冠绝一时。桓温北伐前秦时,生单马入阵,斩将夺旗前后十数次。355年即帝位,改元寿光。在位期间,滥杀无辜,残害百姓,酗酒不问政事。357年被苻坚、苻法等杀死。

展禽:说这个名字大家可能不大知道,但是他另一个名字就无人不晓了。他就是"柳下惠",坐怀不乱的那个男人。

直不疑:西汉大臣。汉文帝时任中大夫、卫尉。吴楚七国之乱时,率兵参与平叛。景帝后元元年(前143年),迁御史大夫,封塞侯。为人宽厚,不好立名,能容人之过,时人称为"长者"。

支离疏:《庄子·人世间》中提到的一位怪人。他身体残疾,下巴隐藏在肚脐下,双肩高于头顶,后脑下的发髻指向天空,两条大腿和两边的胸肋并生在一起。他给人缝衣浆洗,足够糊口度日;又替人筛糠簸米,小日子过得还挺滋润。征兵时,支离疏因是残废不害怕;有差役时,支离疏因身有残疾而得免除。庄子以此人来比喻"无用比有用好"的思想。

好了,找完诗中这二十个人的"档案",把江湖夜雨累得不轻哦,然而,诗句中如果只罗列人名,那只能叫人名大词典。我们看权德舆这首诗,嵌入这许多人名后,意境也是流畅连贯的。

接下来我们抛开人名,只来看一下诗意,了解诗意前,又要先明白这样几个典故:

"藩宣",用来比喻国家重臣。"秉戎",则是执掌军政。"衡石",也是比喻国柄和相权。"弛张",就是平常所说的文王之道,一张一弛,指宽严相济的治国之道。"瓜李",就是瓜田李下之嫌。

此诗意思大体是说:军国大事自有威风赫赫的人来掌握。自己年岁已老,一弛一张的文武之道,也自惭把握不好。于是藏愚守拙,以打柴割草为乐,避免那瓜田李下的猜疑。不会再顾念那官位的尊荣,只夸口种田的收获。家在林间山野,靠近城郭自给自足。常常提醒自己,戒得戒满,以免遭人妒忌。修身养性以恬静少动为宜,强于弄智逞能。每天清晨,听远处的钟声报晓;每天黄昏,看晚霞之奇异。山中的涧水是永不会相忘的,崎岖的山梁也不会成为负累。我这样的作为,非常符合高僧生肇的学说,能让我像自由的禽鸟一样生活,从此我再也不会动摇,决意将世事疏离,就此隐居此间。

我们看，诗意也是非常自然，并无生拼硬凑之感，像"疏钟皓月晓，晚景丹霞异"，还很有些名句的风采。宋代的王安石曾写过一首人名诗，并自以为此类诗是其首创，其实早于他上百年前，权德舆早就写过这种类型的诗，而且还写得相当出色。

顺便说一下，权德舆还写过一篇《药名诗》："七泽兰芳千里春，潇湘花落石磷磷。有时浪白微风起，坐钓藤阴不见人。"其中依次隐着"泽兰""落石（络石藤）""白微（白薇）""钓藤（钩藤）"四味中药名，也十分有趣，不妨一读。

五十五

今交非古交，
贫语闻皆轻

——峭风梳骨中的苦语

卷374-33　秋夕贫居述怀　孟郊

卧冷无远梦，听秋酸别情。
高枝低枝风，千叶万叶声。
浅井不供饮，瘦田长废耕。
今交非古交，贫语闻皆轻。

　　有道是"郊寒岛瘦"，打开《全唐诗》中孟郊诗所在的卷目，到处可见的是"穷、贫、饥、冻、病、老、痛"之类的字样。可能有朋友说，"穷"和"贫"这不一回事吗？其实不然，在古语中，"穷"多指不得意，像什么生不逢时啦怀才不遇啦之类的感慨，都可以归为"穷"。

　　说起来孟郊的一生确实蹭蹬坎坷至极，古时常说人生有三不幸："幼年丧父，中年丧妻，晚年丧子。"这几件事全让孟郊摊上了，而且他先后丧了三个孩子，幼子夭亡时，孟郊哭道："负我十年恩，欠尔千行泪。"续娶的妻子郑氏为他生的三个孩子，竟都是未足满月而夭折。孟郊又有诗哭道："儿生月不明，儿死月始光。儿月两相夺，儿命果不长。"看来孟郊的这个孩子活的时间更短，恐怕连一周也没有。孟郊将其葬于杏树下，写诗道："踏地恐土痛，损彼芳树根。"孟郊连踏上埋他儿子的这块地，都生怕踩痛了土，其内心又是多么的痛苦啊！

  这些还不算最悲惨的，像元稹、白居易等也是屡屡丧子，给孟郊带来更多痛苦的就是一个字——贫。孟郊一生贫困，屡屡落第，他有诗道："弃置复弃置，情如刀刃伤。"虽然他快五十岁的时候终于考上了进士，喜得差一点没有疯掉，欣喜若狂之下，写出那首大家都知道的"昔日龌龊不足夸，今朝放荡思无涯。春风得意马蹄疾，一日看尽长安花"一诗，但孟郊被"分配"到溧阳当县尉时，对官场上的繁琐政务既不感兴趣，又学不来，于是他天天纵情山水，闲坐吟诗。一把手县令也没奈何，只好另外雇了一个"临时工"代替孟郊来处理这些工作，并从孟郊"工资"中扣掉一半作为"临时工"的工资。有很多人评说，此县令太恶毒，但江湖夜雨觉得也不算太坏。老孟这种做法，放今天给他个"停薪留职"的处理就不错了。县尉的俸禄本来就不是很多，现在只剩下一半，所以孟郊的经济状况到死也没有什么大的改变，而且不久孟郊就暴病而亡。可以说是穷了一辈子。

孟郊有很多表现贫寒的诗句，如"秋至老更贫，破屋无门扉。一片月落床，四壁风入衣"等，但让孟郊感到更为寒心的是世态之冷酷。这首《秋夕贫居述怀》就写出了孟郊的愤懑。

"卧冷无远梦，听秋酸别情"。孟郊独卧床上，孤冷难眠，听着秋风瑟瑟，格外心酸。"高枝低枝风，千叶万叶声"。写得相当细致，诗中的"高枝""低枝""千叶""万叶"，似乎显得啰唆重复，但却恰当地表现出盈耳的秋声是如此的单调，反映出了诗人贫居不寐的烦闷、无聊。鲁迅先生《秋夜》一文中曾写过："在我的后园，可以看见墙外有两株树，一株是枣树，还有一株也是枣树。"我觉得此手法，和孟郊的"高枝""低枝"这句机杼相同，神理暗合。

"浅井不供饮，瘦田长废耕"，则是表现出孟郊捉襟见肘的穷困境地。有道是"有钱男子汉，没钱汉子难"，孟郊当然是处处作难，正像他另一首诗中说的那样"出门如有碍，谁谓天地宽"。

"今交非古交，贫语闻皆轻"。孟郊感叹如今人心不古，轻贫谄富，于是发出"贫语闻皆轻"的感叹。所谓"贫语闻皆轻"，不单当时那些轻裘肥马的富贵中人瞧不起孟郊，就连很多有名的诗人、文人也鄙夷孟郊的穷苦之辞。

宋代的苏轼尤其瞧不起孟郊，苏轼在《读孟郊诗二首》中笑话孟郊说"夜读孟郊诗，细字如牛毛……人生如朝露，日夜火销膏。何苦将两耳，听此寒虫号"，将孟郊视为终日啼饥号寒的小爬虫。严羽的《沧浪诗话》中也说："李杜数公，如金鸡擘海，香象渡河。下视郊、岛辈，直虫吟草间耳。"《全唐诗话》更是说："乐天（白居易）赋性旷达，其诗曰：'无事日月长，不羁天地阔。'此旷达之词也。孟郊赋性褊狭，其诗曰：'出门即有碍，谁谓天地宽。'此褊狭之词也。然则天地又何尝碍郊，郊自碍耳。"

这些站着说话不腰疼的评价，非常过分。经常饱受饥寒之苦的孟郊，当然说不出"五花马，千金裘，呼儿将出换美酒"那种俊逸潇洒的豪语。白居易的生活状况和孟郊也不能同日而语，白居易虽说仕途坎坷，但大多数时间都是地方行政一把手，他喝着小酒，搂着小蛮，看着樊素，当然是"日月长""天地阔"了。人家孟郊却是"秋月颜色冰，老客志气单。冷露滴梦破，峭风梳骨寒"，没法比啊。这不是两人气量大小的问题。正如李渔所说："如人忧贫而劝之使忘，彼非不欲忘也，啼饥号寒者迫于内，课赋索逋者攻于外，忧能忘乎？"意思说：如果有人担忧贫穷想劝他忘掉，他哪里是不想忘，但是家里老婆孩子啼饥号寒，外面要债的债主不停地打门，这样哪里能忘得掉忧愁？所以说什么"天地又何尝碍郊，郊自碍耳"，这话太不公平了，无钱无权之人，就是办什么事也处处荆棘，喝口凉水也塞牙。

近来网上有消息，说一大学生求职无门，无奈之下写血书自荐，评论者也是哂笑嘲弄者居多。我觉得，既然人家不惜割肉出血，心中一定也是痛到了极处，有点同情心好不好？"今交非古交，贫语闻皆轻"。原来孟郊早料到世人会瞧不起这些酸苦之语，但我觉得，虽然孟郊诗"读之令人不欢"（《沧浪诗话》语），却细微入骨地刻画出了贫士的悲哀，即使在今天，也会有人为之共鸣。

五十六

力尽不得休杵声，
杵声未尽人皆死

——古今皆有"过劳死"

卷382-8　筑城词　张籍

> 筑城处，千人万人齐抱杵。
> 重重土坚试用锥，军吏执鞭催作迟。
> 来时一年深碛里，尽著短衣渴无水。
> 力尽不得休杵声，杵声未尽人皆死。
> 家家养男当门户，今日作君城下土。

张籍的诗也是相当不错的，他的诗平白如话，明朗自然，但蕴意绵长，堪称佳品。王安石曾评道："看似寻常最奇崛，成如容易却艰辛。"清人田雯在《古欢堂集》中曾夸道："名言妙句，侧见横生，浅淡精洁之至。"张籍各种题材的诗都写得不错，常见选本中应该也是遗漏了不少好诗的。

张籍尤擅长乐府诗，这首《筑城词》就是一首古乐府体诗,写得平白流畅,充满了悲天悯人的慈悲之心,对当政者的暴虐之行进行了有力的谴责。

"筑城处,千人万人齐抱杵。重重土坚试用锥,军吏执鞭催作迟"。千万人被迫夯土筑城,而且是"高标准,严要求"。所谓"试锥"一说,源于这样一个故事:南北朝时夏国有个暴君叫赫连勃勃,他在修筑统万城时,派人用利锥检查城墙的质量,只要利锥能刺入一寸,就立刻把造这堵墙的人杀掉,然后换人拆掉重筑,并将被杀者的尸体一并筑入城墙。所以,在这样严酷的要求下,更别提什么"安全生产"了,筑城的百姓纷纷被折磨致死。张籍在结句时愤愤地说:"家家养男当门户,今日作君城下土。"古时的人更重视生育男儿,来传宗接代顶门立户,但如今都死在城下,做了城下之土,他们又有什么罪过呢?他们家中的父母亲人又何等的肝肠寸断呢?

时至中晚唐,官贪吏虐,百姓生命如草芥一般。晚唐诗人陆龟蒙也写有《筑城词二首》:

城上一培土,手中千万杵。
筑城畏不坚,坚城在何处。
莫叹将军逼,将军要却敌。
城高功亦高,尔命何劳惜。

是啊,在某些人的眼中,百姓就是刀下肉,他们才不会在乎你们的死活呢。在如今，可以说除了在黑砖窑里干活的人外，对筑城这样的重体力活并没有太多的体会，然而，现代人的很多压力依然存在，虽然并不是直接加在身体上，但却加在心理上，似乎有无形的鞭子在抽打着你不断地工作，工作，再工作。

有些公司或单位制定了很多不合理的加班制度，以及不近人情的所谓"绩效考评"。像某些学校制定了末位淘汰制度，每学期将考试成绩排最后一名的老师下岗，于是搞得人人自危，拼命加班，校长逼主任，主任逼老师，老师逼学生。这倒很类似暴君赫连勃勃当年监造兵器时的政策——制造的兵器要这样的验收：弓箭射不穿盔甲，造弓箭的工匠处死；弓箭射穿盔甲，造盔甲的工匠就活不成。于是，很多违犯劳动法的现象，让员工们过劳死的现象，都不同程度地还存在于我们的身边。"筑城处，千人万人齐抱杵"，这杵声停了吗？没有停，还在一千多年后响着呢，只不过，这杵不再是捣在土地上，而是捣在我们的心上。

五十七

草堂不闭石床静，
叶间坠露声重重
——澄怀涤虑的清幽之作

卷386-113　秋山　张籍

秋山无云复无风，溪头看月出深松。
草堂不闭石床静，叶间坠露声重重。

评价张籍时，很多人特别推崇他的古乐府诗。诚然，张籍在中唐的新乐府运动中是一个极为重量级的人物，白居易曾在《读张籍古乐府》中说"风雅比兴外，未尝著空文"；《唐才子传》中也说，张籍的诗使当时的诗坛"病格稍振，无愧洪河砥柱也"。张籍的古乐府类有《野老歌》《猛虎行》《节妇吟》等不少名篇，诸多选本中经常说，此处不再多述。这里想说的是，张籍的绝句也是超尘绝俗，清雅淡远。

打开《全唐诗》第386卷（张籍此卷，基本全是绝句），便觉清气满怀，美不胜收。正所谓"碧桃满树，风日水滨。柳荫路曲，流莺比邻。乘之愈往，识之愈真"。试举几首好诗，《梅溪》："自爱新梅好，行寻一径斜。不教人扫石，恐损落来花。"《惜花》："山中春已晚，处处见花稀。明日来应尽，林间宿不归。"《重阳日至峡道》："无限青山行已尽，回看忽觉远离家。逢高欲饮重阳酒，山菊今朝未有花。"这些都是一流的好诗。

本篇所选的这首诗，更为高妙。诗中所写的清幽之景和中唐后很多诗人笔下的情致不尽相同。如韦应物、大历诸人笔下之景，虽也可以称得上"清幽"二字，但他们的诗中常透出一缕清寂凄凉之意；而张籍此诗，却是静谧安恬，有盛唐时王维等人的韵味。

"秋山无云复无风"。山中本来就寂静，何况又是深夜，而且这个秋夜，万里澄澈无云，甚至连风也没有一丝，这又是何等的幽静！"溪头看月出深松"。读罢此句，不禁想起王维的那句"明月松间照，清泉石上流"。溪泉、明月、苍松，无一不代表着高洁出尘，正所谓"一切景语皆情语"，诗人的高洁情怀自然也就不言而喻。

"草堂不闭石床静"。隐者无欲无求，自然襟怀磊落，草堂中也是别无长物，这"不闭"二字，更增闲逸之情，而"叶间坠露声重重"，于静谧之极的环境中，增添了一点点声响，但正是这露水轻滴的声响，更衬托出山中秋夜的静谧。比如我们拍电影时，出现一个夜深时的画面，常用钟表的"嘀嗒"声来烘托寂静的气氛，古诗中也常用这样的手法，如"蝉噪林愈静，鸟鸣山更幽""月出惊山鸟，时鸣春涧中"等，都是此类的代表。在张籍此诗中，以秋露滴落之声衬出清幽之境，不单合情合景，十分自然，而且"秋露"这一意象，和"清溪""明月、苍松""草堂""石床"等组合在一起，带给我们的意境也是修洁脱俗，澄怀涤虑。

正所谓"道上红尘，江中白浪，饶他南面百城；花间明月，松下凉风，输我北窗一枕"，现代社会，人们的物质生活越来越丰富，但人的心境却越来越浮躁，张籍笔下的这种情怀，是如此地让人向往。虽然我们不可能都住在深山之中了，但于夜静之时，沏香茗一盏，读张籍此诗，也算是"闭门即是深山，读诗随处乐土"吧。

五十八

日月黏髭须，
云山锁肺肠

——怪诞诗翁的奇句

卷387-6　自咏三首（其三）　卢仝

物外无知己，人间一癖王。
生涯身是梦，耽乐酒为乡。
日月黏髭须，云山锁肺肠。
愚公只公是，不用谩惊张。

　　卢仝，别号玉川子。听起来倒像和《碧血剑》中那个风流好色的玉真子是师兄弟一般，其实不然。套用现在流行的一段话，这卢仝是"家贫貌丑，农村户口。房无一间，地无一垄。长年有病，药不离口。浑身上下，一无所有，除了发疯，就会乱吼"。有韩愈老师的诗为证："玉川先生洛城里，破屋数间而已矣。一奴长须不裹头，一婢赤脚老无齿……"

　　卢仝虽然个人形象极为糟糕，但却有"茶仙"之称。其实这"茶仙""茶圣"（陆羽）生前全是穷困之人。卢仝博得"茶仙"这一名号，主要得益于他那篇《走笔谢孟谏议寄新茶》一诗，也称《七碗茶歌》。此诗中这几句广为人知："一碗喉吻润，二碗破孤闷。三碗搜枯肠，唯有文字五千卷。四碗发轻汗，平生不平事，尽向毛孔散。五碗肌骨清，六碗通仙灵。七碗吃不得也，唯觉两腋习习清风生……"

所以，这"七碗茶"，成为茶楼的永久招牌，据说北京中山公园内西侧有个"来今雨轩"，门旁有一副楹联就是："三篇陆羽经，七度卢仝碗。"日本茶道中讲究的"喉吻润、破孤闷、搜枯肠、发轻汗、肌骨清、通仙灵、清风生"等，也是从卢仝的诗中演变而来。记得电视上播过这样一个广告：

一本正经的游侠冯小刚"飞"入茶馆，叫道"沏杯茶"。画面一转，一身白衣的店小二周星星出来，"当当当"，身手敏捷地码出七杯茶。冯怒道："我让你沏杯茶。"周一脸无辜地答："是七杯茶呀。"冯狂风般起身、旋转，刀鞘抵住周的咽喉："我要天堂水沏的龙井茶。"周抛出一记白眼道："啰唆。"手一挥，一瓶瓶装绿茶出现。

呵，看来就算发展的瓶装绿茶，还是要提到"七碗茶"这个典故。

在当时，可能还没有人认卢仝为"茶仙"，最让人推崇的是他那怪僻的诗风。卢仝有一首叫《月蚀诗》（据说为讽刺宦官专权），写得奇谲怪诞，用"牛鬼蛇神，不足为其虚荒诞幻也"来形容也是很恰当的。前面说过，韩愈老师很是提倡这样的怪诞诗作，因此对卢仝这诗赞不绝口，但我看了甚感"消化不良"，试摘几句给大家看一下：

此时怪事发，有物吞食来。轮如壮士斧斫坏，桂似雪山风拉摧。百炼镜，照见胆，平地埋寒灰。火龙珠，飞出脑，却入蚌蛤胎。摧环破璧眼看尽，当天一搭如煤炱……

红鳞焰鸟烧口快，翎鬣倒侧声盖邹。撑肠拄肚礧傀如山丘，自可饱死更不偷。不独填饥坑，亦解尧心忧。恨汝时当食，藏头撇脑不肯食。不当食，张唇哆觜食不休……

西方攫虎立踦踦，斧为牙，凿为齿。偷牺牲，食封豕。大蟆一脔，固当软美。见似不见，是何道理……

总之，是三分像诗，七分像文，而且用了很多光怪陆离、险怪幽僻的意象，读来有奇谲诡异之感。

所以，此处选了一首卢仝略为平易一点的诗，但此诗也颇能代表卢仝的怪味诗风。"物外无知己，人间一癖王"。卢仝虽然貌丑人穷，但也挺有个性的，他在《冬日》诗中曾放言："上不识天子，下不识王侯。"

"生涯身是梦，耽乐酒为乡"。大凡标榜隐逸的人，都是像庄周一样参透生死，"蝴蝶梦庄周"，还是"庄周梦蝴蝶"？搞不清，这才叫得道之士。沉迷于醉乡，也是标准的隐士做派，像阮籍就是经常醉时比醒时多。

前四句，应该说只是平平，真正的好句在后面——"日月黏髭须，云山锁肺肠"。其实诗不可能每句都让人拍案惊绝，正像一个电影不可能从头到尾全是情节的高潮一样。这两句才是本篇中的"诗胆"。"日月黏髭须"。乍读起来，比较费解，"日月"怎么能和"髭须"连在一起？细读之下，才发现此句的妙处，日升月沉，时光荏苒，诗人于风尘困顿之中，髭须不免为尘垢所粘，乃是很自然的事。此处不说"风尘黏髭须"，而代以"日月"二字，既有瑰伟之感，又令人惊叹想象之奇特。"云山锁肺肠"也是如此，如"荡胸生层云"之类的句子并不罕见，但卢仝不说"云山落心胸"却用"锁肺肠"，便由潇洒飘逸改为奇谲丑怪一路，艺术效果明显不同。

"愚公只公是，不用谩惊张"。这一句是卢仝自嘲之语，他说，世上如愚公一般傻的就是你自己了，不用大惊小怪地声张。有点类似《红楼梦》中关于宝玉的自嘲之词："天下无能第一，世间不肖无双。"都是明贬暗褒之辞。卢仝的性格确实比较古怪，他有《村醉》一诗："昨夜村醉归，健倒三四五，摩挲青莓苔，莫嗔惊着汝。"自己被石头绊倒，却反过来向石头道歉："噢，对不起，惊吓着你了吧？"当真很愚很可爱。

不过卢仝诗中虽一副方外之人的派头，但他却因蹚了政坛的浑水而惨死。卢仝死得真冤枉：这天卢仝来宰相王涯家蹭饭，和众宾客喝完酒后，因天色太晚，就留宿在下人的房里。结果正好遇到"甘露之变"发生，宦官派兵要满门抄斩王涯一家，仓促间哪里鉴别得清，于是将卢仝也锁拿起来。卢仝高呼："我卢山人也，何罪之有？"提他的官骂道："你既称山人，不在山里待着，跑宰相府来做啥？肯定是参与谋反！"不由分说，卢仝也被砍了头。当时被杀者的首级都被悬挂在城墙上示众，卢仝老而无发，是个秃头，宦官下令用钉子钉在卢仝脑后再挂起来，可谓惨极。结合到卢仝原来写过一首《示添丁》的诗，人们就又附会说是"诗谶"。

《唐才子传》中感叹道："一蹈非地，旋踵逮殃，玉石俱烂，可不痛哉！"看来，还是老子说得对："盖闻善摄生者，陆行不遇兕虎，入军不被甲兵，兕无所投其角，虎无所用其爪，兵无所容其刃，夫何故，以其无死地也。"意思就是远离是非之地，才会避免招灾惹祸。

五十九

飞香走红满天春，
花龙盘盘上紫云

——瑰丽华艳的李贺诗

卷393-2　上云乐　李贺

飞香走红满天春，花龙盘盘上紫云。
三千彩女列金屋，五十弦瑟海上闻。
天河碎碎银沙路，嬴女机中断烟素。
断烟素，缝舞衣，八月一日君前舞。

李贺的诗奇诡冷艳，别树一帜。杜牧在《李长吉歌诗叙》中归结得很精妙："云烟绵联，不足为其态也；水之迢迢，不足为其情也；春之盎盎，不足为其和也；秋之明洁，不足为其格也；风樯阵马，不足为其勇也；瓦棺篆鼎，不足为其古也；时花美女，不足为其色也；荒国陊殿，梗莽丘垄，不足为其怨恨悲愁也；鲸呿鳌掷，牛鬼蛇神，不足为其虚荒诞幻也。"

后人赠予李贺一个外号——"诗鬼"。确实，他写过不少幽气森森的句子，如"南山何其悲，鬼雨洒空草""秋坟鬼唱鲍家诗""青狸哭血寒狐死"等。正如杜牧所评价的那样，李贺的诗并非全是"鬼吹灯"的风格，他的另一个特色就是"艳"，也就是所谓"时花美女，不足为其色也"。李贺喜欢用色泽明艳的字眼，像什么"冷红泣露娇啼色""塞上燕脂凝夜紫""粉霞红绶藕丝裙""踏天磨刀割紫云""桃花乱落如红雨"等。这让我们联想到张爱玲，据张爱玲说"我学写文章，爱用色彩浓厚，音韵铿锵的字眼，如'珠灰''黄昏''婉妙'"，而且张爱玲也是喜欢在色彩斑斓的字句中藏蕴着苍凉落寞之感。看来李贺的诗也可以说是"华丽的袍"，其中藏着让人烦恼不已的"虱子"。

本篇这首诗，就是李贺诗中的一首奇艳之作。这《上云乐》据说是梁武帝所创，又有人说本是道教乐曲，写成仙飞天之事。李贺的集中有《梦天》《天上谣》等，都是幻想天宫奇景的诗作。这首《上云乐》应该说和这些诗不相伯仲，但不知为什么常见选本中不大选这一篇。

"飞香走红满天春"。据说《红楼梦》里林妹妹的《葬花吟》一诗，其中那句"花谢花飞飞满天"或是从此句化出。不过，相比之下，我觉得李贺这句更有气势，更加浪漫奇丽。读罢此句，有如亲睹天女散花，绚丽缤纷无限。"花龙盘盘上紫云"。是说无数朵花，驾着轻风，织成飞龙，盘旋飘上天际。这情景，当真只能用美不胜收来形容。

"三千彩女列金屋，五十弦瑟海上闻"。这是描写飞上天宫后的情景，天上仙女也是如花团锦簇一般。她们手弹锦瑟，声闻海上。这瑰丽堂皇的奇景，恐怕当今通过数码科技精心制作的电影场景也仅能表现个大略。天女齐奏仙乐，海上都可以依稀听得见，这一句想象如天马驰骋，气魄宏大，有拔犀擢象之感。

"天河碎碎银沙路"，这句妙绝。李贺诗中常有一些匪夷所思而又精妙绝伦的好句，如"银浦流云学水声"——天上的银河都听得到水声，"忆君清泪如铅水"——铜人所流之泪，当然是像铅水一般。以上这些情景，较起真来，似在情理之外，但若不呆看，却又恰在情理之中，这正是李贺诗句的妙处所在。这句"天河碎碎银沙路"，也是如此，从人间看天河，繁星点点，李贺将此想象成天河中的粒粒银沙，很是形象贴切，令人拍案称绝。

"嬴女机中断烟素"。此处的"嬴女"，是借指天上的仙姬。李贺《天上谣》一诗中的"秦妃卷帘北窗晓"中的"秦妃"，和"嬴女"是同一个人，即秦穆公的女儿弄玉，相传她吹箫引凤，和夫君萧史一同飞上天，成为神仙。这句说仙姬嬴女的织机裁下如轻烟一般的绸帛，这位仙姬说，裁下这匹绸帛，做一件舞衣，到八月一日那天，为君一舞。

不少人有"索隐"之癖，常喜欢从字面外看出点什么"谜案""隐情"来。有人也说李贺这首诗是有讽刺或隐喻的，但我不喜欢这样读。我觉得李贺这些诗，就是游仙体的诗，没有什么政治上隐喻之类的。李贺的胸怀是雄奇宽广的，一个整天沉迷于人间鸡争鸭斗的人能写出"王母桃花千遍红，彭祖巫咸几回死""天若有情天亦老""更变千年如走马"这样的句子吗？当然，通过李贺笔下这些纷呈迷离的美丽幻象，我们也可以感觉到，李贺已厌倦现实人间的污浊，向往高洁出尘的天上仙境。

　　韩愈等人提倡的险怪诗风，我觉得到李贺手里才泛出奇光异彩。他的诗虽然奇诡，但或冷艳，或幽清，都透着诗歌的美感，在唐诗中可谓别开生面。后来李商隐的那种绮密瑰妍的诗风，应该说也有李贺的影响。李贺终年不到二十七岁，《唐才子传》中说是"上帝新作白玉楼成，立召君作记也"，于是李贺就应天帝所召上天去了。唉，或许像李贺这样天才俊拔、惊俗绝世的才子，老天真的不忍心让他留在尘寰中太久？

　　"我是这耀眼的瞬间，是划过天边的刹那火焰，我要你来爱我不顾一切，我将熄灭永不能再回来，一路春光啊，一路荆棘呀，惊鸿一般短暂，如夏花一样绚烂。这是一个不能停留太久的世界……"

　　李贺的一生，和《生如夏花》这首歌一样，都带给我们无尽的感慨，让我们情不自禁地涌出心底的泪水。

六十

等闲弄水浮花片，
流出门前赚阮郎

——让崔莺莺心动神摇的诗句

卷422-39　古艳诗二首（一作春词）　元稹

春来频到宋家东①，垂袖开怀待好风。
莺藏柳暗无人语，惟有墙花满树红。

深院无人草树光，娇莺不语趁阴藏。
等闲弄水浮花片，流出门前赚阮郎②。

元稹同学现在的形象似乎很不好，在近年来许多人不遗余力的深入揭批下，元稹同学那一桩桩"负心薄幸""滥情不专"的丑事都明昭于天下。有人将之称为"多情诗句薄幸男"，他那些诸如"曾经沧海难为水，除却巫山不是云""惟将终夜长开眼，报答平生未展眉"等早已传诵千载的深情诗句，也都归为虚情假意之语。现在不少姑娘一听到元稹这个名字就恶心，假如元稹同学通过时光机器来到街上,一报大名,恐怕会像电影《九品芝麻官》里的包龙星一样,菜叶子、烂西红柿、臭鸡蛋之类的,劈头盖脸地统统砸过来。

平心静气地想一想,元稹固然有可恶之处,但也是多情之人,并非皮肤滥淫之辈。《莺莺传》中写他"性温茂,美风容,内秉坚孤,非礼不可入。或朋从游宴,扰杂其间,他人皆汹汹拳拳,若将不及,张生容顺而已,终不能乱。以是年二十三,未尝近女色"。这虽然是元稹自己所说,但想当年的朋友都了解他的底细,恐怕也不是胡乱编的。呵呵,看来元稹也是"闷骚"型的。

元稹诗句中的感情也未必全是假的。仔细翻看元稹的诗集,会发现不少这样的诗句:"心想夜闲唯足梦,眼看春尽不相逢。何时最是思君处,月入斜窗晓寺钟。"是啊,这晓寺钟声,是元稹心中一道抹不平的痕迹。为什么?我们可以从《莺莺传》中找到答案——"有顷,寺钟鸣,天将晓,红娘促去,崔氏娇啼宛转……"寺钟响了,莺莺要走了,那时他是如此的不舍,那美好的一瞬深藏在他的心中,足够让他用一生的时光去回味。

元稹始乱终弃,对不起莺莺,并在《莺莺传》里为自己的这种恶行文过饰非,着实该被丢上几个臭鸡蛋,不算冤枉。从另一个角度来说,他和莺莺的爱情终止在含苞待放的时分,却使得这段爱情成为一段最美的记忆。元稹写过很多追忆莺莺的诗句,像《赠双文》《杂忆五首》等,诗中说"忆得双文通内里,玉栊深处暗闻香""忆得双文人静后,潜教桃叶送秋千""忆得双文胧月下,小楼前后捉迷藏"………这一句句"忆得""忆得",似乎也是出于衷肠,并非矫饰虚伪之语。

人们常祝愿"有情人终成眷属",但有时候,成为眷属的男女却往往不会再珍惜彼此,要知道"爱的进行式"是:"从深信到疑猜,从绚烂到苍白,从体谅到责怪,从感动到感慨,从期待到无奈,从狂喜到悲哀……"

近来看了一个韩国电影,名叫《爱人》。女主角和男主角是邂逅相逢,他们欢爱了数次后,女主角却不愿和男主角结婚,她的理由是:"如果我们私奔了,就会发现各自的缺点,我们会失望会后悔。"她又问男主角:"有没有遇到过这样的女孩,你非常喜欢她,想把她藏起来?"接着她说:"我喜欢有这样一个男人,很喜欢他,想把他藏起来,在我死的时候我能想起,那个给过我快乐的男人,我想这样记着你……"

不管怎么样说,莺莺应该始终是元稹心中所收藏的最美好记忆:"半欲天明半未明,醉闻花气睡闻莺。獝儿撼起钟声动,二十年前晓寺情。"花的香气,莺的啼鸣,伴着晓寺钟声,生命没剩下多少时光的元稹似乎又回到了二十年前的那个春天,当时的他急切地书写下这二首《春词》,托红娘送给莺莺。

就是这两首《春词》,打动了莺莺的芳心,这才有莺莺回诗道:"待月西厢下,迎风户半开。隔墙花影动,疑是玉人来。"才有了那让我们至今都唏嘘感叹的传奇故事。

《莺莺传》里没有明写莺莺当年收到这两首诗时的心情,但我们可以猜想,这两首诗肯定像一颗投入深潭中的石子,激起莺莺心中的万朵波澜。她心头撞鹿,放下名门小姐的矜持和种种顾虑,作出那个无比大胆的决定。莺莺是明达的,她作好了最坏的打算:"始乱之,终弃之,固其宜矣,愚不敢恨。"有道是"纵被无情弃,不能羞",莺莺可能并不后悔。

这两首《春词》,写得缠绵婉转,其中还暗藏了"莺莺"二字。我们知道,有些人思慕所爱之人,就在纸上一遍遍地写她的名字,所以在此诗中,元稹很自然地就在这两首诗中嵌进了"莺莺"的名字。

唉,有道是"人生若只如初见",这两首诗问世时,正是那最美好的开始……

①宋家东:用"东邻窥宋"的典故,出于宋玉的《登徒子好色赋》。宋玉说东邻有个很美的女子经常爱慕他,扒着墙头偷窥他三年多。后借指女子爱慕心仪的男子。

②阮郎:南朝宋刘义庆的《幽明录》中说刘晨、阮肇二人到天台山采药,二仙女喜爱,留下他们住了半年。所以"刘阮""阮郎"也代指女子所爱的情郎。

六十一

我不非尔，
尔无我非

——求同存异的哲理诗

卷418-11　君莫非　**元稹**

鸟不解走，兽不解飞。两不相解，那得相讥。
犬不饮露，蝉不啖肥。以蝉易犬，蝉死犬饥。
燕在梁栋，鼠在阶基。各自窠窟，人不能移。
妇好针缕，夫读书诗。男翁女嫁，卒不相知。
惧聋摘耳，效痛颦眉。我不非尔，尔无我非。

元稹和白居易是好友，对于白居易提倡的《新乐府》诗体，元稹当然也是大力支持，这就是一首《新乐府》体的诗。当我挑出这首诗给网上的一些朋友看时，反响也很不一样。有个姑娘就觉得根本不像诗，也没有含蓄婉转的优美意境，一点也不喜欢；但有的人却觉得比较有趣，他说自己主办的论坛经常有人吵架，把这首诗贴上去劝导一下，倒是很合适。这正像此诗中所写:"犬不饮露,蝉不啖肥。"各有各的爱好,不必勉强。

其实元白所写的《新乐府》一类,多数都是"为君、为臣、为民、为物、为事而作,不为文而作也"。不崇尚辞藻的华美、不作铺陈造作的煽情,用白居易《新乐府序》中的话就是:"其辞质而径,欲见之者易谕也。其言直而切,欲闻之者深诫也。其事核而实,使采之者传信也。其体顺而肆,可以播于乐章歌曲也。"意思是符合以下标准:语言质朴通俗,大家看了好明白;议论须直白显露,闻者足以警心;记事以事实说话,让人们信服;形式流畅上口,可作为歌谣传播。

所以,《新乐府》的重点是强调"思想性"为主,兼顾艺术性的。元稹的这首诗大致也算是"达标"作品,符合白居易所提的那几点要求。我们来看一下这首诗的意思:

鸟不会快速奔跑,兽不会飞翔,彼此都有做不到的地方,所以不必相互讥讽。狗不会餐风饮露,蝉也不会吃肥肉,要是非让蝉吃肉、狗喝露水,那蝉就会死、狗就会饿。燕子在梁上住,老鼠在台阶下打洞住,各有各的窝,人们无法改变它们的习惯。女人一般喜弄针线,男人则要读书习文,男女之间也有不能相互沟通体会的地方("男翁女嫁"一词,极难解,怀疑有讹字)。担心听不到东西就扯耳朵,感到疼痛就皱眉头,我不去非议你的行为,你也别来干涉我的做法。

在我国古代,虽然孔子就说过"君子和而不同,小人同而不和"这样的话，但秦始皇老大率先"焚书坑儒"，汉武帝时，没坑干净的腐儒董仲舒又爬出来，鼓吹"罢黜百家，独尊儒术"，这一手硬，一手软，效果倒是异曲同工。"统一思想"，压制不同声音的习惯一直影响了我国几千年，似乎只有所有人都是一种生活模式，一种思想习惯，才算是"国泰民安"。

所以，我觉得元稹这首诗中流露出来的思想还是很可贵的，这社会中的人，不可以强求一种模式，只要不危害国家社会，不危害其他人，我们就要尊重别人的思想和习惯，没有必要强制别人顺服自己的理念。正如法国作家伏尔泰说过的："我不能同意你说的每一句话，但是我誓死捍卫你说话的权利。"

六十二

天可度，
地可量，
唯有人心不可防

——最难测的是人心

卷427-27　天可度—恶诈人也　白居易

天可度，地可量，唯有人心不可防。
但见丹诚赤如血，谁知伪言巧似簧。
劝君掩鼻君莫掩，使君夫妇为参商。
劝君掇蜂君莫掇，使君父子成豺狼。
海底鱼兮天上鸟，高可射兮深可钓。
唯有人心相对时，咫尺之间不能料。
君不见李义府之辈笑欣欣，笑中有刀潜杀人。
阴阳神变皆可测，不测人间笑是瞋。

白居易是江湖夜雨非常喜欢的一位诗人，也是唐代诗坛中一位重量级的人物。当然，也有不少人鄙薄白居易的诗风，说什么"元轻白俗"之类的。白居易的诗,发挥了流畅自然一派的特色,数量之多,流传之广,是李白、杜甫也有所不及的。白居易的诗集中好诗多,好句更多,像什么"不如不遇倾城色""颜色如花命如叶""彩云易散琉璃脆"等许多常被提及的妙句,都出于白居易的笔下。

所以,如果真的从白居易的三千首诗中选一流好诗的话,我觉得选一百首都不算难,但本书限于篇幅,只好割爱一些了。

这首诗,是白居易《新乐府》集中的一篇。和前面王维那首《酌酒与裴迪》一样,都是感慨人心难料,世情多诈,但白居易的诗风和王维大不相同,说得更加直白透彻,有一针见血之感。

此诗一开头就劈空而下这一句:"天可度,地可量,唯有人心不可防。"度天量地,在拥有GPS定位系统的今天变得容易得多,但在白居易的时代,却是难以想象的事情,然而,比这更难的是揣测那善变的人心。是啊,即使在拥有高速计算机的今天,人心这个复杂的多元函数,还是依然难解。

"但见丹诚赤如血,谁知伪言巧似簧"。正像孔子所说:"巧言令色者,鲜矣仁。"很多人说得天花乱坠,表面上捧你敬你,其实心里头指不定怎么糟践你呢。接下来白居易讲了两个典故:

"劝君掩鼻"一事出于《战国策·楚策四》。说是楚怀王宠爱一个魏国进献的美女，怀王的王后郑袖当然醋得不行。她心生一计，故意对这个美女说："君王很爱你的美貌。但是他讨厌你的鼻子。所以你见了君王，最好捂住鼻子。"这个美女也是胸大无脑之辈，不懂得"凡是敌人赞成的，我们都要反对"，竟信以为真。于是她再见到楚王时就赶紧捂住自己的鼻子。楚王纳闷，问郑袖说："她看见寡人时，就捂住自己的鼻子，这是为什么？"郑袖答："我听她说过，她是讨厌君王你身上的臭味。"楚王大怒，遂命人割掉那个美女的鼻子。

这里白居易是说，别人的话不可轻信，不然会使夫妻分离——"使君夫妇为参商"。参、商都是星宿名，参在西，商在东，此出彼没，不能相见。如金庸先生《倚天屠龙记》第三十章写的是张无忌和小昭就此远别，回目就是"东西永隔如参商"。

"劝君掇蜂"是刘向《列女传》中的典故。说是尹吉甫的儿子伯奇对他的年轻后妈很孝顺，但他后妈很坏很阴险，取来黄蜂去掉毒刺后，系在衣服上，然后装作惊恐之状，让伯奇去赶跑。当伯奇手碰到她的衣服，她就大叫："伯奇调戏我！"尹吉甫见了大怒，将儿子伯奇赶出家，伯奇百口莫辩，愤而自杀。后常用来比喻受人诬陷导致父子反目。如李端《杂歌》中说："伯奇掇蜂贤父逐，曾参杀人慈母疑。"

看来白居易的诗也不是俗得像王梵志一般，宋代惠洪《冷斋夜话》卷一中说："白乐天每作诗，问曰解否。妪曰解，则录之；不解，则易之。"似乎有夸张的成分，要不这唐朝老太太也太厉害了啊。

"海底鱼兮天上鸟，高可射兮深可钓"。顺便说一下，这里面也暗用了典故，所谓"海底鱼""天上鸟"什么的，是借用司马迁《史记·老子韩非列传》中所说："鸟，吾知其能飞；鱼，吾知其能游；兽，吾知其能走。走者可以为罔，游者可以为纶……"当然，原文是形容老子的神秘难测，和这里说的并非一码事，不懂这个出处，也不妨理解诗意。

"李义府之辈笑欣欣"。是指初唐时的奸臣李义府。《旧唐书·李义府传》说："义府貌状温恭，与人语必嬉怡微笑，而褊忌阴贼……"李义府是那种"当面称哥哥，暗中摸家伙"的人。"笑里藏刀"这一成语，就出于他身上。最后诗中用一句"阴阳神变皆可测，不测人间笑是瞋"，再度强调了"人心险于山川，难于知天"这样的思想。白居易好友刘禹锡诗中也说："瞿塘嘈嘈十二滩，人言道路古来难。长恨人心不如水，等闲平地起波澜。"亦是此意。

读罢此诗，心里有点"拔凉拔凉的"。把人情说得太可怕，太让人失望了，但此诗的题目是"恶诈人也"，白居易也是针对某些奸诈小人来说的。不过从古至今，奸诈之辈无时不有，人们也不得不处处小心——"逢人且说三分话，未可全抛一片心"。这也是很无可奈何的事情。

六十二

脂肤荑手不牢固，
世间尤物难留连

——自古红颜多薄命

卷435-18　真娘墓（墓在虎丘寺）　白居易

真娘墓，虎丘道。不识真娘镜中面，唯见真娘墓头草。

霜摧桃李风折莲，真娘死时犹少年。脂肤荑手不牢固①，

世间尤物难留连。难留连，易销歇。塞北花，江南雪。

关于真娘，详细的身世已经不是很清楚。有这样的传说：

真娘本名胡瑞珍，出身于长安的书香门第。从小聪慧、娇丽，擅歌舞，工琴棋，精书画。安史之乱时，随父母南逃，途中失散，流落苏州，被诱骗到山塘街"乐云楼"妓院。因真娘才貌双全，很快名噪一时，但她只卖艺，不卖身。后来，苏州

城中有一富家子弟，爱上青楼中的真娘，用重金买通老鸨，欲留宿于真娘处。真娘觉得难以违抗，为保贞节，悬梁自尽。又有传说茉莉花在真娘死前没有香味，死后因其魂魄附于花上，从此茉莉花就带有了香味，所以茉莉花又称香魂，茉莉花茶又称为香魂茶。

真实情况究竟是不是这样，我们已无从知晓，但是这样几点大致不错：一、真娘是一位才貌双全却不幸沦落青楼的女子；二、真娘死得很早，死于最灿烂的青春华华。所以，许多唐代诗人都纷纷挥笔写下有关真娘的诗篇。

前面说过，刘禹锡和白居易经常同题唱和，刘禹锡也有一首诗是写真娘的：

卷360-42　和乐天题真娘墓　刘禹锡

蓊卜林中黄土堆，罗襦绣黛已成灰。
芳魂虽死人不怕，蔓草逢春花自开。
幡盖向风疑舞袖，镜灯临晓似妆台。
吴王娇女坟相近，一片行云应往来。

在谈刘禹锡的诗时，曾说过刘、白二人唱和，一般都是刘诗强于白诗，但这首写真娘的诗，白居易的却似乎更好一些。虽然刘禹锡的诗中也有像"芳魂虽死人不怕，蔓草逢春花自开"这样的佳句，但白诗情真意切，不尚典故，不事藻绘，于平易之语中透出感慨无限，似更略胜一筹。

"真娘墓，虎丘道。不识真娘镜中面，唯见真娘墓头草"。这是典型的白诗特色，确实就如同日常的口语一般，绝无半分雕饰做作，但仔细品来，却并非寡淡无味：走在虎丘山道，遥想昔日真娘的镜中芳容，而如今却只能看一看真娘墓上的荒草，诗人心中自是感慨万千。

在此诗中，白居易用了一系列比喻来惋惜真娘之死，如"霜摧桃李风折莲""易销歇，塞北花，江南雪"等。看得出，白居易惋惜的不仅仅是真娘，同时也借此惋惜这世上一切留不住、唤不回的美好事物。

这首诗编在白居易诗集中的"感伤"部，注意白居易的诗集，是他自己亲手编集的，这和有些人的诗集常由不相干的后人乱编大有不同，什么算是"感伤"部的诗呢？白居易自己解释过："有事物牵于外，情理动于内，随感遇而形于叹咏者一百首，谓之感伤诗。"

在唐代，还有不少人都在真娘墓旁题诗，如李绅、沈亚之等，到了会昌年间，出来一个叫谭铢的家伙，写了首这样的诗：

武丘山下冢累累，松柏萧条尽可悲。
何事世人偏重色，真娘墓上独题诗。

好嘛，让他这么一说，后人纷纷收笔钳口，不敢再题有关真娘的诗句了，因为这姓谭的说了，好色之徒才对着真娘墓长吟短吁呢。其实，这人未免太道貌岸然，像白居易这样的诗，和"好色""意淫"根本不沾边，纯粹是为了伤悼这易于消逝的美丽。

白诗同一卷中，距这首诗不远，又有一篇格调相近的《简简吟》：

苏家小女名简简，芙蓉花腮柳叶眼。
十一把镜学点妆，十二抽针能绣裳。
十三行坐事调品，不肯迷头白地藏。
玲珑云髻生花样，飘飖风袖蔷薇香。
殊姿异态不可状，忽忽转动如有光。
二月繁霜杀桃李，明年欲嫁今年死。
丈人阿母勿悲啼，此女不是凡夫妻。
恐是天仙谪人世，只合人间十三岁。
大都好物不坚牢，彩云易散琉璃脆。

"大都好物不坚牢，彩云易散琉璃脆"，《红楼梦》里将此句化为"霁月难逢，彩云易散"。确实，世上的美景、美人、美事，往往不可长驻。正如一颗划过天际的流星，虽然绚丽却十分短暂。人们有个习俗，说是对着流星许下自己的心愿，就会实现，但是令人遗憾的是，我们这些美好的期盼，例如甜蜜的爱情、美丽的容颜等，却往往像流星一样，即使能真的到来，却也不会持久。

白居易的《花非花》一诗向来有朦胧诗之称："花非花，雾非雾。夜半来，天明去。来如春梦几多时，去似朝云无觅处。"对于此诗到底说的是什么，众说纷纭，有人甚至猜成"一夜情"，但结合上面几篇的诗意，这首同在一卷中的《花非花》，确实也是在感慨往事虽美，却如梦如云，一去不返。

在我们今天，也有不少红颜早早地离去，像翁美玲、邓丽君、梅艳芳、陈晓旭等，都是如此。有道是"天妒红颜"，却也不可不信。追思她们依旧留在我们眼前的旧时音容，此时心中的感叹正是白居易诗中的这句——"难留连，易销歇。塞北花，江南雪"。

①脂肤荑手：指女子白嫩的皮肤，柔润的手。出于《诗经·卫风·硕人》："手如柔荑，肤如凝脂。"

六十四

水能性淡为吾友，
竹解心虚即我师
——白居易的乐天闲适之作

卷446-83　池上竹下作　白居易

穿篱绕舍碧逶迤，十亩闲居半是池。
食饱窗间新睡后，脚轻林下独行时。
水能性淡为吾友，竹解心虚即我师。
何必悠悠人世上，劳心费目觅亲知。

白居易的集中有相当多的一部分是"闲适"诗。对于这些闲适诗，过去一直评价比较低，有人觉得这部分诗思想"消极"，甚至说白居易的这些诗是"热衷于铺叙身边琐事，将衣食俸禄挂在嘴边，千篇一律，令人生厌"，把"元轻白俗"之"白俗"理解为好说这些日常生活中的"俗"事，其实大谬不然。

白居易所写的这些闲适诗，深得乐天达命，藏愚守拙，荣宠不惊，知足不辱的道家思想，在生活压力重如泰山的今天，读来也是很能化郁通滞，消愁解忧的。

前面说孟郊时提过，有人拿白居易和孟郊相比，来讥讽孟郊气量偏窄，这是不大恰当的。白居易的生活环境安适得多，和孟郊不可同日而语，但是，白居易心胸旷达，却是不假。有好多人官比白居易大，钱比白居易多，却是终日营营扰扰，膏火自煎，日以心斗，不死不休。白居易有诗曰："荣华急如水，忧患大如山。见苦方知乐，经忙始爱闲。未闻笼里鸟，飞出肯飞还。"好多人却正是如飞蛾投火一般沉溺于权力的旋涡，不知其祸将至。像一直嫉恨白居易的宰相王涯，最终也在政治斗争中死于非命，尸骨无存，而白居易却因外放闲官，安然无恙。

白居易有首诗是这样写的："昔为凤阁郎，今为二千石。自觉不如今，人言不如昔。昔虽居近密，终日多忧惕。有诗不敢吟，有酒不敢吃。今虽在疏远，竟岁无牵役。饱食坐终朝，长歌醉通夕……"一般人都把升官晋职当做最得意的事，而白居易此诗说，原来他是"凤阁郎"（中书侍郎、正三品），现在是"二千石"（刺史、五品）。大家都说他混得不行了，官职降了，而他自己却觉得现在降了官远离了朝中倒是好事。原来在皇帝身边，说话做事处处要小心——"有诗不敢吟，有酒不敢吃"，而外放到天高皇帝远的地方，却自由自在多了。看来白居易不愧有"乐天"之号，凡事都往好处想，宽处想。

白居易后半生常主动求做闲官，以安适恬逸为乐，堪称"世间好物黄醅酒，天下闲人白侍郎"。他的后园有一小池塘，《旧唐书·白居易传》中曾引他的《池上篇》序文说过这个小池塘陆续营建起来的情况。白居易任杭州刺史时，带回来天竺石一块，华亭鹤二只，修了个"西平桥"，开了环池路。当苏州刺史时，又捎回太湖石、白莲、折腰菱、青版舫等物。朋友们也不断给添东西，有个叫陈孝山的赠给酿酒的方子，崔晦叔送了一张琴，杨贞一给了三块光滑方长，可以坐卧的大石。白居易自己言道："每至池风春，池月秋，水香莲开之旦，露清鹤唳之夕，拂杨石，举陈酒，援崔琴，弹《秋思》，颓然自适，不知其他。酒酣琴罢，又命乐童登中岛亭，含奏《霓裳散序》，声随风飘，或凝或散，悠扬于竹烟波月之际者久之。曲未竟，而乐天陶然，已醉睡于石上矣。"

这等优哉游哉的情景，真让我们羡慕不已。白居易诗集中有不少诗是写于这个小池边的，如《池上夜境》《池上逐凉》等，都相当不错，但这首《池上竹下作》娓娓道来，舒卷自如，条理井然，读来饶有滋味，最为精彩。

"穿篱绕舍碧逶迤，十亩闲居半是池"。白居易所居之处，有十亩之广的闲园，穿篱绕舍到处都是绿草萋萋，而他的这个池塘就占了一多半的地方。这里的环境是够清幽闲适的了，而更难得的是主人的心情也是如此的悠闲——"食饱窗间新睡后，脚轻林下独行时"。吃饱睡足之后，精神健旺，脚步轻快，独步林下，无思无念，这又是何等的快意！

"水能性淡为吾友，竹解心虚即我师"。这一联对仗精工，设喻巧妙，很有名句的风采。我觉得书成两联在家中客厅书房等处挂一挂也是不错的。淡泊明志，宁静致远，水性之淡诚为益友；而抱虚胜盈，空心向道，虚心之竹似可教人。切物切景，入情入理，实在是妙句。

"何必悠悠人世上，劳心费目觅亲知"。说罢水能为友，竹能为师后，白居易来了这样一句意味深长的话作为结语。表面是说，有"水""竹"可以为师友即可，而背后的意思却是：世上所觅来的那些所谓"师""友"，远不如水和竹更能信得过；那些所谓的"亲知"，说不定什么时候就反目变脸，哪里比得上闲居池上，以泛舟玩竹为乐？这对世态人情又是一种绵里藏针的暗讽。

白居易诗集中的闲适诗数量很多，不管别人如何非议，白居易少年多病，能活到七十多岁的高龄，不能不说是由于他这种乐天自得的心态所致。这些闲适诗，我觉得在我们今天读来，依然很有意义。现在广告词常提倡来喝××饮料"战胜疲劳，不做纸片人"，其实我觉得，消除压力的最关键之处，就在于心态。天下之事，都没有什么了不起的，"醉来枕麹贫如富，身后堆金有若亡"。虽然在忙碌紧张的现实社会中，我们不可能有更多的闲适时光，但是向白居易学习一下这种闲逸自乐的心态，还是大有裨益的。

白居易曾道:"有官慵不选,有田慵不农。屋穿慵不葺,衣裂慵不缝。有酒慵不酌,无异樽常空。有琴慵不弹,亦与无弦同。家人告饭尽,欲炊慵不舂。亲朋寄书至,欲读慵开封。尝闻嵇叔夜,一生在慵中。弹琴复锻铁,比我未为慵。"我想,这并非是教人懒惰,正所谓"世人皆道春云懒,我比春云懒更多"。彻底的放松是何等的快意,希望大家抽出一点时间,沏好一壶香茶,暂时忘掉一切的烦恼,用悠闲的心情来品读一下白香山集中的闲适诗句,也是人生一乐。

六十五

东涧水流西涧水，
南山云起北山云
——连珠叠璧的精妙诗句

卷462-40 寄韬光禅师 白居易

一山门作两山门，两寺原从一寺分。
东涧水流西涧水，南山云起北山云。
前台花发后台见，上界钟声下界闻。
遥想吾师行道处，天香桂子落纷纷。

　　白居易的诗，已经选了三首了，本来不打算再挑了，但是翻到最后，却又发现了这样一首好诗。于是不得不又放入"购物车"内。说来也是，白居易的诗数量之多在唐代诗人中是首屈一指的，几乎占了中华书局版《全唐诗》第七册的全部。有个广告词是"好吃点，好吃点，好吃你就多吃点"，这里我们好诗也就多选点吧。

　　这首诗是白居易任杭州刺史时写的，其中这个"韬光禅师"和白居易交游甚密。另有《招韬光禅师》一诗为证："白屋炊香饭,荤膻不入家。滤泉澄葛粉,洗手摘藤花。青芥除黄叶,红姜带紫芽。命师相伴食,斋罢一瓯茶。"可见两人交情不浅,是经常在一起谈禅论佛的。白居易晚年所撰《醉吟先生传》自我表白云:"性嗜酒、耽琴、淫诗(浸淫于诗中)。凡酒徒、琴侣、诗友多与之游,游之外,栖心释氏。"所以这些大德高僧,也是白居易的座中常客。

本诗最为出色的地方,就是在于文字花巧,结构新颖。当句对这种形式,其实并非白居易首创,老杜就有"即从巴峡穿巫峡,便下襄阳向洛阳""桃花细逐杨花落,黄鸟时兼白鸟飞""戎马不如归马逸,千家今有百家存"等,韩愈《遣兴》一诗也说"莫忧世事兼身事,且著人间比梦间",就是白居易自己也另外有一首诗中写"今日心情如往日,秋风气味似春风",但这些诗都远不如本篇这首出色。因为偶尔用上一联,并不为奇,奇在连用六句,更奇在并非故弄玄虚,生拉硬扯,而是切合实情,丝丝入扣,真可谓妙到巅毫。

"一山门作两山门,两寺原从一寺分"。说的是这样一个意思:杭州灵隐寺的山门也就是天竺寺的山门。这两座寺是从一座寺分离出来的,犹如现在的某些大学,先分成新校老校,后来又换了名字,各自独立,成为两所学校了。

"东涧水流西涧水,南山云起北山云"。是说山门内有冷泉亭,是两道溪涧的合流处。灵隐寺、天竺寺又同处在北高峰下，对着南高峰。所以熟悉此地的人都会觉得，白居易此诗真是妙不可言。接下来的"前台花发后台见"之类的比较好懂，就不用江湖夜雨饶舌了。

回味一下这首诗，又有不同的感受。佛经中常说"有此则有彼，此生则彼生；无此则无彼，此灭则彼灭"，所谓"有因有果""因生缘，缘亦生缘"。这"东涧"和"西涧"、"南山"和"北山"、"前台"和"后台"、"上界"和"下界"，在俗世中人看来，迥然有别，但以佛门中万法归一，众生平等，无彼无我的心境来看，却并无隔阂滞碍。想必韬光禅师读来，也有拈花微笑之态。

白居易当年曾亲笔写了此诗，留在寺中。宋代的苏轼，眼高于顶，经常菲薄古人，但他比较"粉"白居易。他的外号"东坡"，就来自白居易的《东坡种花》诗；他心爱的侍妾"朝云"之名，也取自白居易诗《花非花》。苏东坡从小就听父亲说，杭州天竺寺里有白居易此诗的手书墨迹。但是直到四十七年后，他来任杭州刺史时，才得以游览天竺寺，一问大和尚，得知白居易的墨迹早已无存，只有石刻的诗碑还在。于是苏东坡感慨一番后写诗道：

香山居士留遗迹，天竺禅师有故家。
空咏连珠吟叠璧，已亡飞鸟失惊蛇。
林深野桂寒无子，雨挹山姜病有花。

四十七年真一梦，天涯流落泪横斜。

此诗中，苏东坡极口称赞白居易的诗结构精巧如"咏连珠、吟叠璧"，现代大学者钱钟书也称赞此诗是"极七律当句对之妙"。所以，此诗不可不选。

六十六

晚岁君能赏，
苍苍劲节奇

——薛涛诗中的压卷之作

卷803-1　酬人雨后玩竹　薛涛

南天春雨时，那鉴雪霜姿。
众类亦云茂，虚心能自持。
多留晋贤醉，早伴舜妃悲。
晚岁君能赏，苍苍劲节奇。

薛涛是唐代三大女诗人之一，她虽然出身官妓，但品格高贵，比之有些"不是妓女，胜似妓女"的才女来，倒要自尊自爱得多。薛涛的身世及有关故事，江湖夜雨在《长安月下红袖香》中已经说过，这里就不再反复提了。此诗在《长》书中虽然引录，但并未细解，这里我们来看一下这首诗为什么被后人推崇，以至于在编薛涛的诗集时被放在开卷第一篇。我们知道古人编诗集时，往往是将其最好的诗作编在开卷第一篇，也称为"压卷"。当然，到了后世，"压卷之作"这个名称，也泛指集中最出色的作品。

此诗名为《酬人雨后玩竹》，是酬答何人，似已难查考。当时写诗和薛涛这个才女美女搭讪的，多半是些风流子弟，到处猎艳渔色之辈。原诗中恐怕也充满挑逗之意，而薛涛回答他的这首诗时，却是"端服严容"，一点轻佻之意也没有。

"南天春雨时，那鉴雪霜姿"。意思是说，此时正是南国春雨过后，你哪里能看到青竹在严冬时不畏霜雪之姿呢？读罢此句，就仿佛瞧见薛大美人挂着一脸冰霜。"众类亦云茂，虚心能自持"。"众类"，指各种其他的草木花卉，这些东西虽然枝繁叶茂，但又怎么能比得上翠竹虚心有节呢？此句气韵散朗，似对非对，更显得神情萧散，有盛唐之风。

接下来用了两个典故："多留晋贤醉"，这"晋贤"自然是指以嵇康、阮籍等为代表的"竹林七贤"了。我们知道，"竹林七贤"是一群傲世独立、愤世嫉俗、离尘出世的高士。"早伴舜妃悲"，是指"斑竹一枝千滴泪"这个典故，相传舜南巡时，死于苍梧。他的二位妃子娥皇、女英痛哭不已，眼泪滴在竹上而成斑点，成为湘妃竹，又名斑竹。这两个都是关于"竹"的典故，而其中也都突出了竹的高洁坚贞之情。

尾联是说，如果你到了年终时再来看竹，就可见到它苍健遒劲，不畏霜雪的劲节了。此诗不作半分媚容，始终保持一种清高庄重、不可冒犯的姿态，对于薛涛这样身份的一个女子来说，尤其难能可贵。明代胡震亨评道："工绝句无雌声。"甚为精当。

确实，薛涛有不少好诗，都是用典老到，气势雄浑，不逊须眉。比如像"峨嵋山下水如油，怜我心同不系舟。何日片帆离锦浦，棹声齐唱发中流"，这恐怕放在李白等人集中也并不见多逊色。又有《送卢员外》这样一首诗："玉垒山前风雪夜，锦官城外别离魂。信陵公子如相问，长向夷门感旧恩。"浑不似女儿家的手笔，和王昌龄那首"仗剑行千里，微躯敢一言。曾为大梁客，不负信陵恩"，似在伯仲之间。怪不得明代钟惺称赞此诗说："只似一首吊古咏怀诗，却作送赠，高而朴，古而静，可谓大手笔。"

"万里桥边女校书，枇杷花里闭门居。扫眉才子知多少，管领春风总不如。"薛涛这"女校书"，确实名至实归。据说一开始薛涛的坟前遍植桃花，晚唐郑谷有"小桃花绕薛涛坟"之句，但后来就换成了一片竹林。清初郑成基在《咏薛涛坟》的诗中就说："昔日桃花剩无影，到今斑竹有啼痕。"我想，这倒很符合薛涛本人的愿望，因为比起轻浮娇艳的桃花来，她更喜欢"苍苍劲节"的茂林修竹。

六十七

惆怅后时孤剑冷，
寂寥无寐一灯残

——落魄书生同此一叹

卷467-3　秋夜醉归，有感而赋　牟融

衔杯谁道易更阑，沉醉归来不自欢。
惆怅后时孤剑冷，寂寥无寐一灯残。
竹窗凉雨鸣秋籁，江郭清砧捣夜寒。
多少客怀消不得，临风搔首浩漫漫。

牟融这个人，历来很少有人提及。不但《唐诗三百首》和《唐诗鉴赏词典》中没有收录他的一首诗，就连历代的各种诗话里也鲜有人提及他。《全唐诗》中对他的生平也说得含糊不清，因他写有赠给欧阳詹、张籍、韩翃等人的诗作，故判断他是贞元、元和年间的人。所以牟融应该也是中唐时的一位诗人，和韩愈、白居易等大约同一时代。

《全唐诗》中有牟融的诗一卷（卷467），共62首。从牟融的诗来看,他生活的环境和活动的范围多在江浙一带,且常幽居于山野乡间。正像他诗中所写:"流水断桥芳草路,淡烟疏雨落花天。"牟融一生坎坷多艰,有才不得展,有志不得伸,他有诗道:"龙鱼失水难为用,龟玉蒙尘未见珍。"蛟龙失水,龟玉①不得用,都是形容有才不得用之意。又有一诗道:"山中荆璞谁知玉,海底骊龙不见珠。"用三献方识其宝的和氏璧和海底骊龙口边的宝珠,来形容贤才高士沦落草野。

有道是"说你行,你就行,不行也行;说不行,就不行,行也不行",自古至今,虽然满腹经纶,但无人汲引,无人识遇,不免一样如蒿如草,老死乡间。牟融出身贫寒,又不屑于奔走于那些甲第朱门,所以只好寄性山林,聊以自慰。他有一首诗道:

十年学道苦劳神,赢得尊前一病身。
天上故人皆自贵,山中明月独相亲。
客心淡泊偏宜静,吾道从容不厌贫。
几度临风一回首,笑看华发及时新。

这句"天上故人皆自贵,山中明月独相亲"写得尤为深刻动人,正所谓"贫居闹市无人问",更何况牟融不愿染上市井的俗尘而隐于山中?话说回来,其实就算是遍投名刺,四处奔走,那些高高在上的"贵人"们也不会正眼瞧你的。正像《古文观止》中那篇《报刘一丈人书》中写的那样:"日夕策马候权者之门,门者故不入,则甘言媚妇人状,袖金以私之。即门者持刺入,而主人又不即出见;立厩中仆马之间,恶气袭衣袖,即饥寒毒热不可忍,不去也。"就算想送礼,也要低三下四地趋奉,连达官贵人的门都不是那么好进的。

  同为唐代诗人的孟浩然也说过:"当路谁相假,知音世所稀。只应守寂寞,还掩故园扉。"与牟融这联相似。不过牟融显得更为孤傲,那些高高在上的"故人"们当然瞧不起自己这穷朋友了,这"皆自贵"三字,讽刺极为辛辣;而下联则表达了自己不屑于与这些势利之徒往来——"山中明月独相亲",大有飘飘若遗世独立之感。

  大体了解了牟融的为人,我们来看一下本篇这首诗。这首诗题为《秋夜醉归,有感而赋》,应该是写于一个寂寥惆怅的秋夜,情调也十分低沉黯淡。

  "衔杯谁道易更阑,沉醉归来不自欢"。意思是说,谁说多喝几杯酒就容易打发这凄清的秋夜啊?如今我已是从酒肆中沉醉归来,却依旧郁郁不欢。正所谓"把酒消愁愁更愁",这酒入愁肠,不但未能解愁,反而更加使诗人思绪万千,愁肠百结。

  "惆怅后时孤剑冷,寂寥无寐一灯残"。虽然沉醉,却还是难以入眠,孤灯相伴,独自看剑。辛弃疾有一句叫"醉里挑灯看剑",貌似相同,其实不然。牟融这一联并没有稼轩的豪气,此处看剑，应是感慨自己有才不得用，如宝剑一般空染壁上尘土，却不能到疆场一展锋芒。

诗人把剑独坐，正是"谁伴孤灯独坐，我共影儿两个"，而此时窗外的景致，又来添愁送恨——"竹窗凉雨鸣秋籁，江郭清砧捣夜寒"。竹窗下，淅沥作响的雨又在下个不停，不免让人联想起林黛玉所写的那句"已觉秋窗秋不尽，哪堪风雨助凄凉"。秋寒已至，万家捣衣，处处砧声，也是如同捣在他乡远客的心上。

"多少客怀消不得，临风搔首浩漫漫"。此情此景下，我们似乎看到诗人推开窗子，一任秋风秋雨吹在脸上打在身上，他长吁一声，高声吟道："多少客怀消不得！"感叹过后，回答他的却是那漫无边际的凄风苦雨，他也只好临风搔首，无可奈何。

牟融所写的诗多数类似于此，像本诗中的"竹窗凉雨鸣秋籁，江郭清砧捣夜寒"，并不比李颀的"关城树色催寒近，御苑砧声向晚多"逊色多少。牟融非常擅长写七律，虽然未必就是超一流，但我觉得和刘长卿等人还是有一比的。可惜牟融一生仕途无份还算罢了，诗名也是无人闻知，九泉之下想必也会郁郁不平吧？

这里再录出牟融的《写意二首》，大家一起欣赏一下：

卷467-34　写意二首　**牟融**

寂寥荒馆闭闲门，苔径阴阴屐少痕。白发颠狂尘梦断，青毡泠落客心存。

高山流水琴三弄，明月清风酒一樽。醉后曲肱林下卧②，此生荣辱不须论。

萧萧华发满头生，深远蓬门倦送迎。独喜冥心无外慕，自怜知命不求荣。

闲情欲赋思陶令③。卧病何人问马卿④。林下贫居甘困守，尽教城市不知名。

这"高山流水琴三弄，明月清风酒一樽"一联，相当不错，近年来发现有一笔山，传为曹雪芹遗物。上刻有一联："高山流水诗千首，明月清风酒一船。"似仿效牟融这句得来。

①"龟玉"：指龟甲和宝玉，古代认为是国家的重器，如孔子《论语》中："虎兕出于柙，龟玉毁于椟中，是谁之过与？"

②曲肱：弯着胳膊当枕头，比喻生活贫困。孔子曾自谓曲肱而枕，乐在其中。见于《论语·述而》："子曰：'饭疏食，饮水，曲肱而枕之，乐亦在其中矣。不义而富且贵，于我如浮云。'"

③陶令：指陶渊明。

④马卿：指司马相如。

六十八

**别我已为泉下土，
思君犹似掌中珠**

——茜纱窗下，公子情深；黄土垄中，卿何薄命

卷484-2　过小妓英英墓　杨虞卿

萧晨①骑马出皇都，闻说埋冤在路隅。
别我已为泉下土，思君犹似掌中珠。
四弦品柱②声初绝，三尺孤坟草已枯。
兰质蕙心何所在，焉知过者是狂夫。

　　杨虞卿这个人，平生留下来的诗就这么一首，在《旧唐书》之类的史书上倒是经常可见他的名字。杨虞卿，字师皋，是元和五年（810年）的进士，"牛党"中的主要人物之一。他的仕途不算太顺利，几度贬官，还被下过狱，最后卒于司户参军这样一个小官任上。值得一提的是，他和白居易关系挺近的，其表妹就是白居易的夫人。

　　这首诗在《全唐诗话》中曾特意提及，是杨虞卿写给自己

的爱姬英英的。这个"小妓英英"和杨虞卿到底有怎么样的故事，我们已不是太清楚了。从此诗中所称的"埋冤在路隅"来看，英英的去世也是非正常死亡，十有八九也是像晴雯一般含恨而去的。从诗中看，杨虞卿似乎是在英英已经埋骨黄土垄中后才得知消息，他在凄冷的秋天清晨，策马出城，找到英英的墓，痛哭哀悼。说实话，杨虞卿的诗才并不是特别出色，但"别我已为泉下土，思君犹似掌中珠"等句子，还是发于肺腑，动人心魄的。

据《唐传奇》记载，杨虞卿的妻子是郎相（指唐德宗时京兆尹李齐运，后官至礼部尚书）之女，长得奇丑无比。杨虞卿有个好朋友叫张又新，娶了个相貌平平的老婆，经常心中郁郁，但杨虞卿开导他说，自己的老婆比他的要丑多了。张又新偷看了一眼后，马上心中释然，高兴起来。能让张又新"看了开心"，可见杨虞卿的老婆是名副其实的"三心牌"女人——"自己看了伤心，别人看了开心，扔在家里放心"。

江湖夜雨在《长安月下红袖香》中曾说过，旧时的婚姻制度，不单是对女子的束缚，男人同样也有感情上的苦闷。杨虞卿和英英虽然主奴有别，但是他们的感情恐怕早就超越了身份的界限。白居易的诗《和杨师皋伤小姬英英》中说："自从娇呆一相依，共见杨花七度飞。玳瑁床空收枕席，琵琶弦断倚屏帏。人间有梦何曾入，泉下无家岂是归。坟上少啼留取泪，明年寒食更沾衣。"由此看来，杨虞卿和英英相偎相处了有七年的时光，宝玉在《芙蓉女儿诔》中说他的晴雯是："亲昵狎亵，相与共处者，仅五年八月有奇。"还不如杨虞卿和英英相处的时间长。

杨虞卿痛悼英英的诗作，在当时的文人中引起很大的轰动，除了上面所说的白居易的和诗外，刘禹锡也写了一首《和杨师皋给事伤小姬英英》：

见学胡琴见艺成，今朝追想几伤情。
撚弦花下呈新曲。放拨灯前谢改名。
但是好花皆易落，从来尤物不长生。
鸾台夜直衣衾冷，云雨无因入禁城。

从"见学胡琴见艺成""放拨灯前谢改名"等句，可以知道英英从小就收养在杨府中，乃是家姬。"但是好花皆易落，从来尤物不长生"，大有"霁月难逢，彩云易散"之意，是此诗中的点睛之笔。

同时，姚合也写了一首诗，题目是《杨给事师皋哭亡爱姬英英窃闻诗人多赋因而继和》，诗云：

真珠为土玉为尘，未识遥闻鼻亦辛。
天上还应收至宝，世间难得是佳人。
朱丝自断虚银烛，红粉潜销冷绣裀。

见说忘情唯有酒，夕阳对酒更伤神。

姚合和杨虞卿的关系远不如刘、白二人，他对英英的情况应该比较陌生，所以说"未识遥闻鼻亦辛"——虽然不认识，但从远方听说后，也觉得鼻酸心痛。是啊，红颜薄命古今同，一个可怜的娇弱女子凄凉地死去，就算是局外人也会闻之恻然，何况是杨虞卿呢？

所谓"天上还应收至宝，世间难得是佳人"，其实是安慰人的话，就像宝玉自欺欺人地说晴雯去做了"芙蓉花神"一般。这里有很多疑问：英英是怎么死的呢？为什么是"埋冤在路隅"？为什么杨虞卿要用"闻说"二字？为什么是急促促地"萧晨骑马出皇都"？这不像是事后祭扫的模样，似是乍闻噩耗的情态。这其中的种种疑团，十分费解。经江湖夜雨大胆猜测，极有可能是以下这样一幕：

杨虞卿和英英如胶似漆，情意甚笃，但杨虞卿和郦相之女李氏成婚后，奇丑无比的李氏便把英英当成了眼中钉、肉中刺。这一年，杨虞卿有公务外出，李氏趁机找借口痛殴英英，致其含恨而死。当杨虞卿终于从远方回来时，他心爱的英英早已长眠在城外的一座荒坟，于是他扑在坟前痛哭失声，才写下了这首诗。"别我已为泉下土，思君犹似掌中珠"，可是，这颗他视为至宝的珍珠如今像水珠一样蒸发掉了，他这一生中，也不再有爱情。

①萧晨：凄清的秋晨。如晋代殷仲文《南州桓公九井作》诗："哲匠感萧晨，肃此尘外轸。"

②四弦品柱：代指英英所擅的乐器。陈旸《乐书》载："月琴，形圆项长，上按四弦十三品柱，象琴之徽，转轸应律，晋阮咸造也。"

六十九

思君若孤灯，
一夜一心死

——修道中人的闺情诗

卷494-15　杂古词五首（其五）　施肩吾

红颜感暮花，白日同流水。
思君若孤灯，一夜一心死。

话说在历史上有两个叫施肩吾的，一位在唐朝，一位在宋朝，且都是道士。江湖夜雨真有点怀疑，是不是这施肩吾真的练成了"八荒六合唯我独尊功"，每三十年，就能返老还童一次，所以一直活到宋朝了？当然，这种想法大家都不大信，所以搞学术的，一般都把这两个施肩吾算做是不同时代的两个人。

《唐诗鉴赏词典》选有施肩吾的两首诗——《幼女词》和《望夫词》，并评说道："施肩吾是位道士，但他写的诗却很有人情味。"确实，施肩吾的诗很多都不似出家人的口吻。我们看《全唐诗》中另一个道士吴筠的诗,就不说"人话",只说"仙话""神话",通篇那真叫个"香烟缭绕",读来如同进了庙观一般。施肩吾却截然不同,他的诗有豪情,有爱情,绝对是位性情中人。

先看首豪情的:

卷494-5　壮士行　**施肩吾**
一斗之胆撑脏腑,如碌之筋碍臂骨。
有时误入千人丛,自觉一身横突兀。
当今四海无烟尘,胸襟被压不得伸。
冻枭残虿我不取,污我匣里青蛇鳞。

诗中说,自己胆大如斗,撑肠顶肺;筋力暴满,只恨臂骨碍事,读罢此句,想起金庸武侠中这段描写:"那阿三却是精壮结实,虎虎有威,脸上、手上、项颈之中,凡是可见到肌肉处,尽皆盘根虬结,似乎周身都是精力,胀得要爆炸出来……"当然,书中阿三是个反角,而施肩吾诗中这位侠士却是位英雄,像"冻枭残虿"(枭,猫头鹰,古时认为是恶鸟;虿,是蝎子)这样烂污之辈,他都不屑于动手,怕脏了他匣中的宝剑(青蛇鳞)。他感慨的是"胸襟被压",有才不得用,不能为国效力,做一个为国为民,侠之大者的英雄。

施肩吾写英雄十分传神,写起美人来也很生动,请看这首:

卷494-139　观美人　施肩吾

漆点双眸鬓绕蝉,长留白雪占胸前。

爱将红袖遮娇笑,往往偷开水上莲。

这个美女酥胸半露,蝉鬓如漆,明眸善睐,红袖遮颜,时作娇笑之态,很是"性感"。这可能是施肩吾入道以前写的吧?

这首《笑卿卿词》也很有趣:

笑向卿卿道,耽书夜夜多。

出来看玉兔,又欲过银河。

这个女子的老公大概是位爱看书的书生,只知太用功,不免辜负春宵。于是这个女子笑着说:"好老公,你别只呆呆地看书了,你看看月上中天,这一晚又要过去了。"言外之意是:老公,天都这样晚了,我们还是早点上床"安歇"了吧。

人道"女人心,海底针",但施肩吾对红粉佳人们的心思似乎十分了解。他的笔下有诸多的女子情怀,写妻子因老公终夜不归宿而伤心:"每坐台前见玉容,今朝不与昨朝同。良人一夜出门宿,减却桃花一半红。"写夜宴时男女嬉笑的欢情:"被郎嗔罚琉璃盏,酒入四肢红玉软。"还有写吃醋的女人:"一种貌如仙,人情要自偏。罗敷有底好,最得使君怜?"写空床独守的思妇："香销连理带，尘覆合欢杯。懒卧相思枕，愁吟夜起来。"等等，都摹写得细致入微。真奇怪，这施肩吾怎么对女性心态这样熟悉，难不成也像宝玉一样曾是整天在脂粉堆里混的人？

江湖夜雨这样猜，似乎也有些道理。施肩吾虽然后来入道修仙，但他早年想必也是位风流才子，韵事多多。在他集中有这样一首诗可以透露出蛛丝马迹："自喜寻幽夜，新当及第年。还将天上桂，来访月中仙。"（《及第后夜访月仙子》）我们知道，很多唐人中举后，以"红笺名纸谒平康"，到妓馆中狎游，乃是常事。这个夜访"月中仙"，分明是去寻妓作乐。

所以，施肩吾很可能早年是情场荡子，晚岁才悉心入道。有道是"淫奔之妇，矫而为尼；热中之人，激而入道"。呵呵，虽然这话不大好听，却是常情。宝玉不也曾是那样一个"爱红""亲脂粉"的人吗？后来却撒手悬崖，出家为僧。

相传施肩吾曾远去东海寻仙，不想来到"外婆的澎湖湾"——现在的澎湖列岛，于是在岛上住下，直到老死于岛上。说来应该感谢施肩吾，给台湾自古就是我们的神圣领土增添了一个例证。

施肩吾也有一些方外之人气味比较浓的诗，但江湖夜雨却更喜欢他这些闺情诗，这一组《杂古词五首》，情景交融，直出口心，很有《子夜吴歌》那样的味道。这第五首尤其出色，而其中"思君若孤灯，一夜一心死"最为令人拍案叫绝。此女子夜夜思念情郎，但夜夜落空，一颗心也渐渐冷去、死去；正像这伴她而坐的孤灯，烛泪夜夜滴尽，灯芯也夜夜化为死灰。这和"蜡炬成灰泪始干"有异曲同工之妙，很值得众口传诵。

七十

人行中路月生海，
鹤语上方星满天

——张祜气象不凡的好句

卷511-16　秋夜登润州慈和寺塔　张祜

清夜浮埃暂歇廊①，塔轮金照露华鲜。
人行中路月生海，鹤语上方星满天。
楼影半连深岸水，钟声寒彻远林烟。
僧房闭尽下楼去，一半梦魂离世缘。

　　张祜是位翩翩佳公子，有人考证说，他是盛唐时宰相张说的后代。时至晚唐，这些资历和关系早已派不上用场了，所以张祜诗才虽好，但也在坎坷中度过了一生。

　　张祜有一首诗叫《京城寓怀》："三十年持一钓竿，偶随书荐入长安。由来不是求名者，唯待春风看牡丹。"诗中说，三十年来一直闲居江湖，笑把渔竿，偶然有人来信推荐，才不得不来到长安名利之地，但我不是那种求名以图仕进之人，我只是来长安看看牡丹花罢了。诗写得非常潇洒，一派孤高自许的样子。正像元稹写过"取次花丛懒回顾，半缘修道半缘君"，却依旧断不了拈花惹草一样，张祜其实一生"始终都在努力"，努力来拜访诸多达官贵人。从他的诗中看，他拜谒过的高官还真不少：像令狐楚、裴度、李德裕、李程、田弘正、韦颛、韦辞、韦处厚、李绅、李愬、萧俛、崔植、崔群等。这里面有好多是宰相，差一点的也是三品以上大员，但这些人根本没有起到什么作用，张祜收获的是一个又一个失望。

后来有个叫颜萱的写过一首《过张祜处士丹阳故居》，有这样一句："岂是争权留怨敌，可怜当路尽公卿。"确实，很多朝中大员，嫉妒张祜的才能，千方百计排挤张祜。《唐摭言》中曾说皇帝一度赏识张祜，但元稹不知为何给张祜垫了坏话，说"张祜雕虫小巧，壮夫耻而不为者，或奖激之，恐变陛下风教"，让张祜的希望再次破灭。

张祜早年曾"很傻很天真"地崇拜那些纵横江湖的侠客，有天晚上，一"壮士"求见张祜，且手提一包袱，不时有血渗出。他对张祜说："有一仇人，寻他十年，今夜斩之。"又指包袱道："此其首也。"这桥段酷似《射雕》剧中丘处机见郭靖、杨康他爹时的场景。张祜以为遇到英雄，大喜之下，设宴款待。"壮士"大吃大喝后，又说："素闻张公子仗义疏财，能否先借我十万钱？"张祜头脑发昏，借着酒劲，一拍胸脯就把钱送了。此"壮士"留下包袱，拿了钱，道声"去去就来"，不想"壮士一去不复返"了。张祜心想，包袱里的人头摆着不大保险，先偷偷埋掉吧，结果打开一看，里面竟是一个猪头，这才知道上了当，从此再不玩"侠义"之举了。

后来，张祜在仕途上也屡屡碰壁，这求官之心也渐渐灰冷。于是就寄情于江南的山山水水，尤其是佛寺之中。宋人葛立方在《韵语阳秋》一书中说："张祜喜游山而多苦吟，凡历僧寺，往往题咏。"确实，张祜几乎题遍了江南古寺，其中不乏佳句，如《题杭州孤山寺》："不雨山常润，无云水自阴。"《题惠山寺》："泉声到池尽，山色上楼多。"《题丘山寺》："地平边海处，江出上山时。"《题润州甘露寺》中的"日月光先见，江山势尽来"等等，而我觉得最为精彩的是本篇这首《秋夜登润州慈和寺塔》。

这是一个秋天的明月夜，张祜独登慈和寺塔。塔下的人家店铺早已安歇，连白日的喧嚣浮尘也都沉寂下来，明月照在金色的塔轮上映着新鲜的露水。在登塔的途中似乎可以看到海中明月升起，星空中飞过的鹤叫声是那样的近，仿佛自己已经置身天上。塔的倒影连着江岸，寺里的钟声传到四处雾气弥漫的山林。其时，连众僧都关门闭户歇息去了，只留下自己怅然若失，似乎一半魂魄已离开了人世。

前面说过章八元的一首登塔之作，相比之下，两首诗的意境大不相同。章诗只是描写慈恩寺塔之高耸，诗中透露出欣喜惊叹之态；而张祜这首诗虽也描写了塔高入云的巍峨，但这夜登古塔，流露出来的却是"高处不胜寒""人间无所依"的孤清之感。"人行中路月生海，鹤语上方星满天"。尤为对仗精工，气象不凡，我觉得不逊于"楼观沧海日，门对浙江潮"。相比之下，我更喜欢张祜这首诗。

张祜的一生，当过狂士、浪子、游客、幕僚、隐者，唯独没有做过官。张祜有诗："行却江南路几千，归来不把一文钱。乡人笑我穷寒鬼，还似襄阳孟浩然。"他和孟浩然一样，都是白衣终生。我觉得张祜此生也不错：第一，正像小杜所说："何人得似张公子，千首诗轻万户侯。"万户侯海了去了，现在能记得几个？还不如张祜名传千古。第二，张祜一生活到七十多岁，而很多达官贵人，早早就成了城外土馒头的馅了。所以江湖夜雨很想劝一劝张祜："万钟万户有何羡，千山千水好吟诗。"

①廊：同廛。古代指一户人家占用的房子和宅院、店铺集中的地方。

七十一

雨暗残灯棋散后，
酒醒孤枕雁来初

——清健拗峭的小杜七律

卷522-14　齐安郡晚秋　杜牧

柳岸风来影渐疏，使君家似野人居。
云容水态还堪赏，啸志歌怀亦自如。
雨暗残灯棋散后，酒醒孤枕雁来初。
可怜赤壁争雄渡，唯有蓑翁坐钓鱼。

《唐才子传》说："牧美容姿，好歌舞，风情颇张，不能自遏。"江湖夜雨也早就听说小杜经常流连于那烟柳画桥、风帘翠幕、春风十里、佳人如玉的江南温柔之地，留下许多风流韵事。杜牧是贵家子弟，又是朝廷命官，钱肯定不少，而且他长得又帅——"美姿容"，俗话说"鸨儿爱钞，姐儿爱俏"，人家小杜要钞有钞，要俏有俏，绝对是青楼中最受欢迎的贵客。有关小杜的那些八卦绯闻，早被人提得太多，这里就不想重复了。江湖夜雨想从《全唐诗》中再找出点小杜的艳情诗来"晒"一"晒",结果找来找去,除了人家早就说烂了的什么"赢得青楼薄幸名""绿叶成荫子满枝""卷上珠帘总不如"外,再也找不出什么值得爆料的艳情诗。

据说小杜晚年,大病一场后,自知来日无多,将平生所写一千多首诗烧得只剩下二百多首,有人说这和俄国老头果戈理将《死魂灵》书稿烧掉相似,都是不愿将质量不好的作品传世。我觉得不然,依江湖夜雨以小人之心猜测,很可能小杜将所写过的那些"艳情诗"都焚掉了,以免成为唐代"陈冠希"。所以现在再费劲找,也没有什么好窥探的了。幸好小杜的外甥是个有心人,另外收集了他的二百首诗,这样才有四百首传世。江湖夜雨有时常暗暗惋惜,小杜烧掉的诗中,会不会也有"多情却似总无情"这一类的绝妙好诗?

好了,既然找不到,我们也就不说这种"低级趣味"的了。小杜的诗在晚唐诗人中应该是个亮点,"后人评牧诗,如铜丸走坂,骏马驻坡,谓圆快奋急也"。确实,杜牧的诗气俊思活、豪纵拗峭,恰似落日楼台中的一笛清音,响彻整个晚唐诗坛。

历来评诗者都觉得小杜的绝句非常不错,施蛰存先生的《唐诗百话》里也是选了他的十一首绝句。我觉得小杜的七律也相当不错,七绝既然能写得好,那七律自然也不会太差,就像一个武功高手,拳脚功夫好,使起刀剑来也不会差到哪里去。

这首《齐安郡晚秋》，当是写于唐武宗会昌二年小杜出任黄州之时，"齐安郡"就是黄州的另一个称谓。说起来，小杜在黄州写过不少的好句，光《唐诗鉴赏词典》中小杜的诗就有三首是带"齐安郡"字样的。数百年后，苏东坡也到了黄州写下不少好诗，这黄州真是诗家福地，江湖夜雨以后有条件真想住到黄州去。

本篇这首诗，其实也相当不错，只不过意境有些消沉。"柳岸风来影渐疏"。写秋节已至，柳上的枝叶越吹越少，所以连树影都显得稀疏孤单。"使君家似野人居"。使君，是小杜自谓，这里说自己所居之地，远离红尘，似乎是山野之居。这样的环境，当然是非常幽静了，所以诗人接着说："云容水态还堪赏，啸志歌怀亦自如。"小杜对"云容水态"，可能真仔细观赏过，要不然绝不能想出"云烟绵联，不足为其态也；水之迢迢，不足为其情也"（《李长吉歌诗叙》）这样绝妙的形容词来，从这句看小杜观云赏水，啸歌抒怀，倒也还自得其乐。

接下来这几句却不免有些寂寥孤清之感了："雨暗残灯棋散后，酒醒孤枕雁来初。"小杜是爱下棋之人，他有《送国棋王逢》一诗，可证明他是个水平还相当不错的围棋高手。一盘棋下完后，友人也终于离去，只留下那残灯暗雨。夜半酒醒之后，孤枕上只听得雁叫声声，更添凄凉。杜牧在感慨什么？为什么又有寥落悲伤之感？正所谓"多无百年命，常有万般愁"（杜牧《不寝》一诗）。不过说起来小杜身为一州刺史，行政一把手,在当地也是跺一下脚方圆百里都要晃的主,照一般人的思路看,应该不错啦,为什么还这样失落?岂不知,小杜刚直有节,胸有大志,常希望做一番大事,青史留名,万世流芳。哪里是区区一个刺史就满足的?小杜有诗说"绝技如君天下少,闲人如我世间无"。其实小杜哪是闲人,只是觉得抱负难申罢了。

当时的小杜已经四十岁了,古时的人到了四十岁,已经是后半生的光景了,小杜的理想渐行渐远。于是他只好自我安慰说"可怜赤壁争雄渡,唯有蓑翁坐钓鱼"——赤壁争锋的豪雄们也都没了踪影,只有老渔翁还依旧在那里钓鱼,"惯看秋月春风"。江湖夜雨初读此诗时,觉得最后这两句有点突兀,但是细读之后,才了解到小杜的这般心思,和小杜集中的"秋山春雨闲吟处,倚遍江南寺寺楼""古往今来只如此,牛山何必独沾衣"等句表现的情怀是一样的。初读诗的前几句,觉得小杜似乎无拘无束,无忧无虑,但读到最后,却沉入百无聊赖、无可奈何的感伤之中。这种"悲欣交集"的滋味,是樊川诗的特色。

七十二

曲尽不知处，
月高风满城
——余韵袅袅的许浑绝句

卷538-2　闻歌　许浑

新秋弦管清，时转遏云声。
曲尽不知处，月高风满城。

不知为什么，从前有些人非常看不起人家许浑的诗，五代时的孙光宪在《北梦琐言》里说："世谓许浑诗、李远赋，不如不作，言其无才藻，鄙其无教化也。"宋代江西派诗人陈师道也说："后世无高学，举俗爱许浑。"写《三国演义》卷首词的那个明代杨慎更狠，说什么"唐诗至许浑，浅陋极矣，而俗喜传之，至今不废"。我觉得打开《全唐诗》中许浑的诗卷，但觉俊逸爽朗，有清气满怀，和小杜的诗多有相通之处，应该是相当不错的。

许浑相传是盛唐时宰相许圉师（其孙女婿为李白）的后代，这点和张祜有点相似。许浑的年龄比杜牧要大十多岁，小杜和他是好朋友，其诗风深受许浑的影响，以至于现在我们看到两个人诗集中有很多相同的诗，分不清到底作者是谁。

许浑集中，五七律居多，其中不乏佳句，除了"山雨欲来风满楼"那种常见选本中选过的外，试选出以下这些：

月过碧窗今夜雨，雨昏红壁去年书——《再游姑苏玉芝观》
孤舟移棹一江月，高阁卷帘千树风——《夜归驿楼》
阴云迎雨枕先润，夜电引雷窗暂明——《早秋韶阳夜雨》
露堕桂花棋局湿，风吹荷叶酒瓶香——《韶州驿楼宴罢》
江湖潮落高楼迥，河汉秋归广簟凉——《宿望亭驿寄苏州同游》
书院欲开虫网户，讼庭犹掩雀罗门——《疾后与郡中群公宴李秀才》
蒹葭露白莲塘浅，砧杵夜清河汉凉——《秋夜与友人宿》
云抱四山终日在，草荒三径几时归——《冬日五浪馆水亭怀别》
……

当然，许浑这些诗，格调多半相同，所以也有人诟病说："浑句联多重用"。一个人能做到风格百变，固然是大家风范；

但一般的诗人大多只有一种风格，就像歌坛影坛也是如此，想让田震唱出杨钰莹的味，让李保田演贾宝玉型的小正太，恐怕也绝无可能。

因前面选了不少七律，尤其是刚说了小杜的七律，所以这里就换换口味，来一首许浑的五绝瞧瞧。许浑这首五绝，意象绵渺，余韵袅袅不尽，称得上是首佳作。

"新秋弦管清，时转遏云声"。这是一个秋夜，正是那夜凉如水，碧空高远，云似轻纱，月如明镜之时。此时，从远处传来一阵清脆嘹亮的管弦之声，这声音之美，让诗人不由得心神俱醉。正当诗人陶醉于这动人的乐曲声中时，曲子却突然停了。诗人虽意犹未尽，但他无处去寻找，也无缘见到那个吹奏此曲的美人，于是他只好再度侧耳倾听，而此时听到的，却只是那秋夜中的萧萧晚风。明月高悬，满城清风，而那乐曲再也没有响起，只留下爽然若失的许浑。

前面我们说过徐安贞的《闻邻家理筝》，在题材上和此诗有相似之处，对比二诗，觉得许浑的诗更加含蓄有味。许浑也是多情之人，有这样一个传说：

据孟棨《本事诗》中说，许浑好像宝玉神游太虚幻境一般，常梦中登一座高山，山上宫殿巍峨华美，不似人间。有人告诉他说：这是昆仑山。走了一段，看到有几十人饮宴，并邀许浑入座共饮。后来有一美人，要求他赋诗。许浑慑于仙女之美，诗也没有做成便醒了。醒后，许浑写下这样一首诗："晓入瑶台露气清,座中惟见许飞琼。尘心未尽俗缘在,十里下山空月明。"过了几天后,他的梦又"断线续传",重新梦到那个仙子。仙子却不高兴地说:"你为何将我的名字传到人间?"许浑惶恐,马上将第二句改为"天风吹下步虚声",仙女许飞琼才解颐开颜。

能得到仙女索诗,许浑的诗可见并不差,反正我也很喜欢许浑的诗,我觉得还是晚唐诗人韦庄写的这首《题许浑诗卷》说得对:

江南才子许浑诗,字字清新句句奇。十斛明珠量不尽,惠休虚作碧云词①。

①惠休,乃南朝诗僧,本姓汤,后还俗,官至扬州刺史,常作《碧云词》,其诗已失传。

七十二

争将世上无期别，
换得年年一度来。

——相思深入骨的李义山

卷539-179　七夕　李商隐

鸾扇斜分凤幄开，星桥横过鹊飞回。
争将世上无期别，换得年年一度来。

周汝昌先生曾说过："玉谿一生经历，有难言之痛，至苦之情，郁结中怀，发为诗句，幽伤要眇，往复低徊，感染于人者至深。"确实如此，读李商隐的诗，最感人至深的就是他那些缠绵低回、欲说还休的无题诗。

对于李商隐的很多无题诗，不少人猜测为其中暗喻什么仕途上坎坷、政治上失意之类的感触，但我觉得并非如此。李商隐一生虽然仕途上很不顺，但是他对于这些从不讳言。令狐楚对李商隐是相当不错的，但其子令狐绹却对他十分冷落，曾写过《九日》这样一首诗："曾共山翁把酒时，霜天白菊绕阶墀。

十年泉下无人问,九日樽前有所思。不学汉臣栽苜蓿,空教楚客咏江蓠。郎君官贵施行马,东阁无因再得窥。"

当时李商隐去拜访在朝廷中大权在握的令狐绹,结果令狐绹嫌他做了李党的女婿(令狐绹是牛党),有意不见他,把李商隐在客厅上晾了半天,最终也没见面。李商隐在墙上题了这样一首诗后怅然离去。意思说得很明白,就是埋怨令狐楚死后,其子令狐绹待之甚薄。据说令狐绹看到此诗后惭怅不已,就把此屋锁住,终身不再进来半步。由此看来,《无题》等诗中根本不会寄托这些事情,因为李商隐把这些事都明明白白地说出来过,再含含糊糊地说一遍,有何意义?对于宦官专权之类的行为,他的《重有感》等诗也进行了金刚怒目、壮士挥戈般的申斥,一点也不琵琶遮面,羞羞答答。

所以,《无题》及李商隐其余诗中这些典雅绮丽,云山雾罩般的朦胧诗,必是爱情诗无疑,而且多半也不是写给女道士宋华阳她们的。因为当时的才子们和女冠们来往也是常事,也用不着遮遮掩掩,像刘长卿就和李季兰大侃"黄段子",温飞卿也和鱼玄机关系甚密,李商隐大可不必如此讳莫如深。

那这些《无题》诗和类《无题》诗(这类诗取诗中前几字作题,实同无题一样)中,让李商隐相思入骨,至死方尽,成灰方休的女子是谁呢?这个已经难以确切地考证出,我认为是永远也考证不出的。因为这是李商隐一生都不敢说出来的名字,虽然她的名字可能在李商隐心中呼唤了几千几万遍。

这名女子，应该是一位有夫之妇，甚至就是李商隐朋友的妻子。所以他们的相爱背负着道德上的重重压力，心理上始终有挥之不去的阴云，然而，他们还是不顾一切地跨过了这个雷池。这种爱是苦涩的，"相见时难别亦难"，而且不敢名正言顺地去追求，不敢讲给任何人听，于是李商隐只好把这满腔情愫化为这一首首缠绵悱恻的《无题》诗。

这并非无中生有，细读《全唐诗》中的李商隐诗，会发现很多"蛛丝马迹"。比如有这样一首《闺情》诗："红露花房白蜜脾，黄蜂紫蝶两参差。春窗一觉风流梦，却是同衾不得知。"这首《闺情》，可真不一般。"花房""红露""蜜脾"都是指花心，常作为女子自谓，而"黄蜂""紫蝶"则是指男人，接下来的诗意不解自明："同衾"之人，自然是她的正牌老公，但风流梦却和他无关，原来是说这个女子睡在老公身旁却梦见与她的情人欢会。

再看《可叹》这首诗：

幸会东城宴未回，年华忧共水相催。
梁家宅里秦宫入，赵后楼中赤凤来。
冰簟且眠金镂枕，琼筵不醉玉交杯。
宓妃愁坐芝田馆，用尽陈王八斗才。

这里面，用了三个典故，无一不是讲"婚外情"的：所谓

"梁家宅里秦宫入",是说汉朝大将军梁冀的妻子孙寿和一个叫秦宫的下人相好;"赵后楼中赤凤来",则是说赵飞燕和其情人赤凤的故事;"宓妃愁坐芝田馆","宓妃"就是甄后,曹丕的妻子,但和曹植相爱。曹植的《洛神赋》原名《感甄赋》,就是因思念她所写。

义山另一首叫做《蜂》的诗也非常耐人寻味:

小苑华池烂熳通,后门前槛思无穷。
宓妃腰细才胜露,赵后身轻欲倚风。
红壁寂寥崖蜜尽,碧帘迢递雾巢空。
青陵粉蝶休离恨,长定相逢二月中。

这里再次出现"宓妃""赵后"的字样,江湖夜雨猜想,说不定当年那个女子就将她的情郎义山称为"蜂"哟,那李商隐叫她什么?是"花"还是"蜜",说不准,但两人浓情蜜意,能度得一宵,虽九死不悔是肯定不错的。

我在义山的诗集里追寻,仿佛能追寻到他们当年的欢娱、怅惘、寂寥、凄婉:

卷539-94　屏风　李商隐
六曲连环接翠帷,高楼半夜酒醒时。
掩灯遮雾密如此,雨落月明俱不知。

义山和那位女子想必就是在这掩灯遮雾的屏风之后、翠帷之中，一度欢爱无限，云雨巫山的吧？可惜的是，好多人解诗时，说是以"屏风"比喻阻挡或隐瞒真实情况的小人，从而让君王不能辨明贤人。唉，这些人啊，除了官场上钩心斗角的事情，还会惦记什么？你看诗中这翠帷、高楼，红灯薄雾、细雨明月，意境是何等的美，如果是想讽刺什么，义山会写得如此美丽迷离吗？

卷539-194　袜　**李商隐**
尝闻宓妃袜，渡水欲生尘。
好借嫦娥著，清秋踏月轮。

这是义山送给她一双袜子后写下的？或者是义山看到她除掉绣鞋，只着罗袜时所作？

卷539-211　楚吟　**李商隐**
山上离宫宫上楼，楼前宫畔暮江流。
楚天长短黄昏雨，宋玉无愁亦自愁。

这应该是离别后伤感于难以再相见时写下的吧？义山以宋玉自比，而他所恋的情人却和巫山神女一样，再也难以重逢。

有人说提"楚"字就是说令狐楚,依我看,还是犯了索隐癖所致。古人常用"楚妃"借指巫山神女,和令狐楚没有什么关系的。其实大家再看看那些《无题》诗,什么"刘郎已恨蓬山远""一寸相思一寸灰"等,都是情人分别后的苦涩;而"红楼隔雨相望冷"一句,怅惘至极。

卷540-85　残花　李商隐
残花啼露莫留春,尖发谁非怨别人。
若但掩关劳独梦,宝钗何日不生尘。

这应该是二人相思难相见,就不能再度欢聚所抒发的感慨之言。此诗排在"嫦娥应悔偷灵药"那首诗之后,这"宝钗何日不生尘"正是反映了此女子的寂寥之情。接下来又有《西亭》一诗写道:"此夜西亭夜正圆,疏帘相伴宿风烟。梧桐莫更翻清露,孤鹤从来不得眠。"很显然,乃是表达李商隐孤枕难眠、终夜思念之情。

了解了李商隐的这段苦恋,我们对他的那些《无题》诗就不难理解了,本篇这首诗也就迎刃而解。诗中说,七夕这天,画着鸾鸟的扇仗斜斜地分开,凤鸟的帐幕也打开了(明为写织女,其实写的大概是那位女子所居处的情景),喜鹊架好了星桥,织女和牛郎就要盼来那一年一度的相会了。然后义山发出让人不免陪他感慨流泪的一叹:"争将世上无期别,换得年年一度来。"人都说牛郎织女一年只能见一回很苦,但是比起世上相见无因,相见无期的痛苦来,却显得是多么幸运的事情!如果让义山和他相爱的女子,一年一会,想必他们也会欣喜万分了,但是,在重重的压力下,他们只好一个临风洒泪,一个对月长吁,虽咫尺之遥,亦如蓬山永别。这又是何等痛苦的事情!

"重衾幽梦他年断,别树羁雌昨夜惊"。李商隐和他所爱的那位女子终生为这段没有结果的爱情痛苦、挣扎。李商隐有诗道:"深知身在情长在。"确实,他们为了这份爱,承受了太多的苦痛,可谓有"情极之毒"。这份爱至死不渝,至死不悔,穿越千年,依旧震撼着我们的心灵。

七十四

玲珑骰子安红豆,
入骨相思知不知

——花间体中的清新之作

卷583-58　南歌子词二首　温庭筠

一尺深红胜曲尘①,天生旧物不如新。
合欢桃核终堪恨,里许元来别有人。

井底点灯深烛伊,共郎长行莫围棋。
玲珑骰子安红豆,入骨相思知不知。

　　温庭筠也是唐末一个狂怪才子,他那些恣意放浪于青楼之中,专门作弊于考场之内的事儿,江湖夜雨以前的书里说过,这里就不再提了。单说这温庭筠,虽然名字风雅,别号也动听——"飞卿",有道是"亲卿爱卿,是以卿卿;我不卿卿,谁当卿卿",听起来似乎是个美如温玉的俊俏书生,但实际上温爷相貌丑如钟馗,能吓哭小朋友的。

不过温爷虽然相貌丑陋凶恶，但却是《花间词》集的缔造者之一。这《花间词》中的句子，风流旖旎，贴金描翠，不少美眉都非常喜欢。江湖夜雨读书时有一同学，虽然长得比温钟馗略强点，但也称得上是其貌不扬。不过人家凭抄来的一大本子《花间词》，竟也吸引了不少女孩。可见温老师的花间一派真称得上是遗泽苍生，功德无量。

其实温庭筠的诗，"花间味"的并不是太多，很多诗句还是相当清健俊朗的。比如像"天上岁时星又转，世间离别水东流""三秋梅雨愁枫叶，一夜篷舟宿苇花""窗间半偈闻钟后，松下残棋送客回"等，都和杜牧、许浑等人的风格相近。《唐诗鉴赏词典》中选的几乎全是温庭筠这类风格的诗作，因为像本篇这样的"艳情诗"，按当时的思想，也还认为是不能登大雅之堂的。

本篇这两首诗，虽然题目是《南歌子词》，但是和《南歌子》的词牌并不相同，其实和绝句差不多。不过，这两首诗民歌风味还是非常浓郁的。

先看第一首诗：

"一尺深红胜曲尘"。意思是说新染的一幅红绡，当然胜过褪了色后变淡发黄的旧物，所以接下来就是"天生旧物不如新"。"合欢桃核终堪恨，里许元来别有人"。意思是借桃核里面又有个桃仁，来比喻情人用心不专，别有所属。结合前面新物胜旧物之语，当是埋怨情郎心猿意马，喜新厌旧。

这第二首写得更妙：

民歌中常有谐声双关语的手法，如《子夜歌》中"桐树生门前，出入见梧子"。"梧子"即"吾子"。又比如将"莲"通作"怜"，"丝"借指"思"等都是如此。"井底点灯"当然就是"深烛"，而"深烛"谐音"深嘱"。"围棋"，则是谐音"违期"。这诗的意思是说，我要千嘱咐万叮咛，可莫要违了约期。我的相思之情就像嵌在骰子中的红豆一样，入骨铭心啊！"玲珑骰子安红豆，入骨相思知不知"这句妙极，别有情致，寓意深刻。旧时没有塑料等材料，骰子多为猪牛羊的骨头所制，将质坚色艳的红豆镶在骰子上装饰，应是当时很常见的情形；而红豆又名相思子，所以堪称"入骨相思"。

这两首诗可谓兴中有比，比中有兴，颇富情韵。尤其这"入骨相思知不知"一句，尤其令人击节赞叹。温庭筠还有一些绮艳之作，没有这两首明快清新，但却更含蓄蕴藉，也不妨一读。以下选录两首：

卷578-37　偶游　温庭筠
曲巷斜临一水间，小门终日不开关。
红珠斗帐樱桃熟，金尾屏风孔雀闲。
云髻几迷芳草蝶，额黄无限夕阳山。
与君便是鸳鸯侣，休向人间觅往还。

卷578-17　偶题　**温庭筠**

微风和暖日鲜明,草色迷人向渭城。

洛客卷帘闲不语,楚娥攀树独含情。

红垂果蒂樱桃重,黄染花丛蝶粉轻。

自恨青楼无近信,不将心事许卿卿。

①曲尘:酒曲上所生菌。因色淡黄如尘,亦用以指淡黄色。

七十五

春来秋去相思在，
秋去春来信息稀
——才女鱼玄机的愁闷之情

卷804-10　闺怨　鱼玄机

蘼芜盈手泣斜晖①，闻道邻家夫婿归。
别日南鸿才北去，今朝北雁又南飞。
春来秋去相思在，秋去春来信息稀。
扃闭朱门人不到②，砧声何事透罗帏。

鱼玄机是个风流多情的女道士，她虽然号称出家，但其实整日里门庭若市，迎来送往，结交的男人着实不少。她的风流故事江湖夜雨在《长安月下红袖香》中都说得足够详细了，根据陈寅恪先生要求的"自己以前讲过的，也不讲"一条，这里就不再重复。

在唐代三大女诗人（李冶、薛涛、鱼玄机）中，我觉得从总体水平上来说，鱼玄机应该是排在最后的。不过，鱼玄机作为晚唐最为出色的女诗人,她的诗也并非是全无可取之处。时至晚唐,在气象雄浑、笔致洒脱上不如盛唐、中唐,但细腻精巧之处却独擅胜场。兵器中说:"一寸长,一寸强,一寸小,一寸巧。"诗歌也是如此,有些意境缠绵,用思纤细的诗作,也耐人寻味,值得品玩。鱼玄机作为一个多情女子,她的这首诗也富有这种特点。

"蘼芜盈手泣斜晖,闻道邻家夫婿归"。这里的"蘼芜盈手",用到一个典故,所以有必要先看一下这首古乐府中的诗:

上山采蘼芜,下山逢故夫。长跪问故夫,新人复何如?
新人虽言好,未若故人姝。颜色类相似,手爪不相如。
新人从门入,故人从阁去。新人工织缣,故人工织素。
织缣日一匹,织素五丈余。将缣来比素,新人不如故。

这首诗大体是说,有一个被前夫抛弃的女子在山上采蘼芜草时,碰见了以前的丈夫。她问前夫新娶的妻子好不好,丈夫叹息道,新娶的妻子虽然容貌也不差,但手太笨了,不会干活,只会织缣,而他原来的妻子会织素(缣为黄色的绢,素为白色的细绢,价比缣贵)。诗中吐露的是男人错休妻子的惭悔之情。

我们知道,鱼玄机也是和情郎李亿缱绻了一段时间后,被赶出家门的。虽然她不是明媒正娶的大老婆,但在心情上和上面这首诗中的女子有相通之处。她被"休弃"后,只好到咸宜观中隐居。虽然她表面上和很多男人寻欢作乐,但内心中的孤单和寂寞却是逃不开的。她也很羡慕有个温暖安定的家庭,有个一直真心爱她的男人。所以"闻道邻家夫婿归",对她来说,是一种难以忍受的精神折磨。

"别日南鸿才北去,今朝北雁又南飞。春来秋去相思在,秋去春来信息稀"。中间这两联,对仗非常精巧别致,"南""北""春""秋",反复出现,形成对句,似乎是在玩文字游戏,但也恰当地反映出诗人心中的寂寞单调。大雁南飞北去,季节春去秋来,一切在循环往复,但你的青春呢?你的如花容颜呢?能经得起多少个这样的循环?相思仍在,情郎的信息渐稀,此情何处依,此情何处归?

"扃闭朱门人不到,砧声何事透罗帏"。这句是说,自己紧闭起厚厚的朱门,无人前来,但是秋声里传来的处处砧声,却关不住,它透进罗帏,让睡在床上的鱼玄机更加夜不能眠。所谓"砧声",是唐诗中常见的一个词,古人到了秋天,赶制衣服时,要把布帛先放在石砧上,用杵捣平捣软,这叫做"捣衣"。"捣衣"的声音,就是砧声了。其实,这和秋虫鸣、叹秋声瑟瑟一样,都给人秋天要来到的感触。

由此看来,鱼玄机的内心是寂寞的,身体上的放纵并不能给她带来心灵上的安慰,却让她更加寂寞、焦虑、不安。鱼玄机还有一首这样的六言诗,同样表达了此种心情,也写得不

错,值得一读:

卷804-39　寓言　鱼玄机

红桃处处春色,碧柳家家月明。

楼上新妆待夜,闺中独坐含情。

芙蓉月下鱼戏,螮蝀天边雀声③。

人世悲欢一梦,如何得作双成。

①蘼芜:是一种香草,《红楼梦》中说过:"什么丹椒、蘼芜、风连。如今年深岁改,人不能识,故皆象形夺名。"据说就是川芎的苗叶。

②扃:关门的意思。

③螮蝀:虹的别名。

七十六

晴寺野寻同去好，
古碑苔字细书匀
—— 妙趣横生的回文诗

卷630-14　晓起即事因成回文寄袭美　陆龟蒙

平波落月吟闲景，暗幌浮烟思起人。
清露晓垂花谢半，远风微动蕙抽新。
城荒上处樵童小，石藓分来宿鹭驯。
晴寺野寻同去好，古碑苔字细书匀。

陆龟蒙是晚唐很重要的一位诗人，《全唐诗》中录其诗达十四卷。据《唐才子传》中所载，陆龟蒙是苏州人，从小就聪明，家中藏书万卷，但晚唐时科举腐败，像陆龟蒙这样的才子居然也没有考中。后来他到湖州、苏州两地当了段时间的幕僚，但是他很不习惯官场中的那些规矩，于是拂衣而去。

陆龟蒙家境并不富裕，他家的田地低洼，江南又经常发水灾，往往先把陆龟蒙家的地淹没了，所以陆龟蒙经常挨饿。他不以为苦,发奋钻研农耕技术,写了《耒耜经》一书,其中对犁、耙和碌碡等诸般农具颇有研究,成为我国农业史上的一部很有价值的著作。正所谓"慧则通,通即无所不达;专则精,精则无所不妙",人家陆龟蒙"修理地球"也能修出学问来。

陆龟蒙嗜茶,后来在山坡上开了几亩茶园,除供自己饮茶外,还能换些钱买酒喝。他对茶也研究极精,写出《茶书》这样一部书,是继《茶经》《茶诀》之后又一本茶叶专著。

陆龟蒙经常泛舟于太湖之上,真可谓"玉镜琼田三万顷,著我扁舟一叶",自号"江湖散人",很是名副其实。他的诗也是清高出尘,吴融曾夸他的诗歌和为人是"霏漠漠,淡涓涓,春融冶,秋鲜妍。触即碎,潭下月;拭不灭,玉上烟"。

我们来看《陆龟蒙集》中这首特别一点的诗,诗题中的"袭美",是其好友皮日休。陆龟蒙和皮日休是至交,集中到处可见"袭美"的字样。同样,皮日休的集中也随处可见"鲁望"(陆龟蒙的字),可见二人的友情确实深如海水,"皮陆"的友情恐怕只有"元白"才约略相近,比"李杜"的交情要强多了。

这是首回文诗,正读倒读都是十分流畅自然。对于回文诗,有人常讥之为文字游戏,然而,这"游戏"却不是人人都玩得了的。回文诗很难写,"如舞霓裳于寸木,抽长绪于乱丝",虽然有苏伯玉妻盘中诗和苏蕙的织锦回文诗在先,但七律体裁的回文诗,陆龟蒙应该算是第一人了。纵观整个文学

史,写回文诗也不过寥寥数十人。皮日休也非寻常之辈,有道是"来而不往非礼也",于是他也回敬了陆龟蒙一首回文诗:

卷616-3　奉和鲁望晓起回文　　皮日休
孤烟晓起初原曲,碎树微分半浪中。
湖后钓筒移夜雨,竹傍眠几侧晨风。
图梅带润轻沾墨,画藓经蒸半失红。
无事有杯持永日,共君惟好隐墙东。

两人的回文对诗,真是诗坛上的一曲佳话,让江湖夜雨悠然神往。念及此处,不禁想起《笑傲江湖》中的这样一段:

曲洋向刘正风望了一眼,说道:"我和刘贤弟醉心音律,以数年之功,创制了一曲《笑傲江湖》,自信此曲之奇,千古所未有。今后纵然世上再有曲洋,不见得又有刘正风,有刘正风,不见得又有曲洋。就算又有曲洋、刘正风一般的人物,二人又未必生于同时,相遇结交,要两个既精音律,又精内功之人,志趣相投,修为相若,一同创制此曲,实是千难万难了。此曲绝响,我和刘贤弟在九泉之下,不免时发浩叹。"

皮陆两人也是如此,这七律回文诗应和的绝唱,后世再也难得一见。

陆龟蒙集中，还有不少这种构思精妙、令人叫绝的诗句，我们再选一些看看：

卷630-15　回文　**陆龟蒙**
静烟临碧树，残雪背晴楼。
冷天侵极戍，寒月对行舟。

这是一首回文体的五言绝句。这首绝句倒着读和正着读同样流畅，而且诗意也是大体相同，不像有些回文诗，倒读意境就有所变化。下面这五首也是很有趣的一组诗：

卷630-21　闲居杂题五首·鸣蜩早　**陆龟蒙**
闲来倚杖柴门口，鸟下深枝啄晚虫。
周步一池销半日，十年听此鬓如蓬。

卷630-22　闲居杂题五首·野态真　**陆龟蒙**
君如有意耽田里，予亦无机向艺能。
心迹所便唯是直，人间闻道最先憎。

卷630-23　闲居杂题五首·松间斟　**陆龟蒙**
子山园静怜幽木，公干词清咏薜门。
日上风微萧洒甚，斗醥何惜置盈尊。

卷630-24　闲居杂题五首·饮岩泉　陆龟蒙
已甘茅洞三君食，欠买桐江一朵山。
严子濑高秋浪白，水禽飞尽钓舟还。

卷630-25　闲居杂题五首·当轩鹤　陆龟蒙
自笑与人乖好尚，田家山客共柴车。
干时未似栖庐雀，鸟道闲携相尔书。

　　发现其中奥妙了没有？这组诗，以第一首诗为例，首句末字为"口"，次句首字为"鸟"，合起来就是"鸣"字；接下来，次句末字为"虫"，第三句开头的字为"周"，合起来就是"蜩"字；以此类推，最后一个字合起来就是"早"字，合出来的"鸣""蜩""早"三个字，则是诗的题目。以上这五首诗都是这样的，所以称之为"离合诗"。
　　这种很有意思的诗体，似乎也只有陆龟蒙写得如此精妙。由此可见陆龟蒙那卓然不俗的才气。这样的能人，唐朝居然弃之山野江湖，焉能不亡？

七十七
花下一禾生，
去之为恶草

——百姓易欺，好人难做

卷636-24　公子家（一作长安花，一作公子行）　聂夷中

种花满西园，花发青楼道。
花下一禾生，去之为恶草。

聂夷中的名字，大家应该有印象，虽然他留下的诗只有三十二首，但是他那首《伤田家》非常有名："二月卖新丝，五月粜新谷，医得眼前疮，剜却心头肉……"以至于留下"剜肉补疮"这样一个警悚动人的成语。他的字大家也会听着耳熟：坦之。当然，相信多数人联想到的是《天龙八部》中的游坦之，和聂夷中应该是没有什么关系。或许金庸先生让游坦之剜了自己的眼给阿紫，和聂夷中说的"剜肉补疮"有点什么联系，就顺手取了这样一个名字？

据《唐才子传》中说，聂夷中曾屡试不第，在长安待了许久,"皂袭已弊,黄粮如珠"——衣食不继,十分困顿。最终才得了个华阴县尉这样的小官。他出身于"草泽",也就是说是从贫苦人家来的,所以深知普通百姓的苦难。他的诗也多有讽刺警省之辞,此诗就是一例。

这首诗,句子非常通俗,说在园子里种满了花,通往青楼(富家的高楼也可以称为青楼,后来才专指风尘女子"做生意"的地方)的道上也开满了花。这些花虽然占了道路,却也没有怎么样,可见是备受宠爱的了,但是花底下突然有一枝禾苗冒了出来,却马上被拔掉,像拔掉一根野草一样毫不留情。

聂夷中想必是农家子弟出身,对于"民以食为天"有深刻的体会。他还曾写过这样的诗:"片玉一尘轻,粒粟山丘重。唐虞贵民食,只是勤播种。前圣后圣同,今人古人共。一岁如苦饥,金玉何所用。"表达了黄金珠玉都不如谷物桑麻的思想,并以唐虞等圣君不事靡华,来暗暗讥讽当时的唐朝皇帝(当时正是败家皇帝唐懿宗)。

聂夷中对当时的贵公子们的作为是非常厌恶的,他有诗说道:"花树出墙头,花里谁家楼。一行书不读,身封万户侯。"这些豪门公子不读诗书,不学无术,却靠世袭祖荫,安安稳稳地当他的"万户侯"。他们的恣意妄为更是让人愤慨:"汉代多豪族,恩深益骄逸。走马踏杀人,街吏不敢诘。"这些公子哥们在街上纵马踩死人,都没人敢管。

娇媚虚华者受宠,诚挚实干者却受欺,这大概是唐末时一个很普遍的现象，同是晚唐诗人的郑谷也有诗说："禾黍不阳艳，竞栽桃李春。翻令力耕者，半作卖花人。"就算是在我们今天，在某些地方，依然存在着这样的现象，善于搞人际关系，像"花朵"一样献媚邀宠的人儿备受领导的宠爱，而真正有才华的人，埋头苦干、老黄牛一样的人却受到欺负，甚至成为某些人的眼中钉肉中刺：你虽然是棵禾苗，将来能结粮食，但人家这里就用不着你这根"禾苗"，人家要看的是花，你会被毫不留情地拔掉，扔在泥里，像一株理应剪除的野草。

所以，现在读起聂夷中的这首诗，心中也别有一番滋味。

七十八

天地沸一镬，
竟自烹妖孽
####　　　——四海滔滔的末世悲叹

卷632-4　华下　司空图

日炙旱云裂，迸为千道血。
天地沸一镬，竟自烹妖孽。
尧汤遇灾数，灾数还中辍①。
何事奸与邪，古来难扑灭。

前面说过，司空图是中唐诗人司空曙的孙子。这唐代诗坛中，似乎有隔代遗传的现象，祖孙都是诗人的有不少，而且似乎都是孙子比爷爷写得好，像杜审言的孙子是杜甫，比起爷爷杜审言来，可要强得多。同样，我觉得司空图比司空曙写的诗更好。

司空图写有《二十四诗品》一文，其中将诗歌分成"雄浑、冲淡、纤秾、沉着、高古、典雅、洗练、劲健、绮丽、自然、含蓄、豪放、精神、缜密、疏野、清奇、委曲、实境、悲慨、形容、超诣、飘逸、旷达、流动"这样二十四类风格,可谓文字惝恍,旨意遥深,是诗歌评论方面非常出名的著作。

当然,前面说皎然时就提过,诗评家并不一定就是最优秀的诗人,但是既然称得上是诗评家,写起诗来也不会太差。司空图的很多诗也相当不错,有人评论说司空图的诗"大多抒发山水隐逸的闲情逸致,内容非常单薄",我觉得不大公允。司空图有好多诗,表面上是寄情山水,但面对大唐末年已是礼崩乐坏、社稷倾颓、百姓涂炭的情景,其内心处是相当沉重的。

司空图有诗道:"愁看地色连空色,静听歌声似哭声。"还有"乱后他乡节,烧残故国春",都描绘出战乱中的萧瑟之景;也有诗讽刺淮西高骈拥兵自守,不为国家效力:"莫夸十万兵威盛,消个忠良效顺无?"如下这两句则是感慨西北之地被胡人侵占,有些汉人却成为胡人的帮凶:"汉儿尽作胡儿语,却向城头骂汉人。"我们看这些句子,怎么能称之为"抒发山水隐逸的闲情逸致,内容非常单薄"?

本篇所选的这首诗,读来更是有怒发冲冠、目眦欲裂之感:"日炙旱云裂,迸为千道血。"强烈的日光透过云彩,似乎是千道鲜血一般,这种形容手法,也只有晚唐乱世中的氛围下才能见到,因为当时正是杀人如麻,血流盈野,乱兵争相把人肉作"干粮"的时候。所以,这"迸为千道血"一句,显得倒是十分的恰当。毛泽东《忆秦娥·娄山关》一词中有一句："苍山如海，残阳如血。"这"残阳如血"就显得非常好，因为和当时惨烈的战斗情景交融。

"天地沸一镬，竟自烹妖孽"。这里说现在天下大乱，四海滔滔，活像一口煮沸了的大锅，而四处妖孽丛生，不可收拾。"尧汤遇灾数，灾数还中辍"。意思说是，尧汤这样的明君在位时，也会遇到灾难，但是当时的灾难却能很快被控制和平息。这里的潜台词是，当时的大唐，还有尧汤一样的圣明之主吗？答案当然是否定的，于是司空图只好发出这样的叹息："何事奸与邪，古来难扑灭。"——为什么奸邪之辈，从古到今都是这样凶恶，难以消灭呢？

这首诗是一首古体诗，押仄韵，显得更为慷慨悲怆，正所谓："大风卷水，林木为摧。适苦欲死，招憩不来。百岁如流，富贵冷灰。大道日丧，若为雄才。壮士拂剑，浩然弥哀。萧萧落叶，漏雨苍苔。"(《二十四诗品·悲慨》)

司空图的诗中常常表现出失落绝望之情，又如这首《有感》："灯影看须黑，墙阴惜草青。岁阑悲物我，同是冒霜萤。"意思是说，我的胡子都白了，只有灯影下看才是黑的，而墙背阴处的草尚且还是青的，已经到了岁末秋深时啦。我和秋草一样，都像那霜后的萤火虫，没有几天的活头啦。这不单是感伤自身，也是在惋惜那将近三百年的大唐——大唐也要灭亡了。

公元907年，朱温称帝，唐朝正式灭亡，唐哀帝不久被弑。司空图得知后，不食扼腕，呕血数升而卒。

①中辍：中止的意思。

七十九

家家只是栽桃李，
独自无根到处生

——托物写人的咏柳诗

卷643-74　柳十首（选二首）　李山甫

长恨阳和也世情①，把香和艳与红英。
家家只是栽桃李，独自无根到处生。

从来只是爱花人，杨柳何曾占得春。
多向客亭门外立，与他迎送往来尘。

　　晚唐诗人李山甫的名字大家想必也比较陌生，他的诗《唐诗鉴赏词典》中一首没选。江湖夜雨翻看李山甫留在《全唐诗》中的这七十八首诗，倒觉得很不错。他的诗情思宛转，风骨萧然，并不比罗隐、杜荀鹤等人逊色多少。
　　李山甫才华虽高，但唐末社会已全面腐败，科举也越来越不公平，营私舞弊已经到了无以复加的程度。晚唐的著名才子几乎都考不中进士,李山甫也不例外。他曾有《下第献所知三首》,其中有句道:"青桂本来无欠负,碧霄何处有因依。"这和我们熟知的那首"天山碧桃和露种,日边红杏倚云栽"的意思相近,都是感慨世道不公。那些无权无势无亲无故的一般考生,想蟾宫折桂,没指望的。这时候的唐代科举,已经不是凭本事的年代了,什么也要靠关系,靠"潜规则",金榜上全是有钱有背景的世贵子弟。也怪不得人家黄巢不第后赋菊明志,直接反了。

李山甫曾写过《公子家》二首,生动形象地描绘出当时豪门公子的丑态:

曾是皇家几世侯,入云高第照神州。
柳遮门户横金锁,花拥弦歌咽画楼。
锦袖妒姬争巧笑,玉衔骄马索闲游。
麻衣②酷献平生业,醉倚春风不点头。

柳底花阴压露尘,醉烟轻罩一团春。
鸳鸯占水能嗔客,鹦鹉嫌笼解骂人。
騕褭③似龙随日换,轻盈如燕逐年新。
不知买尽长安笑,活得苍生几户贫。

"鸳鸯占水能嗔客,鹦鹉嫌笼解骂人"。写得真好,鸳鸯、鹦鹉,本非凶恶之物,但却也能对客人发怒,胡乱骂人,这豪门高第的凌人气焰,扑面而来。清潘德舆《养一斋诗话》说此句"轻靡",是"晚唐之最下者"。江湖夜雨很怀疑他没读懂这首诗。这些不学无术的贵家公子,本是社会的寄生虫,却倚仗自己是豪门高第,尽情骄奢淫逸,对待平民贫士却视如虫蚁——"麻衣酷献平生业,醉倚春风不点头"。这些未得功名的书生,他们根本不屑于搭理。

李山甫的诗虽然只传下七十八首,但是他的诗风格多样,慷慨英武者有之:"尽驱神鬼随鞭策,全罩英雄入网罗。"旷达淡泊者有之:"长疑好事皆虚事,却恐闲人是贵人。"绵丽宛转者有之:"蜂怜杏蕊细香落,莺坠柳条浓翠低。"工巧精妙者有之:"有时三点两点雨,到处十枝五枝花。"奇崛清癯者有之:"高峰枯槁骨偏峭,野树扶疏叶未摧。"警语动人者有之:"世乱僮欺主,年衰鬼弄人。"

据袁枚的《随园诗话》中所说,李山甫长得姿容秀美,标准的花样美男,一天李山甫早晨起来正梳头呢,有个客人闯进屋,但见内室有一人"云鬟委地,肌理玉映",客人以为看到李山甫的内眷尚没穿好衣服,惊惭不已。等到李山甫出来后,这人向他致歉,哪知李山甫说,刚才你看到的就是我。两人一笑作罢。

不过李山甫虽是如花美男,但他心中却是豪气纵横——"书生只是平时物,男子争无乱世才"。他强烈反对公主和亲,曾写过:"谁陈帝子和番策,我是男儿为国羞。"又以公主的口吻说:"遣妾一身安社稷,不知何处用将军。"《唐才子传》中曾说他"每狂歌痛饮,拔剑斫地",可见是位充满侠气的男儿。

这样一个才貌俱佳的才子,一生仕途无望,只好在魏博幕府、乐彦祯、罗弘信父子这些藩镇处谋些差事。这对当时的读书人来说,是非常痛苦无奈的选择。旧时书生,讲究的是"学成文武艺,货与帝王家",走科考中举之路,才是"堂堂正正"的道路,才是光宗耀祖的事情。没有功名,在藩镇这里混事,就好比女子给人当"二奶"一样,没名没分,终究不算什么光彩的事儿。

所以,李山甫一生心中郁郁,他的很多诗里面都寄托了怀才不遇的失落,《全唐诗话》中举了他的一首《贫女》,其中有"平生不识绣衣裳,闲把荆钗亦自伤。镜里只应谙素貌,人间多自信红妆……"的诗句,正所谓"语语皆贫女自伤,而实为贫士不遇者写牢愁抑塞之怀"。

本篇这两首写柳的诗,和《贫女》等诗有异曲同工之妙。"长恨阳和也世情,把香和艳与红英"。表面上是说春天的暖风也偏心,只把香气和艳色带给那些花儿,其实这"阳和",多比喻皇家的恩泽,如蔡琰的《胡笳十八拍》:"东风应律兮暖气多,知是汉家天子兮布阳和。"李山甫实际上是说,皇家恩泽根本不会照顾他这样的读书人。这些书生,只能像无根杨柳一样到处自行谋生。

这第二首咏柳诗，似在描述自己当幕僚的辛酸。在这些"军阀"们手下讨生活，也不是什么轻松的事，迎来送往，趋奉那些贵人要人，都是免不了。书生之辈，一贯清高，折腰下节做这些事，心中也很是郁郁，正是："多向客亭门外立，与他迎送往来尘。"

通过这两首诗，仿佛能看到李山甫难以展开的愁眉，这应是晚唐时众多失意书生的共同写照。

①阳和：春天的暖气。如《史记·秦始皇本纪》："时在中春，阳和方起。"

②麻衣：唐代凡有应试资格的举子，都必须在衣袍外面套上一件由国家发给的麻衣，以别于平民。这里是尚未取得功名的书生。

③骣裹：古骏马名，代指好马。

八十

国计已推肝胆许，
家财不为子孙谋

——罗隐心中的期望

卷658-22　夏州胡常侍　罗隐

百尺高台勃勃州，大刀长戟汉诸侯。
征鸿过尽边云阔，战马闲来塞草秋。
国计已推肝胆许，家财不为子孙谋。
仍闻陇蜀由多事，深喜将军未白头。

罗隐是晚唐有名的"愤青"型才子，《唐才子传》中说他："诗文凡以讥刺为主，虽荒祠木偶，莫能免者。"确实，罗隐诗歌中的讽刺诗着实不少。正像有人评论罗大佑的好多充满社会批判性的歌无法在酒吧里同美酒咖啡一起入口一样，罗隐的诗也是不宜在歌舞宴间读的，但是对于那些被褐而怀玉，挣扎于乱世中的书生们，却浇尽心中块垒，道出他们共同的心声。

除了《唐诗鉴赏词典》中选有的"采得百花成蜜后，为谁

辛苦为谁甜""我未成名君未嫁,可能俱是不如人"等外,罗隐作品中还有不少的讽刺诗,比如这首写蝉的:

卷665-42　蝉　罗隐
天地工夫一不遗,与君声调借君绥。
风栖露饱今如此,应忘当年浑浊时。

这里用蝉来形容那些摇身一变成为官儿后就一脸清高的人,当年污泥里厮混的那些事,仿佛就完全和他无关了。此前的种种劣迹,都得到完全洗白,成为一个纯得不能再纯的好人,比雷锋还雷锋。

罗隐的另一首诗也是异曲同工:"潋潋寒光溅路尘,相传妖物此潜身。又应改换皮毛后,何处人间作好人。"(《野狐泉》)大唐末年,正是人妖颠倒,官贼不分的时候,像朱温之类的,本是贼人出身,一摇身也"改换皮毛",成了堂堂的朝廷命官。罗隐在此诗中以妖狐作喻,可谓入骨三分,极为辛辣。他还有《春风》这样的一首诗:

也知有意吹嘘切,争奈人间善恶分。
但是秕糠微细物,等闲抬举到青云。

一干庸碌小人,如"秕糠微细物"一般的浊物,却被抬举到青云之上；而罗隐这样的贤士，却屈居下尘，无人问津，怎么能不让他心中愤懑？

不过罗隐也不是一味地只会发泄漫骂，本篇这首诗就是"正面宣传"的。这首诗是当时罗隐到了夏州时，看到当地军容威武，兵马骁勇后所作。诗中的胡常侍，应该是当时镇守夏州的一把手，江湖夜雨从前看《三国演义》什么的，经常听"十常侍乱政"，一看到"常侍"这个名儿，就以为是没有小鸡鸡的宦官。后来才知道其实不然，"常侍"其实是汉唐时很正规的官名，像高适就称为高常侍，而宦官当常侍，是东汉末年的特殊现象，其实应该叫"内常侍"的。

"百尺高台勃勃州"。夏州是南北朝时夏国暴君赫连勃勃占据的地方，当年赫连勃勃曾杀人如麻，积数万人头为"京观"，名曰"骷髅台"。他修筑的城池高大坚硬，铁锥也扎不进去。这里罗隐提及此典故，倒并非讽刺，而是称赞此地雄壮，是豪杰用武之地。所以下句自然就接上"大刀长戟汉诸侯"，"镜头"马上就推到了现实中来。

"征鸿过尽边云阔，战马闲来塞草秋"。当时正是边云辽阔，秋爽马肥之时，"马思边草拳毛动，雕盻青云睡眼开"，正是用兵杀敌的好时候。所以罗隐劝胡常侍："国计已推肝胆许，家财不为子孙谋。"——现在正值国家用人之际，大人您应该心存社稷，披肝沥胆为国家效力，不要学那些蝇营狗苟，只会求田问舍，为子孙攒钱的庸官贪官。最后罗隐说："仍闻陇蜀由多事，深喜将军未白头。"——甘肃四川这块地方是很重要的，经常有事端发生，我很高兴看到将军您正值盛年，尚能为国家效力。

这首诗在罗隐的作品中应该是比较特别的，全诗都是激励之语，没有讽刺。"国计已推肝胆许，家财不为子孙谋"这两句说得非常好，理应成为历代官员们的座右铭才是，但是从历史上看，这个胡常侍也没有什么大的作为，罗隐的期望看来仍然是落空了。唉，说起来，还是明哲保身，聚财为己者多，什么"国计已推肝胆许，家财不为子孙谋"，嘴上说说罢了，心里的小算盘是："国计空谈肝胆许，家财尽为子孙谋。"

八十一

怀里不知金钿落，
暗中唯觉绣衣香

——《香奁集》中的艳诗

卷683-16　五更　韩偓

往年曾约郁金床，半夜潜身入洞房。
怀里不知金钿落，暗中唯觉绣衣香。
此时欲别魂俱断，自后相逢眼更狂。
光景旋消惆怅在，一生赢得是凄凉。

　　晚唐诗作中，除了愤激之诗占相当一大部分比例外，镂金错彩的香艳之作也不少。这些诗作和《花间词》有相近之处。清刘熙载《艺概》中曾说："齐梁小赋，唐末小诗，五代小词，虽小却好，盖所谓'儿女情多，风云气少'也。"确实，这些词作多是脂香粉浓的男女之情，而且在晚唐的时代背景下，显得更像是靡靡之音。

　　陆游读了《花间集》后写道："方斯时，天下岌岌，生民救死不暇，士大夫乃流宕至此。可叹也哉！或者出于无聊故耶！"这个评价同样适用于晚唐的这些绮艳之诗。不过韩偓却并非一味荒淫、庸碌偷生的小人之辈，他忠于唐室，也算得上好汉子。后来终于篡唐的权臣朱温，当时权势熏天，如同董卓、曹操一般强横，韩偓却坚持气节，不向朱温低头，几乎被杀。据说有一次，朱温上殿奏事，侍臣们纷纷避席起立，唯有韩偓遵守礼制端坐不动，于是韩偓深为朱温所忌，被贬出京城。韩偓有诗言道："谋身拙为安蛇足，报国危曾捋虎须。"并非虚辞，他确实捋过"朱温"的"虎须"。

抛开时代背景，重读晚唐这些"镂玉雕琼""裁花剪叶"的花间味诗，觉得倒也挺不错的。很多女孩应该喜欢这一类的诗，所以这里从韩偓的《香奁集》中找出些诗来，我们一起品味一下。

《香奁集》写了不少女子的心态，我们来看这首《半睡》："抬镜仍嫌瘦，更衣又怕寒。宵分未归帐，半睡待郎看。"这个女子盛装打扮好后，有心想让她的郎君回来时看一看，但郎君夜半尚未归来，于是她和衣半睡，依旧等着他回来。其中的娇痴之态，刻画得十分生动。这首《哭花》则似乎是林黛玉类女子的口吻："曾愁香结破颜迟，今见妖红委地时。若是有情争不哭，夜来风雨葬西施。"

此类诗作中，春恨秋悲，相思离情往往是主旋律，《香奁集》当然也不例外。像"一夜清风动扇愁，背时容色入新秋。

桃花脸里汪汪泪，忍到更深枕上流""氤氲帐里香，薄薄睡时妆。长吁解罗带，怯见上空床"等，都写出女子相思难耐的寂寞愁苦。

　　本篇这首诗应该说是比较特别的一首：第一，《香奁集》中的诗作，绝大多数都是以女子的口吻和视角来写的，但这首不一样；第二，这首是描写男女偷情之作，还是有些特别的。

　　这首诗中写一对偷情男女幽会的情景，我觉得是这名女子像崔莺莺一样"敛衾携枕"而至的，因为从下面的描写可以看出来："怀里不知金钿落，暗中唯觉绣衣香"，说明此女头插金钗、身着绣衣，这不像夜眠时的装束。有道是"欢娱夜短""春宵一刻值千金"，很快，五更了，天就要亮了。他们即将面对无可奈何的离别。短暂的欢愉很快逝去，换回的却是一生的伤怀回忆——"光景旋消惆怅在，一生赢得是凄凉"，但是他们后悔吗？我想不会，因为这算是他们一生珍藏的回忆吧。

　　《香奁集》中的《复偶见三绝》这三首诗，我觉得就是写他们在某个场合又见到彼此，却不敢款通心曲，只好暗地拭泪伤感的情形：

雾为襟袖玉为冠，半似羞人半忍寒。
别易会难长自叹，转身应把泪珠弹。

桃花脸薄难藏泪，柳叶眉长易觉愁。

形迹未成当面笑,几回抬眼又低头。

半身映竹轻闻语,一手揭帘微转头。
此意别人应未觉,不胜情绪两风流。

这名女子或许是有夫之妇,或许是未嫁之女,却因为种种原因,不得和有情人成为眷属。她现在默默地望着这个和她有一夕之欢的男人,心中悲辛交集,却不敢袒露形迹,此时此刻,情何以堪!

这首《偶见背面是夕兼梦》似乎是写他们初见之时的:

酥凝背胛玉搓肩,轻薄红绡覆白莲。
此夜分明来入梦,当时惆怅不成眠。
眼波向我无端艳,心火因君特地燃。
莫道人生难际会,秦楼鸾凤有神仙。

"眼波向我无端艳,心火因君特地燃"。天雷勾动地火,才有了这样一段苦恋。

就算在《花间词》中,这种题材的诗词也不多。我觉得本诗和李煜的那首《菩萨蛮》有相似处:"花明月暗笼轻雾,今宵好向郎边去,刬袜步香阶,手提金缕鞋。画堂南畔见,一向偎人颤。奴为出来难,教郎恣意怜。"相比后主词,韩偓的这两句"怀里不知金钿落,暗中唯觉绣衣香"似乎逊色了些,但韩偓对欢会之后,离别难堪,凄凉难耐的感情描写得更为细腻。"一生赢得是凄凉",应该是多数偷情男女所收获的结果,当然,有人心甘情愿,终生不悔。

八十二

半夜灯前十年事，
一时和雨到心头

——夜雨秋灯下的无限愁怀

卷693-44　旅舍遇雨　杜荀鹤

月华星彩坐来收，岳色江声暗结愁。
半夜灯前十年事，一时和雨到心头。

相传杜荀鹤是杜牧的私生子。杜牧当年和一个姓程的歌妓相好，歌妓怀上了杜荀鹤，但杜牧却不敢娶她回家，就把她安排给一个姓杜的乡正为妻。这样做的目的，大概是想让自己的骨肉不至于改姓，说来小杜也够自私的。

大概是因为有小杜的DNA，杜荀鹤也成为晚唐时诗坛上的一个重量级人物。很多人常言"诗必盛唐"，而把晚唐的诗踩成脚底下的泥，对于杜荀鹤，很多人也是颇多鄙视轻蔑之语。北宋吴可在《藏海诗话》中说道："老杜诗'本卖文为活，翻令室倒悬；荆扉深蔓草，土锉冷疏烟'，此言贫不露筋骨。如杜荀鹤'时挑野菜和根煮，旋斫青柴带叶烧'，盖不忌当头直言穷愁之迹，所以鄙陋也。"他先夸杜甫的诗含蓄，以此讽刺杜荀鹤的诗直白，然而，含蓄和直白都是艺术手法，运用得好，都是好诗。杜荀鹤的诗虽然不如老杜含蓄，但却一针见血，给人的感染力冲击力并不差。某些时候太过花哨的招式，还不如直捣中宫，一剑封喉。

清代贺裳《载酒园诗话又编》也是一竿子打翻所有晚唐诗人："诗至晚唐而败坏极矣，不待宋人。大都绮丽则无骨，至郑谷、李建勋，益复靡靡。朴澹则寡味，李频、许棠，尤无取焉。甚则粗鄙陋劣，如杜荀鹤、僧贯休者。"

晚唐有些诗绮丽是不假，但也有可取之处，绮丽而有骨，似乎是不可能的事，就像你要求一个女子既身材婀娜娇媚，又能倒拔垂杨柳，这恐怕只能存在于武侠小说中。

其实杜荀鹤诗风清新自然，也不是绮丽一派，而是白居易那一路。什么"粗鄙陋劣"云云，都是因为不合某些人的变态口味所致。其实打开杜荀鹤的诗卷，我们能找出不少好句来，如"风射破窗灯易灭，月穿疏屋梦难成""举世尽从愁里老，谁人肯向死前闲""半雨半风三月内，多愁多病百年中""乱时为客无人识，废寺吟诗有鬼惊""闷向酒杯吞日月，闲将诗句问乾坤"……这样的句子，何惭盛唐、中唐时人？当然，杜荀鹤的诗有个特点，就是不大用典，但就我看来，这不但不是缺点，反而是优点，而且就凭"今来县宰加朱绂，便是生灵血染成"这一句刺世入骨的好诗。杜荀鹤先生如果能通过时光机器来到我们这个时代,我就心服口服地请他喝酒,喝好酒。

本篇这首绝句,也很能反映出杜荀鹤的诗风,那就是清新质朴,不巧于雕饰,不为作诗而作诗,全是真情流露之作。这样的诗,不是慢慢捻着胡子琢磨出来的,而是像眼泪一样,在某个时候一下子就涌出来的。

杜荀鹤漂泊半生,直到四十六岁才考中了进士。杜荀鹤常常独自天涯羁旅,而且身处唐末乱世,心中的愁怀更是如山岳一般沉重。此诗就很生动地反映出他当时的心情。

诗人在一个旅店中,突然遇到了一场秋雨。"月华星彩坐来收"。这里不直接说星月无光,看不到了,而是着重说"月华""星彩"。这恐怕不单单是在说天象的变化,所谓"一切景语皆情语",其中定也包含着对大唐昔日盛景不再的感慨,所以暗淡的山色,呜咽般的江水声,无不让诗人愁上心头。

"半夜灯前十年事,一时和雨到心头"。这两句最为精彩,夜阑静,独自一人,远在离家千里的异乡,只伴着一灯如豆,偏偏此时又来了一场萧萧的苦雨。诗人心潮如涌,思前想后,十年间的历历往事,种种辛酸,一起涌上心头,那真是糖儿、醋儿、盐儿、酱儿倒在了一起,说不出是什么滋味。

像这种心情,相信我们也同样有过体会,所以杜荀鹤的这一句,我觉得尤为动人,虽然此诗前两句略为逊色一点,但仍不失为一首好诗。

八十二

有国有家皆是梦，
为龙为虎亦成空
——乱世争雄的生动写照

卷697-1　上元县（浙西作）　韦庄

南朝三十六英雄，角逐兴亡尽此中。
有国有家皆是梦，为龙为虎亦成空。
残花旧宅悲江令，落日青山吊谢公。
止竟霸图何物在，石麟无主卧秋风。

韦庄生于唐末乱世之中，他到长安应试的时候就正好碰上"满城尽带黄金甲"——黄巢的大军杀进长安，一时间血雨腥风，昔日的繁华都城顿成人间地狱——"家家流血如泉涌，处处冤声声动地"。韦庄根据亲见亲闻的经历，写成《秦妇吟》这一长诗，诗的最后曾说："避难徒为阙下人，怀安却羡江南鬼。"当时四海汹汹，只有江南尚且安定，所以韦庄就逃往江南避难。有韦庄《古离别》一诗为证："晴烟漠漠柳鬖鬖，不那离情酒半酣。更把玉鞭云外指,断肠春色在江南。"

当时已是各地军阀割据一方,江南这个地方当时是节度使周宝的地盘。韦庄去了后,周宝对他倒相当不错。"既在屋檐下,哪能不低头",韦庄当然也要写点拍马屁的诗,比如这首《观浙西府相畋游》:

十里旌旗十万兵,等闲游猎出军城。
紫袍日照金鹅斗,红旆风吹画虎狞。
带箭彩禽云外落,避雕寒兔月中惊。
归来一路笙歌满,更有仙娥载酒迎。

这里的"浙西府相"就是周宝,"畋游"是打猎。韦庄这首诗,论文采是相当不错,但一味肉麻吹捧,恐怕也是违心之作。耽于游猎之行,在古代是玩物丧志的体现,《道德经》曾言:"驰骋畋猎令人心发狂。"何况从诗中看"更有仙娥载酒迎",看来周宝也是沉溺于声色犬马之人(史载其有"女妓百数")。韦庄心中其实是在暗暗叹息的。

从这首诗中,我们才能看出韦庄内心深处真实的感叹:

"南朝三十六英雄,角逐兴亡尽此中"。这里的"三十六英雄",并非实指,而是借指南北朝时南朝各国的几十个帝王,想当年他们角逐称雄,国与国争,姓与姓斗,甚至骨肉相残。他们也曾称霸一方,一度不可一世,然而,"有国有家皆是梦,为龙为虎亦成空"。在波谲云诡而又残酷无比的政治斗争中，这些满以为可以化家为国的豪雄们，却很快就国破家灭，只留下一场金陵残梦。

"残花旧宅悲江令，落日青山吊谢公"。此处的江令是指江总，他先后经历梁、陈及隋三朝，曾官至尚书令，世称"江令"，而谢公，则是李白心中的偶像——东晋时的宰相谢安。这里说他们的遗迹只留下残花旧宅，早非昔日模样，只有那落日青山依旧，和《三国演义》开卷词中的"青山依旧在，几度夕阳红"意思相同。

"止竟霸图何物在，石麟无主卧秋风"。"止竟"，就是毕竟的意思，韦庄感叹，当年的王霸雄图今日安在？留下的只是那墓地间冷冰冰的石兽，在秋风里静静地伫立。正所谓"百年奇特几张纸，千古英雄一窖尘"。这些争来夺去的藩镇们，得到好下场的也不会有多少。

韦庄此诗，并非应景似的悼古伤今，无病呻吟，附庸风雅，而是有感而发。唐朝末年，很多独霸一方的节度使们个个野心勃勃，有不臣之心，互相争来杀去，只苦了天下百姓。这些"有枪就是草头王"的军阀们，多数也在大鱼吃小鱼的争斗中丧命，像我们前面提过的周宝，虽然在韦庄刚去金陵时风光一时，如土皇帝似的，但后来终于被高骈击败。他走投无路中想投靠钱镠，结果这些人个个如狼似虎，哪有搞慈善事业的？钱镠来了个趁火打劫，端了周宝的地盘和兵将后，将其杀死。

韦庄有《台城》一诗："江雨霏霏江草齐，六朝如梦鸟空啼。无情最是台城柳，依旧烟笼十里堤。"此诗诗意含蓄，流传很广，而本篇这首诗堪为其注脚。"有国有家皆是梦，为龙为虎亦成空"一联，尤为出色。

韦庄最后入蜀给王建当了掌书记。王建称前蜀皇帝时，曾任命他为宰相。虽然没有做多久韦庄就去世了，但在那个乱世之中，人人都难以保全自身的环境下，也算不错了。

后记

这部书稿，是江湖夜雨在2007年的炎炎暑日里开始写的。有道是"人皆苦炎热，吾爱夏日长"。其实我也害怕炎热，之所以喜欢夏日，却是因为暑日里放暑假，可以闲下来比较安心地做一些自己喜欢的事情。

江湖夜雨的书之前一连出了好多本，心中也自欢喜，不过距自己心中的期望还是有一些差距。于是也曾一度浮躁不安起来，也想着追逐一下市场中的热点，吸引一下大众的眼球，捕捉一些时髦的题材，好让自己也能像烟花一样绽放在空中，绚烂一番。

当心境渐渐重新沉下来时，发现自己最钟爱的还是唐诗，是唐代的美丽和繁华。美轮美奂的画楼朱阁早毁于兵火，旷世难逢的才子美人也埋入黄土，所幸的是，在我们今天，依然还能看到如许之多的唐诗。

人生中总是有种种无奈，时光总是在指缝间悄悄地溜走，七彩迷离的幻想最终变成暗蓝色的忧郁，醉生梦死中醒来的清晨却是一片荒芜的空白，总有这样一个时刻，我们脆弱、焦躁、倦怠、失落。每当这样的时候，我总是喜欢静静地捧起厚厚的《全唐诗》——这里沉淀着千年前的喜怒哀乐。读着读着，心境慢慢静如止水，朗如皎月，仿佛已回到那个遥远的诗意年代，沉浸在芬芳甜美的前生回忆中。

从《全唐诗》中大海捞针一般地选诗，然后自己查证、注释、评析。这一切工作，都没有前人的成果可以参照借用，是件很吃力不讨好的事情，远不如借用别人现有的成果"REMARK"一下就出炉高效得多，而且，从诸多前辈层层筛选过的唐诗中想再选出诸如"春眠不觉晓""床前明月光"这样的佳作，难度也是非常大的，甚至是不可能的。

对唐诗的爱恋让我还是要做下去，这毕竟是为唐诗做了一点事情，我相信这是有价值的。世上的事情，有的像片刻就会消失的沙雕城堡，有的像经久不灭的石窟造像，我还是想做一点类似后者的事情，虽然前者容易得多。

在此，转录郁达夫先生的《读唐诗偶成》一诗，以抒我此刻心情：

生年十八九，亦作时世装。
而今英气尽，谦抑让人强。
但觉幽居乐，千里来穷乡。
读书适我性，野径自回翔。
日与山水亲，渐与世相忘。
古人如可及，巢许共行藏。

何必"兰花为供,甘露为饮,橄榄为肴,蛤蜊为羹,百合为荠,鹦鹉为婢,白鹤为奴,桐柏为薪,薏苡为米",但得香茗一盏,读太白之飘逸、子美之沉郁、摩诘之清雅、梦得之豪放、长吉之瑰丽、飞卿之绮艳、义山之迷离,亦平生之至乐。

江湖夜雨